# François-Alexandre Bergeron

# *Stella Larousse*

roman

Éditions Dédicaces

STELLA LAROUSSE, par FRANÇOIS-ALEXANDRE BERGERON

Dépôt légal :
Bibliothèque et Archives Canada
Bibliothèque et Archives nationales du Québec

Un exemplaire de cet ouvrage a été remis
à la Bibliothèque d'Alexandrie, en Egypte

ÉDITIONS DÉDICACES INC
675, rue Frédéric Chopin
Montréal (Québec) H1L 6S9
Canada

www.dedicaces.ca | www.dedicaces.info
Courriel : info@dedicaces.ca

François-Alexandre Bergeron

# *Stella Larousse*

Lorsque le réveil sonna, Michel étira le bras péniblement pour l'arrêter. Le trentenaire se retourna pour mieux se caler dans ses draps et rencontra sa femme, Christine, qui se réveillait elle aussi.

- Bonjour! dit-elle, en s'étirant.

L'homme sourit et répondit de même. Trop bien dans son lit, Michel s'approcha de sa femme et se blottit contre elle. À ce geste, la femme rit gracieusement.

- Faut se lever gros loup.

L'homme protesta en grognant, ce qui fit rire la femme de plus belle.

- Non... on est trop bien.

- On doit aller travailler, pis les petits monstres vont se lever bientôt... dit-elle, se blottissant elle aussi.

Lorsque le petit Nataniel apparut dans leur chambre, le couple se rendit vite à l'évidence qu'ils allaient devoir se lever.

- J'ai faim, dit simplement le petit de quatre ans.

Christine et Michel échangèrent un court regard révélateur.

- J'y vais.... dit Christine, habituée à cette situation.

Alors que la mère et le fils parlaient du genre de céréales qu'il mangerait, Michel en profita pour occuper toute la place du lit. Dix minutes plus tard, la petite Valérie sautait au bout du matelas pour réveiller son père.

- Lève-toi papa! criait l'enfant de six ans.

Obligé, l'homme sortit de sa bulle, attrapa la petite, l'emmena sous les couvertures et la chatouilla.

- Bon, je me lève! dit-il.

Valérie quitta pour aller rejoindre son frère et sa mère et à la cuisine. Michel, lui, alla prendre une douche chaude et s'habilla d'un costume chic. L'éditeur Michel Labrie se devait d'apparaître impeccable devant ses employés. En effet, l'homme était une des plus jeunes étoiles montantes du monde de l'édition québécoise et voulait s'affirmer comme un joueur incontournable du marché. Son apparence soignée se devait être le reflet du son travail tout aussi minutieux. Lorsqu'il arriva dans la grande cuisine de granite, il retrouva sa petite famille qui déjeunait autour de l'îlot central.

- Bonjour tout le monde! lança-t-il, joyeusement!

Il embrassa sa femme et s'assit pour déjeuner. À ce moment-là, Christine regarda l'horloge sur le mur et lui dit en souriant.

- Hmm... tu vas déjeuner?

L'homme ne comprit pas jusqu'à ce qu'il voie l'heure! Huit heures quarante! Il était en retard!

- Zut! dit-il, se levant en trombe et courut vers son bureau pour prendre sa mallette.

- C'est ça qui arrive aux paresseux qui dorment trop longtemps et prennent des douches de vingt minutes! lança Christine, se moquant de lui.

Michel revint pour l'embrasser sur la joue et prendre une banane, dans le bol à fruits, au centre de la table.

- Moi aussi je t'aime! dit-il avant de partir.

- Oublie pas le souper chez ma mère ce soir!! dit-elle.

- Saluez votre père les enfants! ajouta la mère.

Les deux petits dirent en chœur.

- Bonne journée papa!

Chose à laquelle Michel répondit en fermant la porte.

- Je vous aime, bonne journée!

À peine sorti de son luxueux appartement de l'Île-des-Sœurs, l'homme croisa sa nouvelle voisine et la salua rapidement. Elle venait à peine d'emménager dans l'immeuble et partageait l'étage avec eux.

- Bonjour monsieur Labrie, dit-elle.

Comme il avait oublié son nom, l'homme se contenta de lui répondre par un bonjour maladroit et quitta à la hâte. En grimpant dans sa Mercedes argent de l'année, Michel ne put s'empêcher d'avoir une bonne pensée envers le Grand Bonhomme d'En-Haut. Il avait trente-huit ans, il était en parfaite santé, il était bel homme, il était marié à une superbe enseignante rousse de trente-cinq ans, il avait deux enfants fantastiques, il avait une carrière pleine de succès, un compte en banque qui gonflait de manière exponentielle, un appartement de luxe dans un quartier favorisé et une voiture inutilement chère. Il avait tout ce dont on pouvait rêver, qui plus est, il était devenu son propre patron! La vie était plus que douce. Béni, était le mot qu'il cherchait....

Michel arriva très exactement seize minutes en retard à son bureau du centre-ville de Montréal, chose que sa secrétaire personnelle, la très caustique Jocelyne, lui fit remarquer, mais comme il était son propre patron, il se sentait plus clément envers une si infime frasque.

- Vous êtes en retard monsieur Labrie, lui dit-elle sèchement, en le suivant alors qu'il marchait vers son bureau.

L'homme se contenta de lui sourire et de dire.

- Bonjour à vous aussi Jocelyne, ça me fait plaisir de vous voir!

La femme le suivait, les mains pleines de feuillets et de dossiers. À peine eut-il le temps de s'asseoir, qu'elle entama son discours matinal habituel.

- Voilà les appels que vous avez reçus pendant votre absence, ceux d'hier auxquels vous n'avez pas encore répondu et vous avez quelques manuscrits à lire encore. Le comité vous attend à une heure cet après-midi....

- Merci Jocelyne, ça ira.

La femme regarda l'homme du haut de ses lunettes, il était déjà las de l'entendre parler et souhaitait vaquer à ses occupations sans sentir cette pression, surchargé d'un ton de remontrance. La femme comprit très bien. Les deux travaillaient ensemble depuis près de deux ans, et la seule raison qui expliquait que deux personnes aussi différentes gardent des relations de travail tendues, était leur complémentarité. Jocelyne Trudel mettait toujours son nez là où elle ne devait pas, ce qui lui avait fait perdre plusieurs emplois. Michel Labrie était un gamin, plein d'énergie, mais avait besoin qu'on le remette à l'ordre de temps à autre. Ils se complétaient, et bien qu'aucun des deux ne l'auraient avoué, ils s'aimaient bien au fond.

- Très bien. Si vous avez besoin de quelque chose, faites-moi signe! dit-elle avant de se détourner et de quitter.

Michel commença sa journée comme d'habitude, il regarda les mémos des appels et choisit ceux qu'il rappellerait ce matin-là. En faisant le tri, il vit qu'un de ses principaux auteurs, du nom de Jacques Lachance, l'avait appelé en rapport à son prochain lancement. Michel avait travaillé un peu sur le sujet la veille, il ouvrit sa mallette à la recherche du dossier *Lancement Lachance* seulement pour tomber sur un manuscrit sur sa pile de dossiers dont il lut le titre.

### STELLA LAROUSSE

*par*
*Stella Larousse*

L'homme fronça les sourcils. Il ne se souvenait pas de ce manuscrit signé Stella Larousse et intitulé du même nom. Était-ce une biographie? Ne sachant plus, il décrocha le combiné de son téléphone et interrogea Jocelyne à propos du mystérieux manuscrit. La femme ne l'aida guère, ignorant elle aussi sa provenance. Intrigué, l'homme l'ouvrit pour commencer à le lire et fut plus que surpris. Non seulement, n'avait-il aucune idée comment ce manuscrit avait pu se retrouver dans sa mallette, mais en plus, il était de plus en plus certain de n'en avoir absolument jamais entendu parler. Piqué par la curiosité, Michel décida de le commencer, histoire de savoir, s'il ne perdait pas la mémoire.

# Préambule

Si on m'avait dit au commencement de ma carrière, que j'écrirais ce livre, je vous aurais sans doute répondu que vous déliriez. Néanmoins, me voilà en train de rédiger le préambule d'un livre que j'aurais aimé, ne jamais écrire. J'ai assisté à de multiples choses dans mon existence, été témoin de beaux et de mauvais moments, mais guère aussi tristes et sombres que le récit que vous vous apprêtez à lire. Certes, il m'est assez facile de vous dire cela, sans vous informer plus, mais je crois qu'il serait assez judicieux de ma part de vous témoigner de ma grande compassion vis-à-vis les évènements et les gens qui ont été frappés par les dés du sort. Je ne suis pas dénué d'humanité, je vous raconte tout, crûment, sans trop entrer dans les détails sordides, mais bref, sachant que ces évènements sont véridiques, soyez au courant que j'apprécie seulement ces tristes destins pour leur valeur scientifique et empirique. Je me présente, je m'appelle Maurice X. Je suis professeur de littérature à la Sorbonne, à Paris. Ceci est mon occupation officielle, l'emploi d'où je tire les ressources nécessaires pour assurer ma survie mais aussi approfondir mes recherches dans un domaine qui est, pour moi, ma véritable passion. Je suis spécialiste en sciences occultes et magies. Du haut de mes soixante ans, je puis vous affirmer, avoir rencontré des gens dont vous rêvez seulement, des personnages plus grands que nature... surnaturels... Cependant, celle dont traite ce document, la dite Stella Larousse, a frappé mon imaginaire comme jamais auparavant. Il y a des secrets sombres dans cette existence dont on ne devrait jamais prendre conscience, mais lorsque c'est le cas, on n'arrive plus à oublier, on n'arrive plus à dormir aussi paisiblement comme avant. On se demande et on cherche....Préparez-vous maintenant pour entrer dans un monde où toute logique est arbitraire, soumise aux lois du bon vouloir de certaines personnes aux motivations singulières. Par souci chronologique, et vous aider à mieux comprendre cette histoire séculaire, j'ai pris soin de scinder l'histoire de manière à ce qu'elle ne soit pas trop compliquée à saisir. Même si je cite certaines sources, je ne vous les fournis pas, ne voulant pas impliquer les gens concernés, ou ma personne afin de préserver leur anonymat ainsi que leur sécurité.... Ouvrez vos esprits et oubliez vos préjugés. La magie existe réellement et sous de multiples facettes. Bonne lecture.

# Tiers livre
## Chapitre 1

# La famille

Une fine pluie printanière ruisselait sur la vitre de la chambre de la vieille dame alors qu'on s'affairait à transporter ses derniers cartons dans un gros camion de déménagement. Son chat tigré, nommé Vermeille, vint auprès d'elle pour exiger des caresses, demande à laquelle la dame acquiesça volontiers. Madame Morin regardait les déménageurs partir avec ses objets personnels qui avaient meublé sa vie depuis plus de quarante ans sans ne rien pouvoir dire. À son âge avancé, elle ne pouvait plus tenir seule sa maison et ses enfants avaient convenu qu'elle devait quitter l'immense maison familiale de Charlesbourg. On ne lui avait pas demandé son avis, et qui plus est, qui cela intéressait-il vraiment? Les gens âgés sont dépossédés de leur existence et de leur volonté dès que leur corps commence à montrer des signes de faillibilité. Claude, Laurent et Élise étaient tous tombés d'accord sur le fait que leur mère octogénaire devait quitter la résidence familiale, mais ce fut le choix du nouveau lieu de résidence qui avait été l'objet de discorde. Les deux aînés tendaient pour un foyer de l'âge d'or, chose à laquelle Élise s'était fermement opposée. Il était hors de question que leur mère aille croupir dans ces centres de vieux, impersonnels et déprimants, pour attendre son dernier soupir, entourée de purs étrangers aux comportements douteux selon elle. Élise en avait parlé à son mari, Pierre, et les deux avaient accepté de prendre la vieille femme chez eux. Élise vint rejoindre sa mère et la toucha au bras, ce qui l'obligea à se détourner.

- Maman…. c'est l'heure. Il faut qu'on y aille.

Les deux femmes se regardèrent un instant, la mère en colère qu'on ne chercha pas à lui demander son avis, l'autre totalement consciente de cet état de fait, mais aussi du fait qu'une femme de 82 ans ne pouvait guère s'occuper d'une maison de douze pièces, seule. La mère fixa sa fille avec dédain alors qu'Élise évita le regard pour dire, souhaitant dédramatiser.

- Tu vas voir, on t'a préparé une superbe chambre m'man.

Élise s'éclipsa. Le malaise était grand, d'autant plus que la mère et la fille ne s'entendaient pas à merveille. Cela avait toujours été le cas, et rien ne semblait vouloir dire que la situation s'arrangerait. La fille accueillait sa mère chez elle par compassion, non pour la compatibilité. La vieille dame émue, se mit à ressasser de vieux souvenirs en se dirigeant, aidée de sa canne, à travers sa maison. Elle effleura les murs recouverts d'une vieille tapisserie fleurie bleue et se souvint du moment où son défunt mari, Edgar, l'avait posée.

Pas à pas, alors qu'elle s'approchait du hall d'entrée, la vieille dame observait chaque mur, chaque coin et écoutait attentivement chaque grincement que faisait le plancher de bois sous ses pas. Les derniers instants lui furent difficiles. Une larme à l'œil, elle resta un moment sur le pas de la porte avant de sortir, suivie par son chat. Élise, Pierre et la petite Ariane se retournèrent pour la regarder.

- Vous venez madame Morin? demanda Pierre.

La dame, encore jolie pour son âge, dotée d'une peau laiteuse, de cheveux plus dorés que blancs, et de profonds yeux bleus, les regarda tristement avant de hocher de la tête. Elle s'avança et s'engouffra dans le mini-van familial blanc crème. Pierre prit le chat délicatement et le déposa sur les genoux de sa belle-mère. L'âme en peine, les yeux de cette dernière ne quittèrent pas la demeure tant et aussi longtemps qu'elle fut visible. Pierre démarra la fourgonnette et se dirigea vers l'intersection qui les mènerait au boulevard Louis X1V. Il s'arrêta au coin et vérifia que personne ne s'engageait dans l'intersection. Lorsque la voie fut libre, il avança. Là, la vieille dame eut le cœur brisé…

La vie continuait son chemin malgré tout. Après un court trajet de trente minutes, le mini-van se gara dans l'entrée de la demeure des Thibaut. Le duplex en briques roses rebuta tout de suite grand-mère Morin. Ce qu'elle le trouvait hideux avec ses gouttières en plastique blanc et ses rangées de fleurs sans âme. Dire qu'elle devrait y vivre… probablement y passer les dernières années de son existence. Pierre et Élise savaient bien que la dame aurait de la difficulté et que ce changement brutal serait dur pour elle. La capacité d'adaptation diminue avec l'âge. Par contre, ils souhaitaient réellement qu'elle se sente bien chez eux et la petite Ariane était extatique à l'idée que sa grand-mère vienne vivre avec eux. À vrai dire, c'était la seule pensée réconfortante de la dame. Quand Ariane la regarda et lui sourit franchement, emplie d'une joie indescriptible, madame Morin se sentit quelque peu soulagée.

- On est arrivés grand-mère!

Devant ce sourire si sincère, la vieille femme ne pouvait que répondre également. Toute la petite famille descendit du véhicule. Pierre alla chercher les quelques valises de sa belle-mère et lui dit.

- Vous allez voir madame Morin, votre chambre est ben belle.

Élise s'approcha de sa mère qui examinait minutieusement la maison, caressant son chat distraitement.

- Ben voilà. On en est là.

Élise se sentait plus que mal à l'aise. Elle aurait souhaité avoir une parole réconfortante à dire à sa mère, quelques mots chaleureux pour aider à la transition, ou même juste lui souhaiter la bienvenue. Mais rien ne sortit de sa bouche crispée. Alors que tout devenait confus dans sa tête, elle abandonna l'idée. Ce n'était pas son style, ça ne l'avait jamais été. Elle ravala son désir et dit promptement.

- Ariane, allez, on rentre!

La petite s'exécuta sans broncher. Madame Morin les suivit de peu, s'aidant de sa canne, Vermeille dans l'autre bras. Arrivés à l'intérieur ultra-neuf meublé chez IKEA, tous montèrent le petit escalier de plancher flottant. On se rendit dans la chambre spécialement aménagée et Pierre y déposa les deux valises qu'il avait prises.

- Je vais chercher les autres. Pis madame Morin, vous en pensez quoi, j'ai tout repeinturé?

La dame le regarda et vit bien qu'il y avait mis beaucoup d'efforts, elle ne voulut pas le décevoir même si elle n'était pas très emballée. Elle aimait bien son gendre, il était gentil et attentif, tout le contraire de sa fille, pensa-t-elle. Elle ne voyait pas comment les deux se ressemblaient. Elle lui sourit candidement et dit.

- C'est ben beau Pierre, t'as fait une maudite de belle job!

L'homme fut satisfait et ne vit rien du petit jeu de la femme. Il quitta à la hâte pour aller chercher les autres valises de sa belle-mère, laissant la grand-mère, sa femme et sa fille seules. Le malaise était palpable entre la mère et la fille, mais Ariane ne vit rien. La petite ressemblait en tous points à sa mère au même âge, ses cheveux longs châtains lui tombaient sur les épaules et ses yeux bleus illuminaient son visage fin. Élise avait la même physionomie, sauf qu'elle portait les cheveux courts, en brosse. En voyant les trois générations de femme les unes contre les autres ainsi, on voyait immédiatement la parenté! C'était indéniable. Élise, ne soutenant plus cette situation bancale, décida de couper court.

- Bon, ben on va souper dans une heure, j'y vais.

La grand-mère et la petite fille se regardèrent et se retournèrent vers Élise.

- Je vais défaire mes valises moi. dit la dame.

- Je peux rester avec grand-mère? demanda Ariane.

Élise hocha de la tête et quitta à la hâte alors qu'Ariane avait déjà ouvert une des valises déposée sur le lit.

Élise se dirigea directement vers la cuisine et commença à préparer son souper. Elle ne se casserait pas la tête : poulet rôti, légumes à la vapeur et purée de pommes de terre. Recette gagnante! Quelques minutes s'écoulèrent avant que Pierre ne vint la rejoindre. L'homme de quarante ans, à la chevelure dégarni, malgré cela toujours beau, s'approcha de sa femme qui coupait frénétiquement des brocolis. Élise le vit et ne dit rien, mais juste par son attitude, Pierre comprit tout. Il la connaissait bien et connaissait tout de ses déboires avec sa mère. Les deux ne s'entendaient pas bien, on ne le répétera jamais assez, mais Élise l'aimait tout de même.

- Qu'est-ce qu'il y a ? demanda Pierre, en souriant légèrement.

Élise craqua et deux larmes coulèrent sur ses joues.

- À quoi j'ai pensé! Maudit!

Elle continua à couper ses brocolis tout en parlant, presque hysté-rique.

- Tu sais… ma mère pis moi, c'est déjà assez dur. Là, je fais ça pour elle, pis elle me regarde comme si c'était de ma faute. Comme si je l'avais sortie de sa maison pour me venger, ou la faire chier.

Pierre s'approcha de sa femme et la prit dans ses bras l'obligeant à déposer son couteau.

- Hey là… du calme.

Il l'embrassa dans le cou et la serra fort, démonstration devant laquelle Élise ne put que se soumettre.

- Ça va ben aller. Elle aurait été pire si vous l'aviez mise dans un foyer, crois-moi. Laisses-y le temps. Ça va passer. Pis tu veux que je te dise? C'est parce que t'es une bonne personne que t'as fait ça. Ta mère va ben s'en rendre compte.

Élise se mit à rire à ses paroles et se détourna pour lui donner un baiser rapide.

- C'est toi qui es bon de m'endurer… en plus d'avoir accepté ta belle-mère.

Pierre lui sourit.

- Ben, je t'aime, j'ai pas de mérite.

Le couple s'embrassa langoureusement comme à leurs débuts. Les deux avaient la quarantaine et s'étaient connus au travail. Élise était vendeuse de voitures pour un petit concessionnaire indépendant et Pierre, représentant pour une grande compagnie de produits de nettoyage. Ils s'étaient connus dans une rencontre impromptue. Pierre avait trouvé cette femme garçon manquée intrigante et Élise avait trouvé fascinant cet homme d'une douceur presque féminine…. À 35 ans les deux, ils avaient convolé en justes noces rapidement et Ariane était arrivée deux ans plus tard dans leur vie. Ils menaient depuis la petite vie exemplaire de tout couple banlieusard typique. Ils avaient acquis un duplex, construit une piscine et acheté un camping-car. Il leur manquait seulement un labrador blond, mais Élise était allergique…

Après avoir calmé Élise, Pierre l'aida à finaliser le repas. Le couple termina de tout préparer et lorsque tout fut prêt, lancèrent le mot d'ordre. Il était l'heure de manger. La grand-mère et la petite fille les rejoignirent. Assis dans la salle à manger, toute la famille mangea… presque normalement.

## Réminiscence

Si Élise était de nature nerveuse, Pierre était malgré cela sage pour les deux. Il avait vu juste, après quelques semaines de vie commune, la tension s'atténua et toute la famille arriva à avoir une vie pratiquement normale. Bon, il faut dire que la mère et la fille se disputaient légèrement, mais il n'y avait là rien de nouveau. Madame Morin et Ariane avaient tissé des liens puissants, ce devant quoi Élise ne s'était pas opposée. Si sa mère et sa fille pouvaient trouver leur compte, même acheter la paix, pourquoi s'en serait-elle offusquée? Cependant, la vie a le don de nous surprendre et de nous mettre devant des évènements insoupçonnés qui testent notre capacité à réagir à jamais… Malheureusement pour cette famille, ce début de mois d'août chaud et humide serait une épreuve hors du commun. Ce mardi-là était chaud et torride, tel seul le début d'août peut l'être, lorsque les pires chaleurs de juillet sont passées et que tout le monde croit que l'été, toujours chaud, est sur son déclin mais qu'en fait, il nous réserve encore quelques surprises de son crû. À son arrivée, madame Morin avait remarqué que la maison située juste en face de celle de sa fille, parfaite réplique de cette dernière, était à vendre. Une semaine auparavant, quelques agents avaient fait visiter la demeure et il semblait que quelqu'un s'en était porté acquéreur puisque des camions de déménagement étaient arrivés la veille et avaient commencé à décharger meubles et cartons de tout format. Cependant, personne n'avait vu le nouveau propriétaire. Cet après-midi-là, Pierre,

Élise et Ariane s'affairaient à préparer un petit week-end en camping en chargeant le car. Élise avait bien eu des doutes sur cette petite escapade, ne souhaitant pas laisser sa mère seule à la maison, mais après tout, le voyage ne durerait que deux jours, et Élise et Pierre avaient tous deux un cellulaire. Madame Morin était assise au salon et tricotait, Vermeille à ses côtés. Vu la chaleur, le chat haletait presque et la dame transpirait quelque peu, ce qui est assez rare à un âge avancé. De son fauteuil, elle entendait la petite famille à l'extérieur qui parlait et riait. La porte du hall était restée ouverte en plus, et toutes les fenêtres aussi. On étouffait littéralement. Soudain, une quatrième voix se mêla à celles des Thibaut, mais la grand-mère ne le remarqua pas tout de suite. Son occupation la passionnait, elle écoutait à peine. Néanmoins, Vermeille cessa de haleter et tourna les oreilles pour entendre plus finement. Le chat cessa de haleter et sa queue se mit à aller et venir violemment comme s'il avait senti quelque chose. Le cœur de l'animal s'emballa, il se leva, alerte et sur ses gardes, sans que sa maîtresse ne s'en aperçoive encore. Il marcha lentement, à l'affut, vers la porte du hall toujours ouverte. Ce fut là que la dame le vit. Elle l'appela, habituée à ce que le chat revienne à ses paroles. Il était si docile.

- Vermeille! Tu sors pas là! Reviens ici!

L'animal était un gros peureux, il ne sortait jamais, mais se sentait de temps à autre tenté. Un seul appel de sa maîtresse suffisait à le faire revenir, mais là, Vermeille n'écouta pas et persévéra. L'attitude étrange du chat piqua la dame. Intriguée, madame Morin prit sa canne et se leva pour suivre son chat qui ne répondait toujours pas à ses appels répétés. Lorsque son petit compagnon arriva dans l'embrasure de la porte, sa réaction violente effraya la dame. Son poil se dressa sur son dos qui s'arrondit, ses oreilles se courbèrent et il feula. La femme s'arrêta net. Visiblement apeuré, le petit félin déguerpit à la course pour se réfugier au second, ce qui n'augurait rien de bon. Madame Morin aimait bien les animaux, mais si elle avait acquis des chats, et cela, depuis qu'elle avait été en âge d'avoir des animaux domestiques, c'était pour une raison bien précise... Est-ce... était-ce possible? Le cœur battant, elle marcha vers la porte et ce fut là qu'elle entendit la quatrième voix. Arrivée devant la porte, elle la poussa doucement et vit la femme qui parlait avec toute la famille. La jeune trentaine, la femme semblait bien ordinaire, ce fut d'ailleurs elle, par son regard, qui indiqua à la famille, que la dame se trouvait tout près. Pierre, Élise et Ariane se retournèrent pour la saluer joyeusement.

- Oh, maman, voici notre nouvelle voisine, dit Élise, en la présentant de la main.

Madame Morin fit quelques pas sur le perron, les yeux perçants, chose que personne ne remarqua.

- C'est… comment vous avez dit vous appeler déjà? demanda Pierre.

La femme s'avança un peu en présentant la main, pour serrer celle de la dame, sourire aux lèvres, en disant son nom.

- Stella, Stella Larousse.

Le cœur de la grand-mère s'arrêta presque et tout son sang fit trois tours! Non! C'était impossible! Jamais!

- Comment? dit-elle haletante.

Les Thibaut ainsi que la femme se rendirent compte de l'attitude étrange de la vieille femme.

- Stella Larousse! répéta la femme, surprise de la réaction

À ces paroles aberrantes, la dame crut devenir folle. Elle leva sa canne dans les airs, menaçante, et avança en criant.

- VA T'EN D'ICI DÉMONE!

La surprise fut générale. Élise n'en crut pas ses oreilles et Pierre crut avoir la berlue alors que la petite Ariane sursauta. Stella recula, ne comprenant aucunement ce qui se passait. Madame Morin descendit les quelques marches du perron et prit Ariane par le bras.

- Rentre dans la maison chérie. Pis toi, VA T'EN!

La petite obéit.

Devant cette crise de presque folie inexpliquée et inexplicable, Pierre s'adressa ainsi à sa belle-mère.

- Ben voyons madame Morin…

La femme n'entendait rien, elle continuait d'agiter sa canne dans les airs et d'avancer vers Stella pour la frapper. Élise la retint en s'inter-posant.

- Mais voyons maman! On est vraiment désolés madame Larousse, ajouta-t-elle en regardant sa nouvelle voisine.

Stella était visiblement ébranlée et quitta, mal à l'aise.

- Non, ça va, c'est correct, à la prochaine.

La femme quitta, traumatisée de s'être faite agresser verbalement de la sorte. Qui ne l'aurait pas été? Pierre et Élise se jetèrent un regard rapide, et l'homme comprit tout de suite qu'une crise majeure était à l'horizon.

- Là maman! T'es allée trop loin! Mais t'es complètement cinglée! Voyons! Ça se fait pas ce que tu viens de faire là! J'aurais donc dû écouter Laurent pis Claude pis te placer! vociféra Élise, hors d'elle.

Pierre était plus nuancé et tenta vainement de calmer sa femme.

- Élise… dit-il, sur un ton doux.

Élise était furieuse.

- Non, je veux rien savoir! dit-elle en montant les marches du perron.

- Élise! geignit sa mère.

- Écoute-moi Élise je t'en prie! L'attitude de madame Morin avait radicalement changé.

Les trois se retrouvèrent dans le hall d'entrée et là, la dispute se poursuivit.

- Mais c'était quoi ça? Qu'est-ce qu'il t'a pris? T'es en train de devenir folle ou quoi? rajouta Élise.

La femme était hors d'elle et n'était guère prête à écouter.

- Élise, écoute s'il te plaît. Il y a des choses dans la vie, des choses, dures à expliquer pis à croire mais il faut absolument que tu me crois. Il faut quitter la maison, il faut partir d'ici au plus vite! dit péniblement la grand-mère.

Sur ces paroles, Élise leva les mains au ciel et les laissa tomber violement sur ses hanches.

- Voilà! Ben oui! Partons de chez nous! Et pourquoi? demanda-t-elle, la bouche serrée, se croisant les bras.

Le visage de la dame avait une allure sinistre que Pierre vit bien, mais Élise était aveuglée par la colère.

- Cette femme-là est dangereuse, pour tout le monde. On peut pas rester ici…. ajouta-t-elle.

Élise pointa sa mère de l'index et dit sèchement.

- Je regrette vraiment de t'avoir accueillie chez nous aujourd'hui…. vraiment, tes histoires folles là, je veux rien savoir, pis je te jure que si tu recommences, je vais te placer….

Alors qu'Élise continuait de menacer sa mère et que Pierre tentait de la calmer, sachant très bien qu'elle regretterait plus tard d'avoir été si dure, la vieille femme eut peur d'être éloignée de sa famille… et de voir l'histoire se répéter. À ce moment, elle eut un malaise et s'affaissa. Pierre la rattrapa de justesse. La culpabilité ne prit pas long pour envahir Élise.

- Appelle une ambulance vite! s'écria Pierre,

Élise courut vers le téléphone du salon, décrocha le combiné et composa. Ariane, regardait la scène du haut de l'escalier, choquée, tout en flattant Vermeille….


Un coup de pression, rien de grave, voilà le diagnostique que les ambulanciers donnèrent à la famille. Les deux hommes expliquèrent cela à cause d'une émotion trop forte. Ils devraient ménager la vieille femme pour éviter qu'une telle situation dégénère. Élise se sentait coupable plus que jamais d'avoir mis autant de pression sur les épaules de sa mère. Elle l'avait presque tuée selon elle! Pierre remercia les ambulanciers qui quittèrent sur ces simples paroles. Élise se serra contre lui et enfouit sa tête dans l'épaule de l'homme.

- Je suis une personne horrible! se plaignit-elle.

Pierre sourit et lui caressa le dos.

- Bon, ça y est! Et pourquoi? Parce que tu t'es disputée avec ta mère? demanda-t-il, candide.

- Non. Parce que je l'ai presque tuée! dit-elle, sur un ton enfantin.

- Je vais aller m'excuser. dit elle, décidée à faire la paix.

Elle grimpa les escaliers en vitesse et se dirigea vers la chambre de sa mère. Devant la porte, elle s'arrêta pour prendre son courage à deux mains. Elle respira profondément avant de frapper et d'ouvrir la porte. Elle tomba sur la vue de sa mère alitée, Vermeille sur son ventre et Ariane couchée auprès d'elle. Élise se frotta les mains, désormais moites.

- Laisse-nous seules un instant ma puce, veux-tu? demanda Élise.

La grand-mère et la petite-fille se regardèrent dès lors, complices. Madame Morin embrassa la fillette sur le front et lui dit au creux de l'oreille.

- Oublie pas ce que je t'ai dit hein?

Ariane répondit par l'affirmative et se dirigea vers la sortie. Sa mère l'arrêta et l'embrassa sur le front.

La petite fille, fâchée contre sa mère, chose que la mère voyait très bien, la regarda durement avant de demander.

- Tu vas pas faire partir grand-mère hein?

Le visage d'Élise rougit d'embarras.

- Ben non voyons… bafouilla-t-elle.

Ariane quitta sur ce, laissant une autre fille avec sa mère. Élise referma doucement la porte et se dirigea vers le fauteuil près du lit, sous les yeux de sa mère. Étrangement, la vieille femme ne semblait pas en colère contre sa fille, ce qui rendit Élise encore plus nerveuse. Élise s'assit et hésita longtemps avant de lui parler. Elle se contentait de frotter ses mains sur ses jeans. Finalement, elle la regarda et dit, doucement.

- Je m'excuse, je voulais pas te….

Élise ne vit aucune colère dans les yeux de sa mère. Elle avait seulement un petit sourire, mais sur son visage, on pouvait encore y lire une crainte profonde qui intrigua Élise.

- Maman, qu'est-ce qui s'est passé tantôt? Je comprends… juste pas comment t'as pu faire une chose pareille à une parfaite inconnue dit

Élise, dans l'incompréhension la plus totale.

D'accord, elle ne s'était pas montrée des plus à l'écoute, mais tout de même, de menacer une nouvelle voisine avec une canne n'est pas le meilleur moyen de souhaiter la bienvenue dans le quartier! Le sourire disparut du visage de la grand-mère inquiète. Comment ferait-elle? Comment expliquer? Comment raconter une histoire de la sorte? La dame réfléchit un court instant. Elle devait choisir ses mots, convaincre sa fille du danger qui les guettait, faire écho dans son cœur.

- Élise, te souviens-tu des petits médaillons que ma mère te donnait quand vous étiez petits?

- Oui, j'en ai encore quelques-uns… pourquoi? demanda Élise.

Les souvenirs douloureux envahirent la vielle femme.

- Te souviens-tu pourquoi elle vous les donnait? renchérit la dame.

- Oui, c'était des images de saints qu'elle avait fait bénir pour nous, pour nous protéger, je les ai portés jusqu'à…. sa mort en fait…. dit Élise.

- Elle vous les donnait pas pour rien, dit la dame.

- Ouvre mon vieux coffre s'il te plaît, ajouta-t-elle, en pointant le vieux coffre au bout du lit.

Élise se leva, et toujours dans l'ombre, y alla et se mit à genoux pour l'ouvrir. Lorsque cela fut fait, elle y vit des boîtes, des photos, une bible et de multiples autres petits objets comme des petits bouts de chandelles, un miroir, des icônes religieuses et quelques bijoux.

- Cherche la boîte à chaussures *Clark*, dit la mère.

Élise ne la chercha pas longtemps. Elle était sous une autre boîte, mais bien en vue. Elle la sortit et l'amena à sa mère qui lui faisait signe de la lui donner. Élise se rassit, de plus en plus intriguée. La dame l'ouvrit et en sortit la photo de mariage de ses parents.

- Wow! C'était quand ça? demanda Élise.

- En 1913…. dit la mère en souriant quelque peu.

Les deux partageaient un beau moment lorsque le sourire disparut de nouveau du visage de la dame. Elle fouilla pour trouver un paquet de lettres liées par un ruban de soie.

- Regarde ça…

Élise prit les lettres et dénoua le ruban. Ce fut alors qu'elle vit une abondante correspondance que sa grand-mère avait tenu avec des gens à Québec, à Montréal et aussi loin qu'à Paris. Elle ouvrit quelques enveloppes pour jeter un coup d'œil sur ce qui y était écrit mais tomba sur des histoires abracadabrantes.

- C'est quoi ça? Pourquoi tu me montres ça? demanda Élise, médusée.

- Il y a des choses dans la vie qu'on devrait pas savoir. Des cauchemars éveillés, qui nous poursuivent toute notre existence et qui viennent nous hanter même quand on croit être trop vieux. Écoute attenti-vement ce que je vais te raconter Élise... écoute bien......

# Second livre

## La dernière maison du rang Saint-Gabriel

La chaleur au-dessus du gros poêle était pratiquement intolérable. Laure s'en éloigna. La vapeur des légumes bouillis et de la viande s'échappait du large chaudron de téflon en gros bouillons et lui rougissait les joues. La petite Blanche, âgée de cinq ans, faisait elle aussi sa part. Comme toutes les petites filles de ce temps, elle apprenait son futur métier, celui d'épouse et de mère, et ce, en côtoyant la sienne. Elle épluchait des pommes de terre avec le plus grand souci.... même si elle n'y parvenait pas très bien. Elle sentait son aide comme essentielle car sa mère était maintenant enceinte de sept mois, et la grossesse lui pesait. En effet, c'était sa quatrième, et sur les trois premières, seule la petite Blanche avait eu la force de survivre à la naissance. L'enfant était malgré tout de nature frêle et leur récente implantation dans le village de Saint-Jérôme au Lac Saint-Jean, avait été une épreuve pour toute la famille. Émile, l'époux de Laure, avait convaincu sa femme de quitter la ville de Québec pour retourner vivre en campagne : lieu de leurs origines. Les deux étaient enfants d'agriculteurs, avaient grandi sur des fermes et s'y étaient mariés. Cependant, ils s'étaient installés en ville pour travailler. Devant la rudesse de la vie en ville et leur relative incapacité à bien y vivre, la précarité d'emploi, la petitesse des logements et leurs prix élevés, Émile avait perdu son enthousiasme. La famille Potvin provenait de la région de Kamouraska mais avait beaucoup bougé pour l'époque. Effectivement, après leur mariage en 1913, le couple avait déménagé à Québec et venait tout juste de s'installer dans un rang en marge du village de Saint-Jérôme. Les concessions abordables et les bas prix les y avaient attirés. Un court instant, Émile avait même songé partir aux États-Unis vers les riches manufactures du sud, à la recherche de main-d'œuvre bon marché, comme bon nombre de Canadiens français; cependant, devant les doléances de sa femme, il avait abandonné l'idée. Leur maison de bois, fraîchement rénovée, était la plus lointaine du village et avait été abandonnée quelques années auparavant. Par contre, personne n'avait pu expliquer à Émile la raison de cet abandon…. pour la simple et bonne raison que c'était un mystère. Il y avait deux semaines, en ce printemps chaud et humide, qu'ils s'y étaient installés, et tentaient, tant bien que mal, de se reconstruire une vie. Après avoir réparé la maison, ses bardeaux, ses fenêtres, ses volets, ses corniches, sa devanture, sa galerie et les pièces qui le nécessitaient, Émile s'attaquait maintenant à débroussailler la terre, elle aussi abandonnée et dans un piètre état. Laure et Blanche restaient à la maison et transformaient la petite maison de bois en demeure dans l'optique d'en faire leur foyer et d'y installer une famille nombreuse. Malgré toutes leurs bonnes intentions, Laure avait très bien remarqué l'étrange réaction des gens lorsqu'ils mentionnaient où ils habitaient.

- La dernière maison du rang Saint-Gabriel.

Tous avaient la même réaction au village, cette crainte sincère et innée qui se lisait sur leur visage n'inspirait pas confiance à la femme, mais son mari l'avait rassurée. Il ne fallait surtout pas se fier aux ragots de bonnes femmes du village! À quoi bon? Qui plus est, ils avaient tout quitté, de nouveau, dans l'espoir de se refaire une vie, plus prospère, plus douce et plus simple! Ils ne pouvaient pas, ne devaient pas, tout sacrifier à cause de commérages.

Tout avait commencé quelques temps auparavant, lors de leur descente du bateau au port de Chicoutimi, Émile avait fait la connaissance d'un soi-disant promoteur du Lac Saint-Jean, un certain Albert Duval, qui était aussi notaire à Alma. L'homme, dans la quarantaine et d'apparence bien mise, lui avait parlé des grandes possibilités qui s'offraient aux jeunes familles désireuses de travailler la terre dans la région. Il avait aussi ajouté qu'il avait une offre en or pour lui, la dernière maison du rang Saint-Gabriel à Saint-Jérôme à un prix dérisoire. Émile y avait vu un coup de pouce divin et avait pensé, que finalement, la chance leur souriait. Comment aurait-il pu dire non? Ils avaient donc entrepris le voyage vers le Lac Saint-Jean, les terres cultivables du Saguenay étant peu fertiles et déjà bien nantis de fermiers. En arrivant dans le village, la petite famille avait été chaleureusement accueillie par les villageois. Néanmoins, dès qu'ils avaient mentionné aller habiter la dernière maison du rang Saint-Gabriel, les quelques villageois avec qui ils discutaient avaient affiché un regard hagard et craintif. Ils ne firent pas attention sur le champ. Quelques jours plus tard, Laure se rendit, avec Blanche, au magasin général et reçut un accueil tout aussi chaleureux d'Antoinette Lemire, la tenancière de l'endroit, et de Victoire Hamel, la femme du maire. Par contre, dès qu'elle mentionna habiter la dernière maison du rang

Saint-Gabriel, les deux femmes affichèrent la même expression inquiète que les autres. Laure, harassée, et ne sachant pas de quoi il s'agissait, demanda.

- Pouvez-vous me dire c'est quoi le problème avec notre maison?

Les deux femmes échangèrent un regard piteux avant de se retourner vers Laure. Un instant, elle crut que les deux avaient peur. Qu'y avait-il donc de si terrible? Quel était ce secret si horrible que personne n'osait mentionner? Antoinette regarda sa voisine et dit.

- Tu y vas ou moi?

Victoire se leva les mains ne voulant pas avoir à se les salir. Sur le ton de la confidence, Antoinette fit signe à Laure de se baisser pour qu'elle puisse parler à voix basse; là, la tenancière se mit à susurrer une histoire des plus sordides.

- Votre maison est tout près de la colline Cœur-Crevé. Avez-vous vu la maison sur la colline?

Laure n'avait jamais entendu ce nom depuis son arrivée, elle s'enquit d'en savoir plus. Les ragots étant ce qu'ils sont, Victoire ne put s'empêcher d'intervenir dans la conversation.

- Et bien….. la maison sur la colline, elle appartient à Stella Larousse.

Autre information dont Laure n'avait jamais entendu parler. Bon, ils avaient une voisine dont ils ne connaissaient pas l'existence, et après?

- Non! Cette femme n'est pas une bonne chrétienne! renchérit Antoinette.

- Elle ne s'attache pas les cheveux et ne les couvre jamais! dit Victoire.

- On raconte qu'elle a des mœurs légères et personne ne l'a vue aller à la messe ou à la confesse! ajouta Antoinette.

- Certains disent même….. qu'elle serait une sorcière! rajouta Victoire, toute nerveuse.

- Je ne voudrais pas habiter cette maison-là. J'aurais bien trop peur pour moi et ma famille, termina Antoinette.

Ce fut ainsi que Laure prit connaissance de la légende locale; mais elle ne s'arrêta pas là; piquée par la curiosité qui l'habitait, elle posa plusieurs questions sur le sujet à d'autres villageois et tous étaient d'accord, Stella Larousse était une femme de peu de vertus, elle avait eu des amants, ne s'était jamais mariée et selon certains récits des plus extrêmes, sacrifiait des animaux dans des rituels sataniques. Laure entendit les pires atrocités sur cette femme et développa une peur profonde et sincère à son propos. Ce soir-là, elle se précipita chez elle et inonda son mari d'informations saugrenues et confuses sur cette Stella. Cependant, Émile la fit se ressaisir lorsqu'il lui dit.

- As-tu déjà rencontré cette femme-là Laure?

Question juste et légitime à laquelle Laure ne pouvait donner que non comme réponse. Certes, la femme avait mauvaise réputation, mais tous les villages avaient leurs histoires et Saint-Jérôme n'échappait pas à la règle. Elle s'était donc convaincue de faire abstraction de tous les commentaires incisifs et méchants des villageois et attendrait de rencontrer la dite Stella en temps et lieu. En effet, Jésus ne disait-il pas, de ne pas faire à autrui ce qu'on ne voudrait pas qu'on nous fît! Tous les jugements que Laure avait entendus n'étaient que des histoires sans fondement, de la médisance. La famille Potvin était pieuse et pratiquante, Laure voulait donc appliquer les valeurs chrétiennes qui lui étaient chères. Elle essaierait de ne pas juger, ni accuser. La tâche lui serait ardue à coup sûr!

Émile entra dans la petite maison couvert de sueurs. Ce printemps, extraordinairement chaud et humide pour la région, rendait sa tâche difficile. Il était midi, il avait faim, et le soleil était à son zénith. Il se reposerait un peu. Il se versa un verre d'eau et caressa la tête de sa fille avant de s'asseoir dans sa chaise berçante pour regarder sa petite famille. Son épouse avait 26 ans, dotée naturellement d'une silhouette généreuse, les rondeurs de sa grossesse ne l'embellissaient pas moins, au contraire! Laure avait un visage ovale, des yeux bleu clair, un nez légèrement pointu et une bouche pulpeuse. De taille moyenne, même un peu plus grande que lui, elle était de nature espiègle et avait une personnalité forte. Son sourire sincère et son regard doux, le tout, jumelé à un physique agréable, ni laid, ni beau, l'avait conquis. Sans oublier son rire éclatant! La femme était blagueuse et un peu irrévérencieuse, Émile avait littéralement craqué. De plus, elle avait une large tignasse brune et frisée, indomptable et rebelle, qu'elle arrivait difficilement à attacher en chignon. Non pas qu'elle n'était pas coquette, loin de là, seulement que la tâche était si ardue, qu'elle se donnait la peine de la peigner seulement pour les grandes occasions! Il sourit en la regardant travailler, son amour pour elle lui serrant la gorge. Lui, n'était pas très grand sans être minuscule, il était costaud et de bonne constitution. L'homme de 27 ans avait un visage gracieusement viril, une peau de lait imberbe mais des traits carrés et masculins. Ses sourcils pointus et inquisiteurs habillaient de petits yeux noisette curieux. L'homme timide avait connu sa belle dans les messes du dimanche de sa paroisse natale et avait tout de suite fondu pour cette grande fille, aux cheveux fous et toujours mal prise. Elle, n'avait rien vu jusqu'à une certaine procession de mai, où sa cousine lui avait fait remarquer le petit Potvin. Laure s'était rendue compte que le jeune homme rougissait devant elle et bafouillait lorsque venait le temps de lui parler. Elle lui avait donc donné un petit coup de main. Ils s'étaient dès lors fréquentés quelques mois, avant de se fiancer, dix ans plus tôt. Deux ans après leurs fiançailles, ils avaient convolé en justes noces et depuis, vivaient un mariage difficile, mais empli d'une affection certaine et sincère. Blanche avait été un cadeau du ciel, et les deux la chérissaient. Portrait tout craché de son père, elle avait tout de même les yeux bleus de sa mère. Bref, la petite famille était unie dans la misère, ils faisaient front commun et se serraient les coudes.

Un peu plus tard, Laure termina son dîner et servit son époux et sa fille avant de s'asseoir auprès d'eux, et de manger, elle aussi. Aussitôt le tout terminé, Émile retourna à sa besogne, son cheval de trait l'attendait. Il sortit de la petite habitation et se dirigea vers son champ, il se détourna un instant pour regarder sa petite maison, tapie près des arbres et sa gorge se noua de nouveau. Il prit un court moment pour savourer cet instant. Il avait sa maison, sa terre et sa famille, tout, lui semblait-il, paraissait se placer. Le fruit de son labeur en valait la peine. Une émotion qu'il ne connaissait guère le prit dans ses bras, il était heureux!

À l'intérieur, Laure continuait son travail. Elle lava la vaisselle et commença déjà à préparer le souper. Elle mit des pommes de terre à bouillir et se dirigea ensuite vers son balai. Si le travail des hommes était dur, celui des femmes l'était tout autant. Tenir une maison, nourrir ses occupants, s'occuper des enfants, coudre, réparer, nettoyer, faire le pain, etc. La petite Blanche la suivait partout et faisait ce qu'elle pouvait pour l'aider. Le temps passa et le soir vint. Après avoir rentré son cheval dans sa petite grange délabrée, à rénover elle aussi, Émile retourna chez lui. La petite famille se réunit de nouveau pour souper. Ils s'assirent tous ensemble, se prirent les mains, et là, Émile récita le bénédicité. Par la suite, ils mangèrent en chœur et discutèrent. Le souper était l'occasion de se réunir, d'échanger, et de serrer les liens. Lorsqu'ils terminèrent, Laure rangea tout, tandis qu'Émile s'assit sur sa chaise berçante. Il alluma sa pipe alors que Blanche jouait avec sa petite poupée de chiffon gris. Laure les rejoignit et s'assit elle aussi, pour tricoter. Auprès du feu, purement ostentatoire, ils parlèrent peu, épuisés, mais satisfaits de cette journée. Le soleil se coucha vers huit heures, Blanche devait aller dormir. Laure la reconduit, la changea, lui fit dire ses prières et la coucha dans la petite chambre qui faisait face à la leur. Un peu plus tard, ses parents allèrent à leur tour dans leur chambre, ils prièrent eux aussi, avant de se coucher dans leur lit grinçant. Doucement, mais sûrement, ils s'assoupirent dans un profond sommeil. Les journées étaient pleines et nul n'avait de temps à gaspiller. Demain serait un autre jour de travail tout aussi long et pénible. Cependant, ils ne se plaignaient pas de leur sort, tout ce qu'ils avaient leur était une véritable bénédiction. Le travail n'était pas ingrat et les efforts loin d'être inutiles. La récompense était là chaque jour que le bon Dieu faisait pour eux.

## Une étrangère qui passait par là

Le lendemain, au lever du jour, alors que les rayons chauds du soleil effleuraient à peine la cime des arbres, le roi de la basse-cour claironna l'arrivée du jour. Son chant clair et légèrement agressant réveilla toute la petite famille Potvin, profondément endormie. Laure, à son habitude, fut la première levée. Elle s'habilla, réveilla sa fille et se dirigea vers son gros poêle, pour préparer le déjeuner. Il ne faut pas penser que les repas étaient sa tâche la plus difficile. Ils n'étaient que trois dans la maison, elle venait d'une famille de douze enfants, et était la troisième fille. Elle avait préparé des repas pour bien plus de monde! C'était surtout sa grossesse qui la fatiguait. Blanche la rejoignit à la cuisine et mit la table, comme elle put. Elle fut suivie par son père, quelques minutes plus tard. Émile et Laure avaient leur petit rituel matinal. Il alla se placer derrière elle, l'embrassa dans le cou et lui caressa le ventre en lui disant.
- Bonjour ma Laure en or!
Et Laure sourit en ricanant. C'était inévitable, dès qu'il faisait cela, elle ne pouvait s'empêcher de sourire et de laisser échapper un petit rire sec. Cette petite attention de son époux la touchait. La routine reprit son cours normal, on mangea et arriva vite le temps de se mettre au boulot! Émile était déjà tout vêtu pour aller continuer ses labours. Il quitta la maison pour se diriger vers sa grange, laissant sa femme à ses torchons et ses chaudrons. Le soleil était maintenant bien levé et réchauffait déjà l'air ambiant. Le ciel était d'un bleu limpide et les champs d'Émile, s'étendaient presque à perte de vue devant lui. Il n'avait pas terminé de tout débroussailler, mais il avait déjà quelques arpents de terre qu'il pouvait labourer et cultiver. Il travaillait par étape. Sa lande de terre recouvrait une grande partie du rang, alors que les autres lots étaient beaucoup plus courts. Il traversa le rang et entra dans la grange. Là, il attela son cheval et le sortit. Il y attacha sa charrue et débuta sa besogne. Le temps passa et le travail avançait. Il labourait, encore et encore. Le labeur a cela de satisfaisant, à chacun

de ses pas, il voyait sa terre se transformer et il pouvait désormais rêver de sa moisson à l'automne. Lorsqu'il parvint à la portion de terre qui longeait la route, près du grand orme, il faisait déjà bien chaud et il peinait sous l'effort. Presque tout son corps était recouvert de sueur et son cheval se mit à haleter. Soudain, l'animal sentit un obstacle lorsque vint le temps d'avancer, alors il tira plus fort, mais la charrue avait frappé une roche, profondément enfouie dans la terre. Émile tenta de calmer l'animal, mais son obstination étant grande, le cheval s'entêta, tellement, qu'il finit par faire céder une des ganses de l'attelage. Malchance! Émile fut si en colère qu'il ne put, malgré sa bonne volonté, s'empêcher de laisser échapper quelques blasphèmes. Il devrait se rendre au village pour en acheter une autre, et cet imprévu ne faisait aucunement son affaire. Alors qu'il reprenait son souffle, un peu découragé, mais pas abattu, il vit une silhouette se dessiner sur le rang, marchant au loin. Elle se dirigeait vers la croisée avec la route menant au village. Le rang Saint-Gabriel s'étendait, perpendiculairement à la route du village. La colline Cœur-Crevé était à l'ouest, le rang se terminait à son flanc. Plus la silhouette avançait, plus elle devenait claire et distincte. Petit à petit, le corps de la femme arriva devant Émile. Il n'y avait aucun doute, ce devait être Stella Larousse. De qui d'autre aurait-il pu s'agir arrivant de la colline? La vision qui s'offrit à l'homme le surprit. Arrivée auprès de lui, elle s'arrêta et les deux se considérèrent un instant. La femme qui se tenait devant lui avait une apparence étrange, il ne s'attendait pas à cela. Pas avec tout ce que sa femme lui avait conté. Il s'était attendu à voir une vieille femme effroyablement bossue et laide, repoussante, aux cheveux gris hirsutes, couverte de verrues et au nez crochu, comme dans les contes pour enfants. Cependant, la femme devant lui était bien différente. La femme semblait avoir la mi-trentaine. Elle avait de longs cheveux noirs ondulés qui lui tombaient sur les épaules et le dos, jusqu'aux fesses. Quelques tresses s'y trouvaient emmêlées avec ce qui semblait être des perles ou des fils d'or. Comme les villageois l'avaient raconté, elle ne les attachait pas. Elle portait un châle mauve et une robe d'un rose terne. Elle était plus colorée que toutes les femmes qu'Émile avait pu voir dans sa vie. Elle portait des bijoux étranges et exotiques : des bagues et des bracelets dorés, serties de fausses pierres précieuses, ainsi que des boucles d'oreilles longues faites d'ambre. Elle avait une gourde à sa taille, attachée à une ceinture brillante et couverte de petits médaillons clinquants, et un panier recouvert d'un linge, probablement, pour aller acheter des vivres au village. Elle était relativement jolie, pas plus que sa femme, songea Émile, mais elle avait des yeux perçants et envoûtants. Ils étaient grands et d'un brun miel qu'Émile n'avait jamais aperçu. Elle était intrigante. Somme toute, Émile la trouvait étrange mais était piqué par la curiosité, elle semblait si exotique, s'il avait connu le mot, il vous l'aurait décrite comme ressemblant à une gitane….. Ils échangèrent un court regard avant que Stella ne brise le silence.

- Quel animal obstiné n'est-ce pas? Faire cela à son maître sous un tel soleil!

Émile sourit.

- Il voulait bien faire, je lui en veux pas trop.

Cette réplique la fit rire doucement. Émile continua.

- Vous êtes Stella Larousse n'est-ce pas?

La femme eut un sourire pincé et hocha de la tête. Elle se doutait très bien de ce qu'il avait pu entendre.

- Comme je peux le constater, ma réputation me précède. Que vous a-t-on raconté à mon sujet? Rien de trop médisant j'espère, dit-elle, ironique.

Émile était mauvais menteur et l'expression sur son visage le trahit tout de suite. Stella n'eut aucune difficulté à deviner.

- Vous inquiétez pas, ajouta-t-il. Je porte pas attention à ces histoires de bonne femme là!

Stella sourit de plus belle à ces mots.

- Vraiment? posa-t-elle, plus à elle-même, en ne cherchant pas de véritable réponse.

- Je suis Émile Potvin, renchérit-il.

- Enchantée Émile, moi c'est Stella, rétorqua la femme.

- Ça fait pas longtemps que vous êtes ici n'est-ce pas? demanda-t-elle.

- Ma famille et moi, on est arrivés il y a deux semaines à peu près…

Là, sur le bord de la route, ils discutèrent un peu. Émile narra leurs péripéties depuis Québec jusque là, en prenant soin de parler de Laure, de Blanche et de l'enfant à naître. Stella quant à elle, lui posait plus de questions que d'autre chose. Émile ne comprit pas la mauvaise réputation de cette femme. D'accord, son apparence était étrange pour les us et coutumes de l'époque, mais elle avait l'air amical. Voyant qu'il avait eu bien chaud, Stella dégaina sa gourde et la lui offrit.

- Vous devez avoir soif mon bon ami, sous ce soleil de plomb. Prenez quelques gorgées de cette eau, dit-elle.

À cette offre, Émile hésita, mais Stella renchérit.

- C'est une eau pure, qui vient d'un petit ruisseau qui se jette dans la Belle-Rivière. Il passe tout près de ma maison et son eau est cristalline, prenez-en, ne craignez rien, je vous assure.

Devant un tel altruisme, Émile accepta et but volontiers de son eau. Et quelle ne fut pas sa surprise de sentir une désaltération profonde l'envahir! L'eau était juste assez froide pour le rafraîchir sans lui faire mal à la gorge, et elle avait un goût parfait, légèrement sucré. Il en but plusieurs gorgées avant de lui redonner la gourde.

- Ma parole ! Merci. Vous aviez raison, dit-il, votre eau est parfaite….. Je pense pas en avoir bu d'aussi bonne!

Stella afficha un large sourire en remettant sa gourde en place. Ils se regardèrent encore un peu avant que Stella ne le salue.

- Et bien ça a été un plaisir mon cher Émile. Je dois aller au village, j'ai des achats à faire.

- Moi aussi ça a été un plaisir, vraiment. Au plaisir, dit-il.

Stella continua son chemin sous ce soleil, et le regard curieux de l'homme. Comment pouvait-on vilipender cette pauvre femme ainsi? Son attitude avait été parfaitement amicale et sincère. C'était totalement injustifié selon lui. On la jugeait gratuitement et sans raison. Mais d'autres affaires le tracassaient plus à cet instant que la mauvaise réputation de sa voisine. Émile retourna à sa ganse et son cheval. Quelle malchance! Il devrait aller au village lui aussi, mais pas maintenant, il irait manger avant cela. En entrant dans la maison, Laure et Blanche le saluèrent en chœur. Le repas était déjà prêt, il n'eut qu'à se mettre à table. Alors que Laure lui versait à boire, il raconta sa rencontre.

- Je l'ai rencontrée ta Stella….. dit-il, nonchalant.

Tout de suite, Laure lui lança un regard inquiet.

- Où ça? demanda-t-elle, nerveuse.

- Le cheval a brisé une des ganses de la charrue, je me reposais quand elle est passée pour aller au village. Elle a une drôle d'attrique, mais elle a l'air ben gentille, dit-il.

Mais cette histoire ne la satisfit pas.

- C'est tout? Vous avez-tu parlé? demanda-t-elle, toute aussi anxieuse.

Émile vit à cet instant l'inquiétude se lire dans les yeux de sa femme.

- On a jasé un peu, du rang, de notre arrivée….rien de fantastique. Je te jure que le monde exagère.

Même si Émile tentait de la rassurer, Laure avait un pressentiment. Cette mystérieuse femme avait tellement mauvaise réputation, ne dit-on pas qu'il n'y a jamais de fumée sans feu?

- C'est pas une bonne chrétienne d'après les femmes du village, j'aimerais mieux que tu y parles pas! dit-elle, visiblement inquiète.

Émile ne broncha pas, il s'attendait à ce que sa femme réagisse ainsi, cependant, bien que timide et assez obéissant, il avait appris à se forger des opinions qui lui étaient propres. Personne, encore moins le curé, ne pouvait lui dicter sa conduite ou ce qu'il devait penser. Ironiquement, c'était un curé, qui, lorsqu'Émile avait quinze ans, lui avait appris à penser par lui-même. Depuis lors, à l'aide de ses valeurs, Émile tentait de peser le pour et le contre de toute situation, en ne demandant l'opinion des autres, que pour nourrir son propre cheminement personnel. Stella était certes une femme différente des autres, mais il ne se sentait pas prêt, loin de là, à la clouer au pilori comme le village semblait, lui, l'être.

- Les femmes du village! Pfff! Écoute Laure, elle m'a même donné à boire l'eau de sa gourde, elle était pas obligée de faire ça! C'est pas chrétien à ton goût ça? dit-il, cinglant.
Laure ne broncha pas non plus, mais son mari marquait un point.
- Attends donc de faire sa connaissance avant de la juger, ajouta-t-il.
La femme était prise de panique, elle n'aurait pas pu dire si c'était la chaleur accablante, la grossesse pesante, cette femme mystérieuse ou tout en même temps qui la rendait si fébrile, mais elle fut prise de bons sentiments devant l'obstination de son époux et de légers remords devant ses propres jugements gratuits et sans fondement. Elle chercha tous ses bons sentiments, en bonne ouaille pratiquante qu'elle était, et s'appliqua à ne pas juger.
- T'as probablement raison Émile. Je vais attendre de la connaître.
Émile fut satisfait et lui dit heureux.
- Bon! Tu vois! C'est pas si compliqué! Tu vas voir, elle est une femme ben gentille je pense.
À ce moment, bien qu'un peu soumise, Laure lui renvoya sarcastique-ment!
- Ben sûr hein! Mais en tout cas, je sais ben pas où je vais la rencontrer parce qu'elle va pas à l'église le dimanche! dit-elle, la bouche pincée.
Cette remarque n'était pas destinée à Stella, aucunement, mais directement à Émile, qui s'en aperçut tout de suite, mais ne dit rien. Ça ne valait pas la peine d'en rajouter, assez de tensions comme ça! Laure continua ses besognes sans parler de tout le midi. Ils mangèrent en silence, sous les regards curieux de la petite Blanche, qui, avait compris qu'il ne fallait pas parler quand les deux ne parlaient pas, mais pourquoi, ça, c'était un peu trop lui demander! Lorsqu'ils finirent de manger, Émile se leva et retourna à son travail, Laure fit de même. La journée continua son cours sans autre anicroche. Émile et Laure s'adressèrent à peine la parole de la journée, tous les deux, légèrement

orgueilleux, ne voulant pas faire de premier pas. La nuit tombée, ils entrèrent dans un profond sommeil réparateur. Pas de temps pour les disputes ou la rumination d'idées noires. Il fallait, en bons chrétiens, pardonner.

## Un dimanche parmi tant d'autres

Quelques jours s'écoulèrent dans la plus grande plénitude. Émile et Laure avaient enterré leur hache de guerre depuis longtemps et ne songeaient plus vraiment à cette histoire, ils n'avaient guère le temps pour ça! Les deux possédaient cette faculté inhérente à se pardonner mutuellement qui témoignaient de leur profonde affection l'un envers l'autre. Peu de crimes leur était capital, et jusqu'à maintenant, aucun conflit ou trouble qui s'était dressé devant eux n'avait été suffisamment grave pour remettre leur union en question. Ils étaient plus forts unis que séparés. Ce n'était pas un manque de rancœur ou de sentiments vindicatifs, mais plutôt, une candeur naïve. Le dimanche suivant, la petite famille se dirigea vers le village afin d'assister à la messe dominicale, leur troisième depuis leur arrivée. De toute façon, il était de mauvais augure de travailler le dimanche. C'était jour de repos, il fallait se reposer et communier! Tels étaient les commandements de Notre Seigneur! La petite carriole entra dans le petit village, fondé à peine cinquante ans plus tôt, et bifurqua vers le centre, où se trouvait l'église. Près d'elle, tous les habitants du village s'engouffraient dans les petites portes de la maison divine toute faite de bois. Elle suffisait difficilement pour toutes les ouailles et on parlait déjà d'en construire une nouvelle, plus ample et plus majestueuse, apte à accueillir le peuple en croissance constante.

La population du petit hameau augmentait fortement, grâce, notamment, à la natalité en hausse mais aussi à l'implantation de nouveaux venus, dont les Potvin. La petite famille descendit de sa vétuste calèche grinçante, Émile attacha le cheval à un poteau et toute la petite famille se dirigea, elle aussi, vers la masse de gens qui entrait. Le dimanche voyait s'afficher les gens sous leurs plus beaux atours. On s'habillait proprement, on mettait des chapeaux de feutre, des souliers vernis, des gants. C'était l'occasion de prier mais aussi de se réunir, de pavaner. Toute la localité en profitait pour échanger et tisser des liens. La famille Potvin alla s'asseoir sur un banc près du centre gauche. Quelques places restaient encore mais elles furent vite comblées. Lorsque le petit bâtiment fut rempli, le curé du village, le père Jean-

Louis Turcotte commença son homélie dominicale. Le silence se fit presque aussitôt et tous écoutèrent attentivement. L'homme d'église, de presque cinquante ans, parlait doucement mais semblait fort convaincu de ce qu'il disait. L'homme un peu bedonnant, avait une physionomie un peu ingrate, mais un regard sincère qui inspirait confiance. Tout de suite en le voyant, Laure fut rassurée. La femme, profondément pieuse, recherchait constamment dans les gens d'église sécurité et réconfort à ses anxiétés. Le père Turcotte avait le physique de l'emploi! Il parla longtemps et toutes ses prières furent accueillies par des *Amen* bien sentis et des génuflexions. Bientôt, arriva le temps de l'Eucharistie. On se mit sagement en ligne afin de recevoir le divin pain de la communion, l'hostie du Salut. Le petit village passa un par un afin de le recevoir. Par la suite, le curé ajouta quelques petites informations dont on ne fera pas mention et termina sa messe sur un *Allez en paix* ! Si l'église s'était remplie lentement, elle se vidait tout aussi lentement, sinon plus! Cependant, on ne s'en plaignait pas, on discutait, c'était le moment approprié de socialiser. Même que le tout se poursuivait sur le parvis, devant l'église. Même le curé en profitait pour potiner et échanger avec les villageois. Là, la famille Potvin rencontra les familles d'Alphonse et Victoire Hamel, le couple royal du village, avec leurs deux enfants, et les Lemire, Thélesphore et Antoinette, ainsi que leurs quatre enfants. Les adultes entamèrent la conversation, ce qui permit aux enfants de fuir pour jouer avec les autres. Depuis leur récente implantation, c'était la première occasion que le couple Potvin avait de rencontrer, en situation hautement et symboliquement sociale, des gens de prestige et d'importance du village. C'était crucial pour eux, pour leur statut. Émile connaissait déjà le maire, Laure, les femmes. Il fallait briser quelques glaces encore pour que toutes les présentations soient officiellement faites. Ils se connaissaient, malgré tout, tous par personne interposée. Il n'avait pas pris grand temps pour que tout le petit village eût connaissance de la venue d'une nouvelle famille au village. Émile présenta sa femme au maire, grand homme sec, dont la prestance inspirait la noblesse. Le couple Hamel était propriétaire et bourgeois, les deux n'avaient aucunement l'apparence d'agriculteurs; leur style, leur manière de parler, tout démontrait chez eux une totale absence de travail manuel et un raffinement digne de l'aristocratie citadine. Ils étaient propres, presque trop, et chics. Néanmoins, ils ne sombraient pas dans le snobisme et étaient ouverts à leurs concitoyens. On les appréciait fortement et ils étaient respectés, leur bonne réputation dépassant largement les bornes du village. Il en était de même pour le couple

Lemire. Ils étaient des personnages centraux du village, cependant, en tous bons commerçants qu'ils étaient, leur travail était légèrement plus physique et leur condition moins avantageuse. Outre cela, l'abondance pécuniaire se lisait dans leur surplus de poids, assez rare à l'époque…. Le couple Potvin faisait pâle figure à leurs côtés, mais personne n'y portait de réelle attention pour la simple et bonne raison que la majorité des autres villageois étaient agriculteurs comme eux.

- Je vous souhaite la bienvenue dans notre humble village, c'est un plaisir, dit le maire, en enlevant son chapeau devant Laure.

On se sourit et se salua, les femmes se connaissant déjà, ce fut le tour des hommes de se présenter.

- Où habitez-vous mon cher ami? demanda, tout bonnement, monsieur Lemire.

Il fut tout de suite accueilli par un léger coup de coude dans les côtes de la part de sa femme. L'homme ne comprit pas et la mira, pincé. Antoinette afficha un sourire nerveux et un regard inquiet. Elle dit, les dents serrées, espérant ne pas se faire entendre.

- J'te l'ai dit, nono !

L'incompréhension de l'homme subsistait, Victoire vint mal à l'aise tandis qu'Alphonse, nageait dans le même mystère que son voisin. Voyant les femmes se débattre dans une situation dans laquelle elles n'étaient aucunement à l'aise, Émile décida d'abréger leur souffrance et de crever l'abcès. Il fallait dire tout haut, ce que tout le monde chuchotait déjà tout bas.

- On habite la dernière maison du rang St-Gabriel. dit Émile, préparé.

La réaction de Thélesphore ne mentit pas, mais celle du maire était plus amusée que d'autre chose, ce qui rassura Émile et Laure ; elle, de sa peur, lui, de se sentir ostracisé, d'être regardé comme un gueux pestiféré à cause de sa maison.

- Je vois, dit ironiquement le maire.

Émile et Alphonse s'échangèrent un regard complice, que tous relevèrent. Victoire s'insurgea à cette désinvolture.

- C'est pas des blagues ces histoires-là…. c'est du sérieux, c'est… une catin cette femme-là… elle peut ben sacrifier des chats pis……

À ce moment précis, le visage de la femme se figea. Elle était comme pétrifiée. Quelqu'un avait surgi derrière Émile et Laure et la fixait en souriant. Tous s'en rendirent compte et pivotèrent pour regarder ce qui causait un si grand malaise chez la dame. C'était Stella Larousse en personne, qui se tenait derrière eux, les poings sur les hanches et qui écoutait, l'air béat, toute la conversation. Victoire faillit défaillir et se complut en excuses confuses et bégayées.

36

- Stella.. ha,... ha ha... ha! dit-elle, sur un ton, faussement heureux.

- Quel plaisir de vous revoir! C'est rare... de... que... qu'on vous voie dehors, le dimanche! Ha... ha..... Encore plus devant l'église! Oh mon Dieu.....

La tension devint palpable. Laure se mit à regarder tout le monde furtivement et nerveusement. C'était la première fois qu'elle la voyait et étrangement, elle aurait voulu s'enfuir à la course! Quelque chose clochait! Un sentiment désagréable l'envahit subitement. Une peur sincère naquit en elle, comme si, d'instinct, elle sut qu'elle devait se méfier d'elle. Stella se tenait là, sans broncher, souriante, le regard perçant.

- Je vous ai interrompus, pardonnez-moi, continuez, vous disiez madame Hamel?

Cette réplique cinglante fit taire la femme sur le champ, elle en baissa les yeux tellement la honte l'envahissait. Stella les regarda tous, sans ne rien dire, en affichant toujours ce regard perçant et ce sourire étrange avant de dire :

- Très bien, alors je vous salue bien! Je quitte maintenant, j'ai des achats à faire.

On la salua maladroitement et on la regarda quitter. Stella était habituée à ces histoires, mais personne n'apprécie se faire déprécier gratuitement de la sorte.

- Vous l'avez vue? demanda Antoinette, outrée!

Dès que Stella ne fut plus visible, Victoire, Antoinette et Alphonse reprirent leurs ragots, sous les yeux désolés d'Émile et Alphonse. Laure, elle, resta muette jusque dans la carriole. Les trois avaient parlé sans cesse de Stella, elle était presque une vedette dans le village; certes, loin d'être adulée, mais presque aussi connue que le maire ou monsieur Lemire! En route vers leur maison, Émile s'adressa ainsi à sa femme.

- C'est bien que tu aies pas embarqué avec les autres. Pauvre femme, se faire salir de même en pleine face! lança-t-il, sincère.

Laure restait muette, le regard fixe, loin dans sa bulle. Émile voyant sa femme dans les nuages décida de la ramener des nues.

- Laure, t'es où?

La femme secoua légèrement la tête avant de dire.

- Excuse-moi, je suis fatiguée. Tu disais quoi? demanda-t-elle, feignant l'indifférence.

- Stella, comment tu l'as trouvée? ajouta-t-il.

- Ben.... j'avoue qu'elle s'habille assez spécial merci! Mais bon, on s'est même pas présentées. Mais je comprends dans les circonstances, dit-elle.

- T'as plus peur d'elle? demanda-t-il.

- Ben non, t'inquiète pas, ça va être correct, termina-t-elle promptement.

Émile fut satisfait de voir que sa femme semblait avoir maîtrisé ses délires paranoïaques. Il continua de parler sur moult sujets, discourant seul et portant peu attention à sa femme. Cependant, il aurait dû. S'il l'avait fait, il se serait peut-être rendu compte que sa femme lui avait candidement menti. Peut-être aurait-il même vu qu'elle était plus terrorisée que jamais, au point d'en perdre ses mots. Laure était plus qu'obsédée, par contre, elle avait de la difficulté à cerner à propos de quoi. Elle avait eu un long frisson froid et douloureux qui lui avait traversé l'âme dès qu'elle avait posé ses yeux sur Stella. Bizarrement, ce n'était pas ses cheveux, ses bijoux ou sa robe qui l'avaient dérangée, comme on aurait pu le croire, c'était ses yeux perçants, son sourire froid, son attitude arrogante. Quelque chose de malsain dormait en cette femme, pensait-elle, se dégageait d'elle. On aurait dit que presque tout le village le ressentait, mais pas comme Laure, pas aussi fort qu'elle. Si tous les villageois voyaient en Stella une mauvaise chrétienne, peu vertueuse, Laure quant à elle, sentait autre chose, mais elle n'aurait pu dire quoi…. mais ce quelque chose lui semblait beaucoup plus inquiétant. Laure se mit à jouer dans les cheveux de sa fille pour se calmer, le regard vide. Émile continua de débiter ses histoires sans voir sa femme. Laure s'enferma dans son mutisme ne sachant que faire de ses lugubres appréhensions. Son sentiment était fort, mais la signification lui échappait encore. Par contre, cela n'augurait rien de bon, et malheureusement pour elle, il lui semblait qu'elle était la seule à le ressentir!

## Une visite au marché

Malgré toutes ses appréhensions, Laure se tut, elle s'enferma dans un silence obstiné et un stoïcisme inébranlable. Le temps passait, et la famille continuait son petit train-train quotidien, sans plus. Ce fut ainsi que Laure put mettre de côté, un temps, ses peurs et se concentrer à d'autres choses plus pressantes. Quelques jours après cette rencontre inopportune à l'église, Laure se rendit au marché, accompagnée de Blanche, pour y faire quelques achats. Le sucre brun manquait, de même que la farine. Certains stocks d'articles ménagers, essentiels, tels que le fil à coudre et le savon à linge, allaient manquer eux aussi; une question de jours. Ce jeudi-là semblait comme tous les jours depuis leur arrivée. C'était une journée chaude et humide, trop pour le temps, ensoleillée mais ordinaire. Laure entra dans le magasin général, suivie de la petite Blanche. Les deux furent accueillies par les salutations joyeuses d'Antoinette et de quelques autres clients. La petite clochette, accrochée au pan supérieur du cadre de la porte, avait en effet averti tout le monde de l'entrée de nouveaux clients.

- Ben bonjour m'dame Potvin, c'est qui vous amène icitte aujourd'hui? demanda madame Lemire.

Laure sourit et répondit.

- Bonjour à vous aussi. J'ai une p'tite liste d'achats à faire. C'est pour ça que chuis là.

Lorsqu'Antoinette aperçut la petite Blanche, toute timide, qui tentait de se dissimuler dans les jupes de sa mère, elle sortit de derrière son comptoir pour lui parler.

- Hé ma belle fille! Viens donc me voir! dit-elle, en pliant les genoux.

Blanche ne put s'empêcher de sourire devant le sourire sincère de la grosse femme. Elle s'avança à peine. Laure voyait bien que sa fille était gênée, elle tenta, sans trop d'insistance, d'encourager Blanche à se dégêner.

- Voyons, fais pas simple ma chouette!

Mais ça ne fonctionna pas. L'idée traversa l'esprit d'Antoinette d'attirer la petite à l'aide d'une gâterie. Elle fit mine d'avoir un mystère à lui donner.

- Ah ben, si elle trop gênée, peut-être qu'un p'tit caramel mou la ferait sortir pour qu'on voie ses beaux grands yeux. dit-elle, voulant charmer l'enfant.

Ce qui marcha très bien, dès que la femme retourna derrière son comptoir pour chercher un petit caramel mou, dans un bocal en verre, Blanche sortit des jupes de sa mère, les yeux tous pétillants. Ce n'était pas tous les jours qu'on lui offrait de telles douceurs! La petite ne pouvait résister à une offre si alléchante. Par contre, Laure se sentit mal à l'aise d'accepter. Alors que madame Lemire tendait déjà le bonbon à sa fille, elle dit.

- Ben voyons madame Lemire, faut pas faire ça! dit-elle, rougissante.

Antoinette lui fit un clin d'œil. Elle lui dit à l'oreille, discrètement pour que l'enfant n'entende pas.

- C'est moi qui les fais, vous inquiétez pas!

L'attention était gentille, mais Laure était fière, bien que peu fortunée, elle ne voulait pas accepter ce modeste présent.

- J'vas vous le payer, dit-elle, rougissant de plus belle.

À ces paroles, madame Lemire se fâcha presque.

- Y'en est pas question. Ça me fait plaisir! dit-elle, presque sèche.

Cette réaction renfrogna Laure. Blanche dégustait déjà son caramel à pleine bouche et souriait de plaisir. Bon, elle n'avait guère le choix d'accepter, cependant, la courtoisie voulait au moins qu'on la remercie.

- C'est qu'on dit Blanche? dit Laure.

La petite sourit largement et dit, les dents pleines de caramel.

- Me'ci madame.

Un rire amusant s'échappa de la femme, ce qui fit rire la petite. Elle retourna devant le comptoir pour lui pincer la joue.

- Hé ma belle enfant, ça me fait plaisir voyons!

Ceci fait et dit, Laure voulut en venir à ses emplettes, la scène lui était un peu pénible. Elle voulait, en fait, sortir au plus vite. Elle alla droit au but.

- Bon, c'est pas tout ça, mais j'ai une p'tite liste.

Elle la tendit à madame Lemire qui retournait, encore une fois, derrière son comptoir.

- C'est ben beau, je vous prépare ça tout de suite, rétorqua-t-elle.

Antoinette commença à préparer les paquets, tandis que Laure se mit à flâner. Le temps de tout chercher et d'empaqueter, elle pouvait se le permettre. En fait, elle aimait bien ces moments, elle en profitait pour regarder tous les tissus, tous les produits fins et de luxe qu'elle n'aurait jamais les moyens de s'acheter. C'était le moment idéal de rêver, de s'évader de la dure réalité quotidienne et légèrement aliénante. En tant que bonne chrétienne, Laure essayait de ne pas être envieuse ni jalouse des mieux nantis, cependant, elle pouvait malgré tout fantasmer à sa guise sur un avenir meilleur impossible! Après quelques minutes, madame Lemire l'avertit que ses paquets étaient prêts; alors que Laure s'apprêtait à les payer, la petite cloche de la porte sonna de nouveau, avertissant tout le monde de la venue d'une nouvelle personne. Attirée par le bruit, Laure détourna la tête pour regarder et en eut tout de suite le souffle coupé : c'était Stella Larousse! Son sang se glaça presque dans ses veines tellement elle en fut surprise. Il fallait sortir de là, au plus vite! Elle voulut payer rapidement, mais Stella vint immédiatement la voir.

- Bonjour, madame Lemire, madame Potvin, dit Stella, souriante.

Antoinette et Laure la saluèrent froidement.

- Nous n'avons pas encore eu la chance de nous présenter vous et moi, ajouta Stella, en tendant la main vers Laure. Je suis Stella Larousse.

Devant cette coutume, tout ce qui a de plus banale, Laure n'avait pas le choix. Cependant, juste l'idée de la toucher l'effrayait au plus haut point. Le cœur battant, elle étira le bras et présenta sa main. Stella la prit fermement et la serra. De nouveau, ce sentiment perçant prit Laure jusqu'aux trippes, et pour la première fois, elle comprit ce que c'était. Elle avait l'impression que cette femme pouvait lire jusqu'aux tréfonds de son âme! Leur toucher ne dura que quelques secondes, mais elles parurent une éternité à Laure.

- Enchantée, dit Stella.

Laure répéta le leitmotiv social.

- Et voilà la petite Blanche! s'exclama Stella en se mettant à genoux devant la petite.

La petite, toujours aussi timide, se cacha derrière sa mère.

- N'aie pas peur de moi chérie, viens! dit-elle.

Mais Blanche s'obstinait, même plus, elle se cacha le visage dans la jupe de sa mère. Laure en fut presque satisfaite, elle eut l'impression que sa fille ressentait aussi ce sentiment d'intrusion que lui provoquait cette femme. Stella vit bien que la petite la craignait, elle décida d'user de finesse avec elle. Elle sortit une large pièce de métal dorée de sa bourse, attachée à sa ceinture.

- Chérie, regarde.

Elle se mit à lancer rapidement la pièce de gauche à droite, dans ses mains. Curieuse, Blanche finit par jeter un coup d'œil, et voyant le mouvement, elle fut attirée et regarda de plus près.

- Regarde la pièce chérie. Tu vois comme elle voyage vite?

Tous regardaient et cherchaient, où elle s'en allait avec ce tour.

- Penses-tu que si je la fais aller très vite, je peux la faire disparaître? demanda Stella, conquérant lentement l'enfant.

Blanche n'osait pas encore la regarder directement dans les yeux, mais elle était intriguée et fit signe de la tête que non.

- Tu es sûre? renchérit Stella.

La petite répondit de même.

- Alors, on va voir si je peux.

Stella se mit à accélérer le mouvement, il devint si rapide à un moment, qu'on voyait à peine la pièce passer. Soudainement, Stella joignit violemment les mains, les faisant claquer et dit, les yeux ronds.

- OH!

La surprise prit tout le monde et les fit sursauter. Tous regardaient le petit spectacle improvisé, là, devant le comptoir du magasin général.

- Crois-tu que la pièce est là? demanda Stella à la petite, les mains toujours jointes.

Blanche, moins gênée, dit tout bas.

- Oui….

Stella détacha ses mains, en un mouvement ondulé et gracieux, pour laisser voir que la pièce n'était plus là. La réaction fut vive, on s'exclama. On aurait pur croire que Stella ne faisait rien pour s'aider car ce n'était pas en effectuant de petits tours de magie qu'elle s'attirerait les bonnes grâces de ses concitoyens, mais ça lui était égal. Blanche, elle, trouvait le truc passionnant et son petit visage s'illumina.

- Où est-elle? demanda Stella, sur un ton mystifiant pour les enfants.

Personne ne savait en vérité où était passé la pièce. Soudain, le visage de Stella changea, comme si elle avait vu quelque chose.

- Attends une petite minute, dit-elle.

Elle étira la main et fit sortir la pièce de l'oreille de Blanche. La stupeur mit un malaise dans la pièce alors que Blanche, elle, jubilait et rit d'un rire éclatant! Sa réaction fit sourire grandement Stella. On peut malgré tout se douter que ceci ne plut aucunement à sa mère. C'en était trop, Laure prit sa fille par la main, ses paquets de l'autre, et dit, sèchement.

- C'est ben beau tout ça mais là, faut qu'on s'en aille!

Stella se redressa pour faire face à Laure. On aurait pu croire qu'elles se bravaient l'une l'autre; par contre, Stella ne semblait pas impressionnée par Laure, qui elle, craignait grandement sa soi-disant rivale.

- Est-ce que je vous aurais offensée par hasard? demanda Stella, presque amusée par la réaction de la femme, selon elle, excessive.

- Non, mais c'est juste que ces trucs-là de forains, c'est pas chrétien madame Larousse, pis je veux pas que ma fille voie ça, répondit Laure, sévère.

Stella se mit à sourire, sous le regard médusé de tous. Laure était fébrile et piétinait, tandis que Stella restait d'un calme de marbre.

- C'est inoffensif ce truc madame Potvin, faut pas vous inquiéter.

- Quoi qu'il en soit, j'aimerais mieux que vous recommenciez plus ça devant ma fille! dit-elle, en criant presque.

Stella vit bien que la femme paniquait.

- Écoutez, je crois qu'on est vraiment parties sur le mauvais pied, je voulais pas….

Laure perdit patience et l'interrompit.

- Désolée, mais faut qu'on parte.

Elle prit fermement Blanche par le bras et la tira vers la sortie. Elles saluèrent madame Lemire et sortirent toutes deux laissant Stella pantoise. Madame Lemire ne perdit pas de temps.

- Elle a raison vous savez! la toisant du regard.

Stella se détourna et plongea un regard profondément contrarié dans celui d'Antoinette. Elle sortit sa liste, la mit brusquement sur le comptoir et la poussa du bout de l'index.

- C'est ma liste! Faites donc votre boulot!

Madame Lemire prit la liste et alla chercher les articles énumérés sur le bout de papier. Stella eut le temps de se retourner pour voir la petite carriole de bois des Potvin, passer devant la vitrine du magasin général. Son sourire avait disparu, sa contrariété était assez visible. Laure quant à elle, se remettait de sa rencontre avec Stella. Cette femme-là, convaincue plus que jamais auparavant, avait quelque chose de malsain, elle en était sûre désormais. Il fallait, à tout prix, l'éloigner de chez elle et de sa famille. Cette idée devint rapidement une conviction. Mais comment faire? Elle était quand même leur voisine immédiate! Elle n'y pouvait rien, pour l'instant, songeait-elle, mais bon, elle chercherait et trouverait bien une solution. Elle se hâta de rentrer chez elle. Lorsqu'elle passa devant les champs du rang St-Gabriel, Émile, qui travaillait aux champs, vit bien que sa femme allait vite. La voyant passer, il lui fit signe de la main. Laure faillit ne pas le voir, mais Blanche, elle, l'aperçut.

- Papa! cria-t-elle, en le pointant.

Sortant de ses songes, Laure tira sur les rennes, arrêtant le cheval. Émile arriva bientôt auprès d'elles, à petits pas de course.

- C'est qui se passe? Faut pas tirer le cheval fort de même, pis la carriole non plus, elle tiendra pas longtemps si tu fais ça! dit Émile, inquiet pour son animal et son engin.

Laure, la voix nouée, dit.

- J'ai vu Stella au magasin général.

L'homme se frotta les yeux, fatigué avant même d'avoir entendu les histoires de sa femme.

- Pis quoi? dit-il, las.

Voyant le visage rebuté de son mari, Laure ne sentit pas appuyée et hésita. Il réitéra sa demande, direct.

- Pis quoi Laure?

Poussée, Laure dit.

- Ben elle a fait un tour de magie à Blanche. Elle a fait apparaître une pièce de monnaie derrière son oreille!

Émile roula des yeux avant de dire.

- Pis? On en a déjà vu du monde faire ça dans des cirques....

Laure perdit patience

- Je l'aime pas c'tte femme-là! Elle me fait peur! Elle me rend mal à l'aise. Il y a que'que chose de pas bon dans ses yeux. J'peux pas dire c'est quoi….

Émile en avait entendu assez, il la coupa sèchement.

- Laure, je pensais que t'avais arrêté avec tes histoires folles! Tu l'as vue l'autre jour à l'église pis ça avait l'air correct non?

Le visage de Laure se crispa en une moue disgracieuse. La femme admit péniblement.

- Ben… je t'ai menti, dit-elle, en détournant le regard, peu fière d'avoir menti à son époux.

Émile la regarda durement, déçu qu'elle lui ait menti. Néanmoins, il s'enquit de dire.

- Ben moi, j'ai pas de problèmes avec. Pis si c'est le temps des confessions, j'en ai une à te faire.  Je la vois presque à tou'es jours, pis je la trouve ben correct!

Lorsqu'il eut dit ça, Laure eut le souffle coupé. Tous les jours? songea-t-elle.

- Tous les jours? Pis vous parlez de quoi? demanda la femme, se sentant trahie.

- De la terre, du village, rien de spécial. Elle a un style bizarre, oui, mais c'est tout.

Laure n'allait pas en rester-là.

- J'arrive pas à croire que….

Émile la coupa net.

- Là là, ça suffit, on en reparlera plus tard, j'ai de la job à faire.

Insulté, l'homme retourna à ses besognes. Laure, toute aussi insultée, fouetta fortement les flancs du cheval et se dirigea vers la maison. Ils se séparèrent là-dessus. Émile était fatigué des histoires de sa femme, et Laure, n'aimait pas les rapprochements ni l'enclin de son mari envers Stella. Peu importait ce qui en était avec cette Stella Larousse, elle était en train de les séparer tranquillement.

## Une vision désagréable

- Maman! répétait Blanche.

La petite tirait sur le tablier de sa mère qui finit par s'en rendre compte. Elle était dans la lune, de plus en plus souvent depuis peu.

- Quoi chérie? dit-elle, distraite.

- J'ai soif! dit la petite, plaintive.

Laure se rendit devant l'armoire, en sortit un verre et si dirigea vers le gros évier. Alors qu'elle pompait de l'eau, elle repartit dans ses songes.

44

Ses fréquentes disputes avec Émile la préoccupaient. Depuis sa rencontre avec Stella au marché, trois jours plus tôt, ils ne se parlaient presque plus et quand ils le faisaient, leurs discussions étaient soient houleuses, ou anormalement froides. Elle avait peur, peur de la femme, mais aussi, de son mari. Elle tendit distraitement le verre d'eau à sa fille et retourna à ses pommes de terre. Elle se remit à les éplucher, inlassable. L'agacement lui était pesant, en plus du bébé qui était devenu lourd, sans parler de cette chaleur. Cette damnée chaleur qui les accablait, juin commençait à peine! songeait-elle. Certes, la cuisine était chaude avec le poêle à bois et les chaudrons, mais cette chaleur humide, collante et envahissante l'harassait au plus haut point. Elle se serait crue en enfer! Elle avait changé, Émile aussi et même Blanche. La petite pâlissait et perdait du poids. Elle avait commencé à faire des cauchemars et à leur demander de dormir avec eux. Blanche l'avait fait à quelques reprises par le passé, mais ses demandes devenaient plus fréquentes et insistantes. La plupart du temps, Laure pouvait la rassurer et la retourner dans son lit, mais plus maintenant, Blanche persistait tellement, que la mère abandonnait. Leur situation familiale, un mois plutôt, satisfaisante, car ne nous leurrons pas, leur pauvreté et leur misère étaient un fardeau, s'était grandement détériorée. Pourtant, ils auraient dû être parfaitement heureux dans cette nouvelle maison et sur cette terre. C'était ce dont ils avaient rêvé depuis longtemps. Mais tout allait mal malgré tout. Un instant, de petites larmes se mirent à rouler dans les yeux de la femme mais elle se ressaisit. Elle parla à Dieu, dans son for intérieur. Elle l'implora de leur venir en aide et de leur donner de la force afin de traverser cette crise, cette épreuve inattendue. Non loin de là, dans ses champs, Émile bûchait. Il labourait, encore et encore. Cependant, il était loin d'être inconscient de la situation, lui aussi, avait bien vu la relation avec sa femme devenir plus ou moins tendue. Il s'était aussi rendu compte que sa frêle fille, devenait une ombre. Blanche avait toujours été timide, réservée et introvertie, mais à ce point-là, c'était extra-ordinaire. Elle ne jouait presque plus, souvent, elle s'assoyait, là, à côté de lui, auprès du feu, et le regardait, le regard hagard et livide. De larges cernes bleutés et creusés s'étaient dessinées sur son visage, elle faisait peur. Son incompréhension était totale. Bien que la situation était plus difficile, lui aussi espérait, que tout rentrerait en ordre. Il priait aussi, moins assidûment que sa femme, mais tout de même. Il quémandait un peu de quiétude et de sécurité, ils le méritaient bien après tout ce qu'ils avaient traversé, pensait-il. Le soleil commençait à descendre et il se dit qu'il était temps de rentrer les chevaux, ce qu'il fit, avant de se diriger vers sa maison. Lorsqu'il croisa le chemin, quelle ne fut pas sa surprise de tomber nez à nez avec Stella, qui revenait du village.

- Et bien bonjour! dit-il, affichant un léger sourire.

Elle lui redonna sa salutation, d'un même sourire. Il se prit à être heureux de la voir. Il la rencontrait pratiquement à tous les jours depuis peu, et il aimait bien sa compagnie. Elle était la seule personne, à part sa fille et sa femme, qu'il voyait souvent et qui semblait apprécier se retrouver en sa présence.

- Bonne journée? demanda-t-elle.

- Mais oui, assez bonne, dit-il.

Et ce fut là, qu'il se rendit compte de ce sentiment qui l'habitait. En sa présence, il se sentait retomber en pleine adolescence, terme qui n'existait pas à l'époque. Il ressentait le même plaisir avec Stella qu'avec Laure aux débuts de leurs fréquentations, pour simplifier. Elle le regardait intensément et souriait d'une manière qui lui plaisait beaucoup. Elle ne détournait jamais le regard et semblait éprouver un réel plaisir à lui parler. Jamais elle n'était passée qu'en le saluant, elle s'arrêtait toujours lui dire quelques mots et lui offrir à boire, de temps en temps.

- Vous allez souvent au village ces temps-ci? demanda-t-il, voulant faire la conversation.

- Oui, je manque de plusieurs choses…. je m'en rends compte trop tard souvent. J'ai une petite mémoire, dit-elle, le draguant presque.

- C'est quoi? dit-il, en s'approchant de son panier.

Il n'eut le temps que de voir un paquet de paraffine et quelques bougies avant qu'elle referme son panier à l'aide d'un linge.

- La curiosité est un vilain défaut mon cher Émile, dit-elle, sur un ton moqueur.

Il ne put s'empêcher de sourire.

- Vous avez vu ma maison? demanda-t-il.

- Jamais, elle est un peu cachée par les arbres, dit-elle.

- Venez, j'vous la montre, ajouta-t-il.

Lentement, en parlant, ils se dirigèrent vers la petite maison. Les petits volets verts, repeints, se montrèrent les premiers et ce fut le tour de la galerie et ensuite de la petite porte blanche. Arrivés devant la maison, ils continuèrent à discuter. Alors qu'ils étaient là, à parler, ils ne portèrent pas attention au fait que la porte était ouverte et que seule, la moustiquaire refermait l'entrée. Laure entendit des gens parler, elle décida donc d'aller voir de quoi il s'agissait. Quelle ne fut pas une désagréable surprise de tomber sur son mari et Stella Larousse, en pleine discussion. Non seulement parlaient-ils, mais ils étaient très près l'un de l'autre et vite vint le mouvement de Stella touchant la bretelle d'Émile qui mit Laure dans tous ses états. Elle sortit, faisant claquer brutalement la moustiquaire, chiffon à la main et bras croisés.

- Bonjour! dit Laure, la voix cassée et la bouche pincée.

Les deux se retournèrent pour la regarder et lui renvoyer son salut.

- C'est quoi vous faites? demanda Laure, visiblement contrariée.

Émile et Stella le virent tout de suite. Alors qu'Émile était à moitié gêné, Laure fâchée, Stella semblait trouver la situation fort cocasse.

- Je lui montrais la maison. Elle l'avait jamais vue, ça fait que…..

Laure l'interrompit sur le champ.

- Ça fait que t'as pensé que c'était une bonne idée de l'emmener.

- C'est ça, dit Émile, penaud.

Un léger silence gauche s'installa avant qu'Émile n'offre.

- Vous voudriez voir en-dedans? demanda-t-il à Stella.

Avant même qu'elle n'eut le temps de répondre, Laure dit.

- On va souper là, fait qu'une autre fois peut-être.

Stella comprit très bien qu'elle n'était pas la bienvenue mais ne broncha pas.

- Je vais vous laisser manger en paix alors. Une prochaine fois. Je vais y aller. Au revoir, dit Stella, quittant, l'air amusé.

Émile la salua franchement alors que Laure le fit sèchement. Lorsque Stella eut fait assez de pas pour être assez loin, Émile regarda sa femme pour tomber sur un regard glacial. Laure entra dans la maison en marchant d'un pas lourd et révélateur. Émile la suivit; arrivé dans la cuisine, Laure était devant le poêle et ne disait rien.

- Bon, c'est quoi le problème encore?

Laure lui lança un regard oblique et méchant.

- Pardon? Tu l'emmènes icitte pis tu l'invites dans ma maison….

- C'est ma maison aussi tu sauras! dit-il, levant le ton.

Blanche les regardait, sans mot dire, avoir une nouvelle dispute.

- Écoute, elle est note voisine, tu peux pas….

À ce moment, Laure explosa et cassa une assiette sur le sol.

- J'veux pas qu'elle vienne dans ma maison c'est-tu clair!

Émile fut tellement surpris qu'il ne put rien dire. Il n'avait jamais vu sa femme réagir ainsi. Jamais.

- Que tu lui parles, je peux rien y faire, mais je refuse qu'elle mette les pieds icitte. Pas quand chuis là, ajouta-t-elle avant de retourner à ses chaudrons.

Plus personne ne dit un mot de la journée. Ce fut le dernier. La famille se réunit en silence et soupa. Laure lava la vaisselle et emmena la petite à dormir avant d'y aller elle-même. Émile resta devant son feu plus longtemps qu'à l'habitude avant d'aller la rejoindre plus tard. Il se coucha en faisant attention de ne pas trop faire de bruit, ne voulant pas la réveiller. Mais Laure ne dormait pas. Comment aurait-elle pu?

- As-tu éteindu le feu? demanda-t-elle.

Émile dit doucement.

- Oui.

Voyant qu'elle ne dormait pas, il voulut s'expliquer. Mais le malaise dans lequel sa femme l'avait plongé lui faisait manquer de courage. Il essaya à plusieurs reprises avant de pouvoir dire finalement.

- Je comprends pas ta réaction Laure. Je comprends juste pas, dit-il

Laure non plus ne comprenait pas sa réaction, mais elle ne comprenait pas la sienne non plus, encore moins.

- Je comprends pas plus la tienne, dit-elle.

Ils ne dirent plus rien. Ils finirent par s'endormir lentement. Tout à coup, au milieu de la nuit, Blanche se mit à crier et courut dans leur chambre. Laure et Émile se réveillèrent, et à moitié endormis, ils la regardèrent. Elle tenait mollement sa poupée de chiffon et pleurait.

- C'est qu'il y a? demanda Laure.

- Je peux-tu dormir avec vous? dit la petite, la voix enrouée à cause de ses pleurs.

Émile perdit patience devant la demande de sa fille.

- C'est la quatrième fois cette semaine Blanche! dit-il, d'un ton dur.

Par contre, Laure était plus tendre et plus apte à écouter les plaintes de leur enfant.

- Ben oui, viens t'en.

Devant l'acceptation de sa femme, Émile s'insurgea.

- Laure!

Ne voulant pas jeter de l'huile sur le feu et étant un peu d'accord avec lui, Laure ajouta.

- Mais c'est la dernière fois de la semaine Blanche.

C'était la seule concession qu'elle lui ferait. Émile ne renchérit pas. Il se tourna de son côté, alors que Blanche se mettait au lit, du côté de sa mère. Étrangement, malgré la chaleur torride qui ne tarissait pas, la petite grelottait. Elle tremblait de tout son corps. Laure en fut surprise.

- Voyons Blanche, c'est qu'il y a? chuchota-t-elle aux oreilles de sa fille.

La petite se mit en position fœtale et se serra les genoux. Elle finit par dire.

- Serre-moi maman…. serre-moi…..

Laure fut immédiatement inquiétée par l'attitude étrange de sa fille. La petite poussait de petits gémissements mais ne disait rien. Laure en fut profondément bouleversée. Blanche avait changé, mais les changements avaient été au niveau du comportement Jusqu'à maintenant, tout avait été plutôt questions d'attitudes, mais là, sa fille semblait physiquement souffrir. Laure mit toutes ses attentions de mère aimante à rassurer sa fille et à la consoler. Après quelques minutes, Blanche se calma, se mit à respirer normalement et s'endormit doucement dans les bras de sa mère. Ce ne fut pas long avant que Laure la suive, complètement exténuée. Là, dans la pénombre presque totale de leur nouveau foyer, elles ne purent pas entendre les légers bruits de pas qui quittaient la pièce sournoisement…..

# Une lueur inquiétante

Le mois de juin avançait, et la chaleur augmentait. C'était vraiment une situation anormale. Bien entendu, il y avait des étés chauds, le Canada en entier pouvait avoir des étés chauds et humides et des hivers aussi froids et humides, mais cet été qui commençait était vraiment trop chaud. Tout le monde en parlait. L'humidité était forte, désagréablement forte. Les vêtements collaient à la peau au point où la seule sensation de ces derniers devenait insupportable. Quoi qu'il en soit, la vie continuait bon train. Cependant, la situation chez les Potvin s'était envenimée, de jour en jour. Si Stella n'avait pas reparu depuis plusieurs jours, la relation de Laure et Émile n'était pas meilleure. Quand à Blanche, elle avait recommencé à parler, mais ce qu'elle disait, était étrangement inquiétant. La petite avait commencé à parler de ses cauchemars et ils étaient particulièrement terrifiants pour une enfant de cet âge. Plus que jamais, Laure avait l'impression que quelque chose de surnaturel se produisait chez elle. Cependant, elle n'aurait pu dire quoi ni comment. Bref, voyant que Stella se faisait moins présente, Laure avait commencé à tenter d'oublier ses accusations et se consacrer plus à sa famille. Elle tentait d'être plus conciliante avec Émile et suivait les bons conseils du curé. Elle s'était rendue le voir quelques jours plus tôt pour lui parler de ses problèmes familiaux. L'homme d'église s'était montré bon philosophe et lui avait donné de sages conseils qu'elle mettait en pratique. Malgré cela, quelque chose semblait s'être brisé entre eux, et même si elle essayait, tous ses efforts paraissaient inutiles. Ce jour-là, Laure cousait, tout en surveillant ses chaudrons en pleine ébullition, et parlait à sa fille qui jouait distraitement. Elle venait à peine de lui chanter *À la claire fontaine*, une chanson que sa grand-mère lui avait enseignée. La journée avait relativement bien commencé et elles passaient un bon moment toutes les deux. En fait, tout allait mieux quand Émile n'était pas là. Laure continuait son travail lorsque Blanche arrêta soudainement de jouer, ce que sa mère ne vit pas tout de suite. Blanche eut l'étrange impression qu'on lui susurrait quelque chose à l'oreille. On aurait dit une petite voix, minuscule, insignifiante. Néanmoins, elle l'entendait. La petite cessa de jouer pour porter une attention plus particulière à cette voix. Elle aurait bien voulu le dire à sa mère, mais elle eut honte. Laure avait l'air de relativement bien aller pour la première fois depuis longtemps, Blanche n'avait pas le courage de la tourmenter un peu plus. Elle décida de résoudre ce mystère toute seule. Elle se leva et tendit l'oreille. La voix se précisa et Blanche distingua une voix féminine. De la table de la cuisine où elle se trouvait, elle ne pouvait découvrir d'où provenait cette mystérieuse voix, elle commença donc à chercher sa provenance. Laure ne la vit pas clairement et n'y porta pas attention. Tandis que Blanche cherchait, Laure cousait et lui parlait encore. Mais le mystère obsédait toujours autant la petite fille. Blanche cherchait encore lorsque le chant se précisa, il venait du devant de la maison. Elle s'enquit donc d'aller voir par la fenêtre. Le cœur battant et légèrement apeurée, elle marcha vers la petite fenêtre à carreaux. Lorsqu'elle arriva devant, elle se monta sur le bout des pieds pour regarder, mais elle était trop petite pour y parvenir. Elle alla chercher une chaise qu'elle traîna jusque là pour y grimper. Là, sur les genoux, elle scruta l'extérieur à la recherche de cette mystérieuse voix. Elle regarda sur la galerie, et rien. Ensuite, elle posa son regard sur la petite cour, mais toujours rien, mis à part quelques poulets. Ne sachant que faire, elle se mit à chercher dans les bois flous et feuillus devant la maison. Elle ne voyait que des feuilles et des branches, des troncs et toute une panoplie de fleurs et d'arbustes qui profitaient de la saison de floraison pour afficher leurs plus belles couleurs et leurs plus grandes et exubérantes parures. Malgré tous ses efforts, elle ne voyait rien. La mélodie continuait, mais rien ne s'offrait à elle pour lui permettre de découvrir ce mystère. Une soudaine angoisse lui saisit l'estomac et la serra. Était-ce…. non…. impossible? Comment est-ce que…. Blanche commença à trembler, peut-être que…. Terrorisée et n'ayant pas la force d'en parler à sa mère, elle se résout à trouver toute seule. Déterminée, l'enfant regarda méticuleusement chaque parcelle du petit carreau où elle avait posé les yeux. Tout à coup, elle aperçut, au loin, dans les bois, toute brouillée, une silhouette. La petite tenta d'affiner ce qu'elle voyait, elle frotta le verre, mais elle ne voyait guère mieux. Par contre, plus elle regardait et plus elle semblait mieux voir. Elle regarda successivement sa mère et la silhouette. Plus elle regardait, plus elle fut certaine de qui il s'agissait. Il lui semblait que c'était Stella Larousse et de plus, il lui semblait qu'elle susurrait quelque chose mais la petite ne comprenait pas quoi. Blanche regardait encore et encore et Stella ne quittait pas, elle restait là à susurrer, de très loin, ce chant qu'elle entendait très bien! Timidement, Blanche prit tout son courage à deux mains et dit à sa mère.

- Maman....

Laure qui cousait toujours, répondit distraite.

- Oui ma puce.

La petite dit, craintive.

- Pourquoi madame Larousse est cachée dans les bois?

Laure ne réagit pas tout de suite.

- Quoi chérie? dit-elle, à peine ébranlée par cette idée saugrenue.

- Ben, madame Larousse est cachée dans les bois.... pis.... on dirait qu'elle dit que'que chose, dit la petite, apeurée.

Laure cessa de coudre pour regarder sa fille, prostrée devant la fenêtre. Elle se rendit compte que Blanche avait traîné une chaise jusque devant la fenêtre, qu'elle y était montée et regardait au travers.

- C'est que tu dis? demanda Laure, médusée.

Blanche se détourna et plongea un regard confus et troublé dans les yeux de sa mère.

- Pourquoi madame Larousse est cachée dans les bois maman?

Lorsque Laure vit le regard de sa fille, elle eut un frisson, terrible et puissant. Cela lui prit quelques instants avant de reconnaître l'impression qu'elle avait. C'était la même qu'elle avait eue lorsque Stella la regardait. Elle se leva prestement et alla à la fenêtre, aux côtés de sa fille. Elle se mit à regarder elle aussi. Elle vit les mêmes choses, la galerie, la forêt, les troncs, les arbustes et les fleurs. Sa respiration s'accéléra et devint presque haletante. La peur l'envahissait lentement mais sûrement. Soudain, entre quelques branches, il lui sembla voir se dessiner une silhouette, comme une femme. À partir de ce moment, elle ne put s'empêcher de la regarder. Troublée et confuse, elle s'enquit d'aller voir de quoi il s'agissait. Elle dit à sa fille.

- Reste icitte.

Elle se dirigea, nerveuse, vers la sortie, et prit un moment devant la moustiquaire. Prenant son courage, elle sortit sur la galerie et marcha vers la fenêtre pour mieux voir. Angoissée et apeurée, elle cherchait ardemment ce qu'elle avait vu mais ne la retrouvait plus. Alors qu'elle cherchait, elle entendit.

- Laure?

Elle sursauta et poussa un cri. C'était Émile.

- C'est que tu fais là? demanda-t-il, étonné de la voir là, toute anxieuse.

- Hein? Moi? Rien! dit-elle, haletante.

Émile revenait des champs et la vit sur le perron, cherchant quelque chose dans les bois, près de la maison.

- On dirait que t'as vu un fantôme…. dit-il, inquisiteur.

Laure fit mine de rien et sourit.

- Mais non, c'est Blanche qui m'a dit…. qu'elle avait vu un animal. J'ai eu peur un bout que ce soit un ours…. ou un loup. J'sais pas.

La femme tenta de dissimuler les hallucinations collectives qu'elle avait avec sa fille. Elle-même croyait devenir folle. Tout devenait fort étrange et prenait une tournure inquiétante. Elle décida de ne rien dire à Émile, elle ne voulait pas le fâcher. La fatigue des disputes la poussait à chercher la paix, à tout prix. Elle garda le silence. Ce soir-là, ils mangèrent comme si de rien n'était. Blanche et Laure avaient un secret, mais elles ne diraient rien. Pour la première fois, Laure eut l'impression de devenir folle. La situation avait été assez étrange et avait provoqué des événements indésirables, certes, mais jamais, jamais jusqu'à maintenant, avait-elle ressenti l'impression que sa raison lui faisait défaut. Ce soir-là, elle lava la vaisselle, et mena Blanche à dormir. Elle se surprit même à parler à Émile au coin du feu. Ils montèrent pour dormir et s'allongèrent. Là, pour la deuxième fois depuis leur arrivée, ils firent l'amour, mais Laure n'était pas là. Il lui semblait qu'elle n'était pas là. Son obsession la poussait à avoir une réaction normale, comme si elle redoutait plus ses impulsions que sa peur. Plus tard, les deux sombrèrent dans un sommeil bien mérité. La nuit passait presque normalement lorsque Laure commença à faire un cauchemar. Dans ce dernier, elle montait les marches menant au second étage de sa maison. Arrivée là, elle alla voir dans sa chambre et vit Émile qui pleurait des larmes de sang. Elle tenta de lui parler, mais il ne faisait que pleurer. Effrayée, elle courut dans la chambre de Blanche pour trouver un lit ensanglanté. Il n'y avait rien sauf du sang qui coulait, ininterrompu. Terrorisée, elle se mit à courir pour sortir lorsqu'elle entendit un bébé pleurer. Elle s'arrêta devant la cuisine, pour voir Stella qui berçait un enfant. Lorsqu'elle se retourna vers Laure, elle tenait des langes, dégoulinantes de sang. À ce moment précis, la respiration haletante et le cœur battant, Laure se réveilla. Anxieuse, couverte de sueurs, elle chercha à comprendre. Elle regarda à ses côtés pour tomber sur la vision d'Émile endormi. Rassurée en le voyant, mais aussi en voyant qu'elle avait fait un cauchemar, elle regarda à sa droite et ce fut alors qu'elle vit Blanche, qui dormait par terre, sur le sol, serrant sa poupée contre elle. Touchée, incroyablement compatissante, elle se leva et réveilla doucement sa fille d'une caresse à l'épaule. Blanche finit par se réveiller et plongea un regard troublé dans les yeux de sa mère avant de dire.

- Maman….. j'ai peur….. je peux-tu…..

Sa mère l'interrompit alors qu'elle la prenait dans ses bras. Elles se couchèrent toutes les deux auprès d'Émile. Là, elles se serrèrent. Blanche se rendormit la première laissant sa mère éveillée. Laure réfléchit un court instant à tout ce qui se passait et eut peur. Elle ne comprenait pas ce qui se passait, mais elle se trouvait plus esseulée et apeurée que jamais. Toute la situation semblait devenir incontrôlable et folle, mais elle ne savait que faire. Avant de sombrer dans un sommeil difficile, elle se décida à aller en parler au curé Turcotte au plus tôt. Là, sous la chaleur toujours aussi écrasante, elle s'endormit de nouveau…. sans entendre encore les petits pas quitter la pièce….

# Une petite bourse

Le lendemain matin, Laure se leva exténuée, comme si elle n'avait pu dormir depuis des semaines. La fatigue était si grande, qu'elle arrivait difficilement à faire ses tâches quotidiennes désormais, mais elle persévérait. Toujours aussi obsédée par les récents événements, elle ne savait que faire. L'hésitation était aussi grande que sa peur. Elle avait très envie de se confier au curé, par contre, elle ne souhaitait nullement passer pour une folle. Et si elle le devenait réellement? Qui sait? Toutefois, elle s'affairait à travailler en espérant faire disparaître la poussière et la crasse avec ses peurs. Blanche quant à elle, restait dans son coin, plus silencieuse que jamais. Laure l'avait bien remarqué, mais que pouvait-elle y faire? Émile s'était montré si froid et indifférent, il lui répétait sans cesse qu'elle s'inquiétait pour rien et la seule personne qui semblait la comprendre était sa fille de cinq ans! Après avoir lavé le gros poêlon en fonte noire, Laure ouvrit le panneau sous l'évier pour le ranger lorsqu'elle vit quelque chose d'étrange. Au fond de l'armoire, une masse sombre semblait se tenir dans le coin gauche en haut. Laure faillit ne pas le voir, mais elle l'aperçut alors qu'elle allait se relever. Intriguée, elle se rabaissa et étira le bras pour tâter. Son ventre ne l'aidant pas, elle ne réussit qu'à l'effleurer. C'était doux, comme du velours et semblait mou à prime abord. De grosses gouttes de sueur

roulèrent sur les tempes de la femme qui peinait sous l'effort de se tenir ainsi accroupie. Laure réussit à faire quelques pas, malgré sa position fâcheuse, et finit par agripper ce qui lui semblait être maintenant, une petite bourse. Bien attaché à un clou, le petit sac ne sortait pas et Laure dut tirer assez fort pour l'extirper de là. Lorsqu'elle y parvint, elle se releva péniblement et regarda la petite bourse dans sa main. Un peu plus petite qu'une pomme, elle faisait tout le creux de sa main. Elle était attachée d'une petite ficelle de lin et était pleine. Laure la tira et la bourse s'ouvrit dévoilant son contenu. L'étrangeté horrible qui s'y trouvait la fit frissonner du plus profond de son âme. Elle jeta la bourse et son contenu sur sa table et ne put s'empêcher de laisser échapper un petit cri de stupeur. Médusée, elle fixa les petits objets. Son incrédibilité était forte, elle s'approcha pour mieux observer, les sourcils froncés. Sur le petit velours noir, il y avait un petit crâne d'oiseau et de petits os tout brunis. Ils étaient six en tout, plus le crâne et une petite plante séchée. Laure n'avait aucune idée ce dont il s'agissait, mais cela n'augurait rien de bon. Ce fut alors qu'elle fut convaincue que seule Stella Larousse pouvait être responsable de cela. Les rumeurs de sorcellerie à son sujet pointaient vers elle. Qui d'autre sinon? Seule avec Blanche qui jouait avec sa poupée, Laure eut une réelle crainte pour elle et sa famille. Elle aurait voulu en parler à quelqu'un mais Émile ne la prenait pas au sérieux et personne ne le ferait selon elle. Terrorisée, elle ne savait que faire lorsqu'elle entendit des voix qui s'approchaient de la maison. Le cœur battant, elle alla voir par la petite fenêtre et vit Émile qui discutait avec Stella. Impossible! Hors d'elle-même, elle se dit qu'elle devait agir et prestement, elle devait défendre sa famille contre cette succube! Elle sortit de la maison pour arriver sur les deux, arrêtés devant la galerie.
- Hey, Laure! dit Émile, joyeux.
Stella lui sourit, chose à laquelle Laure répondit par un sourire pincé. Stella le vit très bien.
- Ça va? demanda Émile.
Laure feignit si bien qu'Émile ne vit rien.
- Ben oui! Je vous ai entendu parler ça fait que je me suis dit que je viendrais vous voir! Le dîner est prêt!
Émile allait presque inviter Stella à se joindre à eux lorsque Laure ajouta.
- Faudrait que tu ailles te laver les mains Émile.
L'homme acquiesça et salua sa voisine avant d'entrer dans la maison, laissant sa femme avec Stella. Cette dernière lança un regard inquisiteur à Laure avant de se diriger vers le chemin. Laure la suivit.

- Attendez…. il faut que je vous parle.

Stella n'arrêta pas mais lui répondit.

- Que se passe-t-il ma chère madame Potvin?

Laure s'exclama.

- J'aime pas ça que vous tourniez autour de mon mari pis de ma famille….

À ces paroles, Stella poussa un léger rire arrogant venant à bout de la patience de la femme qui était déjà insultée qu'elle ne la regarde même pas en face et ne daigne pas s'arrêter pour lui parler. Laure fit quelques pas de plus pour la rattraper et l'agrippa fortement par le bras pour l'obliger à se détourner et lui faire face. Stella cessa net d'avancer et lança un regard méchant à Laure. Elle se dégagea violemment de son emprise et lui dit en levant le doigt au ciel.

- Ne t'avise plus jamais de me toucher traînée, sinon tu vas le regretter!

Ses yeux étaient si ronds et furieux que Laure en fût surprise.

- Qu'est-ce que vous avez dit? demanda-t-elle, croyant avoir la berlue.

- Tu m'as très bien comprise! ajouta sèchement Stella.

Les deux se regardèrent profondément. Laure put lire dans le regard de Stella cette intention malveillante dont elle était sûre et certaine désormais. Elle ne jouait pas franc jeu et dissimulait quelque chose. Sur ce, Émile revint sur le perron.

- Laure, tu viens-tu? demanda-t-il.

À ce moment, l'expression faciale de Stella changea radicalement et devint amicale, elle sourit et toucha le bras de Laure en disant.

- Au revoir là.

Laure était bouche bée, l'hypocrisie de Stella l'épata et la peur fit place à la colère. Alors que Stella était rendue assez loin, Laure décida de confronter son mari.

- Tu l'as pas vue? dit-elle, sur un ton piqué.

Émile ne comprit pas.

- Non, de quoi tu parles?

- Elle vient de me menacer! dit-elle, espérant soulever l'indignation de son époux.

Par contre, la réaction d'Émile ne fut pas celle escomptée. Il roula des yeux et dit, hargneux.

- Oh non, tu recommences pas!

Maintenant convaincue d'avoir raison, Laure le poursuivit en le harcelant.

- Jusqu'à maintenant, j'avais des doutes mais là elle m'a tout confirmé!

Rendus dans la cuisine, Laure continuait son discours lorsqu'Émile l'interrompit, lui aussi furieux.

- MAIS arrête avec tes histoires bon sang! Je suis plus capable de t'entendre! T'es en train de devenir folle!

Voyant ses parents se disputer fortement, Blanche se boucha les oreilles et les observa, entendant très bien.

- C'est pas tout! Regarde ce que j'ai trouvé dans l'armoire du bas! dit Laure, pointant le sac sur la table.

Émile le regarda incrédule.

- Hein? De quoi tu parles?

- Ça a l'air d'une affaire de sorcière je te dis, des p'tits os pis un crâne!

- Alors, évidement tu trouves que'que chose de bizarre dans la maison pis il faut que ça soit Stella la coupable! C'est ça le lien que tu fais!

- Émile! C'est pas juste ces affaires-là! Pense à tout ce que le village raconte en plus! Pis Blanche qui dort plus! Pis les histoires de monstres.....

Émile en avait assez. Il coupa net en disant.

- Elle a cinq ans! CINQ ans! Tu sais quoi? J'ai même pas faim. On se voit ce soir.

Il sortit en claquant la porte, laissant Laure seule et haletante. Trauma-tisée par les récents événements et les disputes sévères qu'elle avait avec son mari, la rage de Laure fit place à une tristesse sincère et profonde. Elle s'assit et se mit à se bercer doucement. Épuisée, de grosses larmes roulèrent dans ses yeux avant de couler sur ses joues. Ce ne fut pas long avant que ses sanglots éclatent. Sensible à la peine de sa mère, Blanche sortit de son coin et vint l'embrasser.

- Je te crois moi maman, dit-elle.

Étrangement, ceci lui fit encore plus peur. La seule personne qui la croyait, était une fillette de cinq ans. Son monde s'effondrait autour d'elle.....

La soirée fut particulièrement silencieuse. Émile ne regarda même pas sa femme. Il l'ignorait volontairement. Après le souper, Laure nettoya la cuisine alors qu'Émile s'assit sur le perron pour fumer la pipe, la vue de sa femme lui étant difficile. Vers neuf heures, l'homme décida d'aller dormir, Laure étant déjà couchée. Les deux étaient éveillés mais ne dirent rien. Il y avait désormais un malaise entre les deux. Peu importe ce qui allait suivre, leur situation se dégradait. Lentement, le sommeil les gagna. Cependant, vers minuit, un petit cri aigu les réveilla! Le couple comprit vite que c'était Blanche.

- Elle doit faire un cauchemar, je vais y aller, dit Émile.

L'homme se leva et traversa le petit couloir de bois. Il ouvrit la porte de la chambre de sa fille pour apercevoir la petite qui se cachait sous les couvertures.

- Blanche, dit-il, en s'asseyant sur le lit.

La petite sortit rapidement et se colla sur son père.

- Papa, laisse-moi dormir avec vous, s'il te plait, dit la petite, plaintive.

Blanche allait dormir avec eux presque chaque nuit depuis leur arrivée et Émile en était las. Elle devait grandir se disait-il.

- Non, pas cette nuit. Tu sais, je te l'ai déjà dit. C'était juste un cauchemar Blanche.

La petite se mit à pleurer devant le refus catégorique de son père.

- Mais papa..... je veux pas rester toute seule.... j'ai peur.... dit-elle, les joues couvertes de larmes.

Émile se dégagea doucement de l'étreinte de la petite, et bien que touché, resta ferme. Elle devait devenir plus mature selon lui. C'était pour son mieux.

- Non chérie. Là, recouche-toi pis tout va bien aller. Je te le dis, ajouta-t-il avant de la border et la quitter.

Il ne vit pas en refermant la porte, les deux petits yeux jaunes dissimulés derrière la porte, mais Blanche les avait très bien vus. Elle entendit même la petite respiration saccadée du petit être. Terrorisée, elle remonta sa couverture jusqu'à ses yeux et fut secouée de profonds frissons de terreur. Le petit être monta lentement ses petits yeux vers la petite qui respirait de plus en plus fort. Ils clignèrent doucement avant de se plonger dans ceux de la petite. De petits bruits de pas grattant se dirigèrent vers la fenêtre de la chambre de Blanche d'où fusait une lueur de la lumière lunaire. La petit silhouette aux oreilles tombantes mais pointues sauta sur le rebord de la fenêtre et se tourna vers Blanche avant de dire de sa petite voix rauque et aigue.

- À demain Blanche....

L'être se glissa à l'extérieur en refermant la fenêtre, laissant la petite seule dans sa chambre. Blanche ne dormit pas avant que le jour ne se lève. Toute la nuit, elle trembla et fixa la fenêtre craignant que Phouka, comme il disait s'appeler, ne revint.....

# Une légende

Le lendemain matin, après qu'Émile eut quitté pour ses champs, Blanche cherchait la force de parler de Phouka à sa mère, mais elle n'osait pas. Il avait été très clair avec elle et tout ce qu'il lui avait raconté lui faisait très peur. Laure quant à elle, n'était guère plus rassurée. Les deux se morfondaient dans un silence et une douleur morale qui les grugeait. Vers neuf heures, Blanche se mit à pleurer, à bout de nerfs. À cinq ans, il y avait des limites à ce qu'elle pouvait supporter. Elle s'assit sur un tabouret avant d'exploser en puissants sanglots. Devant cette réaction inattendue, Laure qui cuisinait, arrêta et s'approcha de sa fille, inquiète.

- Mais voyons ma puce, c'est qu'il y a? demanda Laure, l'angoisse dans la voix.

Elle aimait tant sa fille. D'avoir perdu ses autres enfants l'avait profondément affecté. Blanche était son miracle, affable et frêle, mais un miracle tout de même. La fillette tenta vainement d'expliquer mais se perdit en balbutiements sordides. Les seules paroles qu'elle dit clairement furent les suivantes,

- Je peux pas te le dire…. il m'a dit que…. que….

Laure bloqua à ses paroles : IL?

- Comment? Qui ça il? demanda-t-elle, doublement inquiète.

Blanche continua de geindre en délirant. Laure la prit fermement par les épaules et plongea un regard dur, mais aimant, dans ses yeux.

- Blanche! Qui ça?

Effrayée, la petite essuya ses larmes et renifla avant de dire.

- Je peux pas te le dire maman….. dit-elle en mettant ses petits bras autour du cou de la femme.

Sa voix changea brusquement et devint terrifiante.

- Il m'a dit que si j'en parlais, il vous tuerait….. toi pis papa, susurra la petite, terrifiée.

Et la petite, d'une voix entrecoupée de sanglots, raconta par bribes, enfin son calvaire à sa mère. Laure n'en croyait pas ses oreilles. C'était impossible! Plus inquiète que jamais, et ne sachant nullement quoi faire de tout cela, elle décida d'aller voir le curé Turcotte le matin même.

- On va en ville Blanche, viens t'en!

Laure la prit fermement par le bras et se dirigea vers la porte.

Quelques instants plus tard, de son champ, Émile vit sa femme et sa fille qui quittaient en carriole vers le village. Il tenta d'agiter la main pour les saluer, mais elles ne le virent pas. Ni l'une ni l'autre n'y portèrent attention. Penaud, il retourna à ses champs…. inconscient du danger qui planait sur eux.

Cette fin de juin était occupée, la Saint-Jean-Baptiste approchait à grand pas. Le curé Turcotte avait moult préparations à faire. L'homme marchait vers son autel lorsqu'il entendit s'ouvrir les portes de l'église. En se détournant, il tomba sur Laure Potvin, tenant sa fille par la main.
- Madame Potvin ! dit-il, heureux de les voir.
- Qu'est-ce qui vous amène ici aujourd'hui? demanda-t-il.
La femme s'approcha le regard bas. Lorsqu'elle le regarda, il vit qu'elle se retenait de pleurer.
- Qu'y-a-t-il? demanda-t-il, inquiet.
- Faut que je vous parle. Ça va pas!  dit Laure, impérative.
- Très bien, venez vous asseoir, dit-il, en l'invitant sur un banc.
Laure lui fit signe des yeux qu'ils ne pouvaient parler devant Blanche. Le prêtre comprit immédiatement. Il s'abaissa devant la petite pour lui dire.
- Tu peux aller jouer si tu veux.
Blanche regarda sa mère qui lui sourit. Sa poupée à la main, elle acquiesça et alla plus loin, mais pas trop, pour toujours voir sa mère. L'homme d'église et la femme s'assirent sur un banc. Là, Laure narra toute l'histoire. La proximité entre Stella et son mari, le sac, Phouka, ses cauchemars, tout! Elle déversa tout le trop-plein dans les oreilles du curé. L'homme écouta tout attentivement et ne broncha pas. Il avait l'air songeur et à la surprise de Laure, ne semblait aucunement étonné. Après avoir tout déballé, Laure ressentit un soulagement extrême, comme si on lui avait enlevé un poids d'une tonne des épaules. Voyant que le curé ne se moquait pas d'elle, elle fut soulagée, pour un temps.
- Vous pensez pas que je suis folle? demanda-t-elle, nerveuse.
L'homme respira profondément avant de dire.
- Écoutez attentivement ce que je vais vous dire madame Potvin.
Son air était devenu grave et ses yeux la fixaient intensément, ce qui la replongea dans ses craintes.
- La légende qui est associée à Stella Larousse date de bien plus longtemps qu'elle. Avant votre arrivée, avant la fondation du village. Bien plus longtemps encore. La famille qui habitait votre maison

avant, a disparu, sans que personne ne sache où elle est passée. Ce ne sont pas des blagues Laure, personne n'a aucune idée. Dans ce temps-là, c'était la mère de Stella qui habitait sa maison sur la colline. Beaucoup de gens de l'époque nous ont dit que les deux se ressemblaient énormément. Même trop.

L'homme déglutit et essuya quelques gouttes de sueur sur son front avec son mouchoir de soie.

- En fait, mon prédécesseur m'a dit que personne ne les a vues toutes les deux ensemble. Il y a dix ans, on disait qu'elles étaient la même femme. Mais, tout ça, ce n'est pas le plus troublant.

Le malaise de l'homme crut encore plus.

- Je veux vous confier quelque chose Laure que vous ne devez sans doute pas savoir mais je vous avertis, après que je l'aurai fait, il n'y aura plus de retour en arrière, pas de deuxième chance, rien. Êtes-vous prête à l'entendre? demanda-t-il, nerveux désormais.

Laure était certes impressionnée et sa peur avait grandi, mais elle devait savoir, elle voulait savoir. Elle hocha de la tête en guise d'approbation. Le curé lui fit un faux sourire et commença.

- La magie, le surnaturel, le monde des esprits, ce ne sont pas que des histoires, tout cela existe réellement. En fait, l'une des tâches de mon sacerdoce est de combattre les forces du mal. L'église fait constamment des exorcismes et des chasses aux sorcières et ce, depuis sa création. Lorsque j'ai suivi ma formation d'homme d'église au séminaire de Québec, on nous a enseigné plusieurs choses dont vous n'avez idée : les démons, le diable, la magie noire et plusieurs choses entre autres. La majorité sont des légendes, sans preuves. Mais quelques-unes ont été prouvées. Enfin, je me dois de vous parler de celle-ci car elle est très pertinente à l'histoire qui nous intéresse. À l'époque de la Nouvelle-France, lorsque les premiers Jésuites se sont installés à Québec, ils ont entendu parler d'une femme, qui aurait sacrifié des enfants. On en avait retrouvé quatre éventrés comme des porcs, tous âgés de moins de dix ans, dans la région de Québec. La milice coloniale a fait enquête, mais rien de substantiel n'a été trouvé. Ces meurtres étaient de véritables mystères, sans but apparent, pour un néophyte…. Après quelques temps, ils ont cessé, sans crier gare. Tous les colons étaient persuadés que la quiétude était finalement revenue, mais sept ans plus tard, on a retrouvé un autre enfant, et ensuite un autre…. C'est à ce moment que l'évêque de Laval a ordonné une enquête officielle mais secrète. Mais vite, les meurtres ont cessé de nouveau et les colons ont arrêté de parler de cette histoire après quelques mois. L'histoire a sombré dans l'oubli des gens, mais l'Église restait aux aguets. Quelques années plus tard, quand Jean Dequen a fait ses premiers voyages exploratoires ici, il a rencontré plusieurs tribus indiennes. Il venait leur apporter la parole divine, les évangéliser, certaines l'ont fait d'autres non. L'une d'elles, s'appelait les Kakouchaks. Ils venaient souvent au confluent de la Belle-Rivière et du lac pour commercer. Une année, il s'est rendu compte que tous les hommes de la tribu étaient blessés, dont leur chef, et que les habitants semblaient avoir grande peur. Il a demandé à en savoir plus, s'il s'agissait d'une guerre triviale ou d'une révolte. Le chef de l'époque, Agikamanek, a expliqué à son interprète l'histoire que je vais vous raconter. Quelques années avant le troisième voyage de Dequen au lac, une femme blanche serait arrivée dans la région. Les indiens l'ont accueillie, elle semblait gentille et bien intentionnée. Semblant abandonnée, ils l'ont accueillie et se sont occupés d'elle. Lentement, elle a appris leur langue et vivait avec eux. Mais vite, ils se sont rendus compte qu'elle n'était pas comme n'importe quelle femme. Elle parlait aux animaux, maîtrisait les éléments comme le feu ou l'eau. Après quatre ans, elle s'est intéressée au fils d'une femme, âgé de sept ans. Elle a passé beaucoup de temps avec lui. Un jour, les indiens ont trouvé le petit, mort, éventré. Les indiens n'étaient pas sûrs, mais ils ont cru que c'était elle. Agikamanek a voulu la confronter. C'est alors qu'elle leur a dit être une sorcière, un disciple du démon, qu'elle voulait vivre éternellement et que la seule façon d'y parvenir, était de sacrifier des enfants à un puissant démon et d'en boire leur sang comme offrande suprême. Horrifiés, les indiens ont essayé de la combattre pour qu'elle parte, mais elle était bien plus puissante qu'eux. Elle aurait tué la moitié des hommes de la tribu et menacé tout le reste du village, que s'il ne lui donnait pas, un enfant, tous les sept ans, elle les punirait de leur impudence en les tuant tous jusqu'aux derniers. Dequen a été choqué de cette histoire. Il a donc décidé de donner des fusils à toute la tribu qui l'a remercié grandement. Deux ans après, Dequen est revenu dans la région. Quand il est arrivé près de la Belle-Rivière, lui et ses coureurs des bois n'ont rien trouvé. Quelques jours après avoir monté leur camp, ils ont trouvé une petite fille Kakouchak, qui vivait comme terrée dans la forêt. Elle agissait comme un animal et ne parlait pas. Ils ont dû l'attraper et l'obliger à rester avec eux Après quelques jours avec eux, l'un des coureurs des bois avec Dequen, lui a parlé en langue kakouchak, et la petite a alors parlé. Âgée de douze ans, Lokaloua, avait survécu dans la forêt toute seule depuis leur venue. Ce qu'elle leur a raconté, lui a glacé le sang. Le démon blanc, comme les Kakouchaks l'avaient nommé, était revenu deux ans après, elle leur avait exigé un enfant pour son sacrifice rituel. Agikamanek et ses hommes avaient refusé catégoriquement. Furieuse, la démone aurait imploré tous les feux du ciel et les aurait tous tués en une seule nuit, malgré les fusils et la poudre que Dequen leur avait donnés. Lokaloua avait pu s'enfuir et avait vécu dans la forêt, seule, depuis ce temps. Un homme, du nom de Maurice Véroule, ne croyait pas à l'histoire de la jeune fille. Son scepticisme était légitime, on l'aurait été à moins. Elle les a donc sommés de la suivre afin qu'elle puisse étayer ce qu'elle clamait. Un peu plus au nord, à un ou deux milles, près de la colline Cœur-Crevé, elle leur a montré où s'était passé la bataille. Lokaloua, l'angoisse dans l'âme et la voix tremblante, leur a narré toute l'histoire. Ensuite, ils cherchèrent quelques preuves en creusant ça et là. Le groupe de Dequen a trouvé 73 squelettes, d'hommes, de femmes et d'enfants. Dequen, horrifié, a décidé de partir ce soir-là et de rentrer immédiatement à Québec, et il a emmené la petite avec eux. À son arrivée en ville, il a demandé audience au gouverneur le jour même. Dans une discussion privée, qui nous est malgré tout parvenue, il a conseillé au gouverneur Pierre de Voyer d'Argenson, de ne pas installer de colons dans le royaume de *Sagané* pour cause de danger imminent. Il faudra attendre près de cent ans après la Conquête avant qu'on ne s'intéresse de nouveau à la région, deux cent ans pour qu'on oublie cet avertissement.

Après ce récit horrifiant, Laure demanda, anxieuse.

- Alors vous pensez que…..

Le curé ajouta en la fixant ardemment.

- On nous enseigne cette histoire depuis. Je pense…. et j'en suis bien malheureux ma chère, vous pouvez me croire, que toutes ces histoires ne sont pas pures coïncidences. Je pense que, Stella Larousse est le démon blanc des Kakouchaks, je crois que vos enfants et vous, Émile inclus, êtes en très grand danger…….

Lorsque le curé eut terminé son histoire, Laure eut un grand frisson languissant qui lui parcourut le dos. Tout lui apparaissait mille fois pire qu'auparavant. Elle jeta un regard inquiet vers sa fille qui jouait, avant de regarder de nouveau le curé et de dire.

- C'est que je peux faire ?

# La veille de la moisson

Le soleil commençait à descendre à l'horizon lorsqu'Émile décida de rentrer son cheval. Quelques heures auparavant, il avait vu sa femme et sa fille revenir à la hâte du village et était intrigué. Il ne pouvait pas s'empêcher de s'interroger. Bien entendu, il était curieux, mais il s'était résolu à questionner son épouse le soir même après la fin de ses labours. Il se dirigeait alors vers la maison bien décidé à tout comprendre. Arrivé sur le perron, légèrement affecté par leurs récentes et incessantes disputes, l'homme inspira profondément, cherchant du courage. Il tira la porte-moustiquaire et entra. Il fit quelques pas avant d'arriver la cuisine pour tomber sur une scène assez étrange. Il n'y avait aucun repas qui mijotait sur le gros poêle , aucun couvert, que des plantes du jardin fort odorantes, de la paraffine et un large papier ressemblant à un parchemin. Malgré cela, ce n'était pas le plus troublant. L'image qui le frappa le plus fut celle de sa femme et sa fille salies par les sèves de plantes et dépeignées. Elles en avaient même sur le visage. Inquiet, Émile balbutia.

- Mais…. que…. c'est que vous faites ?

Les deux s'arrêtèrent un instant pour observer l'homme mais ne perdirent pas de temps. Elles se remirent aussitôt au travail. Laure s'était astreinte à passer pour folle, elle lui expliquerait cependant les raisons de ce comportement, alors qu'elle faisait fondre de la paraffine et y mélangeait des herbes taillées, elle lui expliqua.

- Émile, écoute-moi mon chéri s'il te plaît, pis interrompts-moi pas. Toutes les affaires bizarres qui nous sont arrivées dernièrement ont une origine ben simple. J'ai parlé avec le curé Turcotte cet après-midi, pis il m'a tout confirmé Émile. Je te parle pas des histoires du village, mais des cauchemars que je fais, de Blanche, le p'tit monstre qu'elle voit la nuit…. nos problèmes….

Ses palabres se poursuivaient devant le regard hébété de l'homme qui ne savait que dire. Pour la première fois depuis leur arrivée, il lui sembla que soit, Laure était totalement et irrémédiablement folle, ou que sinon, c'était lui qui le devenait. Par contre, il chercherait à en savoir plus. Aucunement fâché, l'homme décida de pousser son questionnement.

- Vous faites des cauchemars ?

Elle-même surprise de l'ouverture de son mari, Laure se sentit enfin accueillie et encouragée. Elle laissa libre cours à ses craintes et narra tout, absolument tout. Émile s'assit pour écouter. De temps à autre, même la petite Blanche intervenait pour appuyer la thèse de sa mère.

La scène surréelle se poursuivit un peu avant qu'Émile n'intervienne de nouveau.

- Et là, vous faites quoi ? demanda-t-il calmement.

Laure et Blanche le regardèrent intensément, sérieuses.

- C'est le moyen de conjurer le mauvais sort que le curé nous a donné pour bénir la maison. Quand il va être prêt, je vais lire ce qui est écrit sur la feuille, pis y verser de l'eau bénite.

Émile, intrigué, autant qu'on puisse l'être après un tel récit, se leva et alla lire ce qui était écrit sur la feuille. Il se rendit vite compte que le texte n'était pas en français ni en anglais, mais en latin.

- C'est que ça veut dire ? demanda-t-il.

Laure répondit.

- Je sais pas, mais c'est pas important. Le prêtre a dit que ça marcherait. Je vais enduire les portes pis les châssis de fenêtre. Après, on va être protégés, pour de vrai !

Se laissant gagner lentement, mais encore incrédule, Émile ajouta.

- Pis comment tu sais que ça va marcher ?

Laure arrêta de gigoter pour le regarder en souriant.

- Elle pourra pas entrer dans la maison !

Émile, encore sceptique, rétorqua.

- Pis pourquoi elle viendrait dans la maison ?

- C'est ça le plan, demain, je veux que tu l'invites, on va en avoir le cœur net une fois pour toutes !

Émile et Laure se fixèrent un instant. Laure semblait si convaincue de ce qu'elle avançait, ses yeux luisaient d'une lueur profonde et inquiétante. Émile, les sourcils froncés, craignit pour la première fois devant la conviction profonde de sa femme…. que toutes ces histoires ne fussent pas que des ragots de village.

## La moisson

Ce jour-là, ressemblait à tous les autres. Le soleil se leva et réchauffa l'air ambiant comme tous les matins depuis l'arrivée des Potvin. La petite famille se réveilla, résignée à découvrir la vérité sur Stella Larousse ! À leur habitude, ils firent chacun des gestes quotidiens. Ils s'habillèrent, s'affairèrent à leurs tâches normales, mangèrent, Émile alla travailler aux champs et Laure fit la cuisine, elle eut même le temps de tricoter un peu. Cependant, un silence morbide régnait dans la maison. On ne parla pas, on se contentait d'échanger des regards lourds de sens. Vers une heure, après le dîner, Émile allait sortir de la maison lorsque Laure brisa ce silence, en disant cette phrase lourde.

- Oublie pas, si elle passe sur le chemin, invite-la à souper. Le couple échangea un dernier regard intense. Laure était dure et décidée tandis qu'Émile avait peur. La moustiquaire se referma en grinçant sur Émile qui sortait. Blanche vint auprès de sa mère. Cette dernière lui caressa la joue et plongea ses yeux dans les siens avant de sourire.

- Ce soir, on va savoir la vérité ma puce.

Blanche sourit à sa mère et se serra contre elle.

Le soleil était de plomb. La chaleur était telle qu'Émile peinait plus que d'habitude. Cependant, il n'aurait pu dire si c'était le plan funeste de sa femme qui le mettait dans cet état ou la chaleur écrasante. Quoiqu'il en soit, il travaillait durement lorsqu'une légère brise se leva et souleva un fin nuage de poussière. Un aigle traversa les cieux et lança un cri perçant, troublant le chant des grillons, le seul son qui accompagnait l'homme dans son travail. Émile s'arrêta un court instant pour essuyer la sueur qui perlait sur son front, lorsqu'il aperçut, au loin, venant de la colline Cœur-Crevé, au milieu des effets de mirage, une silhouette longue et élancée qui avançait sur le chemin. Elle était encore floue, Émile ne la distinguait pas encore, mais il savait très bien de qui il s'agissait. Ce ne pouvait être que Stella Larousse ! Lentement, mais sûrement, au fur et à mesure que la femme approchait, l'anxiété d'Émile crût. Lorsqu'elle arriva à ses côtés, le cœur de l'homme battait une telle chamade qu'il se dit, qu'il était impossible qu'elle ne se doute de rien. Sa malice n'était pas assez grande pour qu'il réussisse à dissimuler un pareil plan bancal à souhait ! Comme à son habitude, la femme le salua gaiement.

- Bonjour mon cher Émile, comment ça va ? C'est pas trop dur de travailler sous ce soleil sans pitié ? demanda Stella.

Émile déglutit difficilement avant de commencer son boniment.

- Ouais, un peu, j'avoue.

Les deux s'échangèrent un léger sourire. Après un court silence, Émile se résout à poser la question fatidique qui lui brûlait les lèvres.

- Madame Larousse, ça vous dirais-tu de venir souper chez nous à soir ?

La surprise de la femme se lisait sur ses traits. Comme elle ne répondait pas, attendant sans doute de plus amples explications, connaissant très bien l'aversion de Laure envers elle, Émile s'empressa d'ajouter.

- Vous savez, Laure se sent un peu mal d'avoir été mal polie avec vous. C'est comme une manière de faire la paix si vous voulez.

Se sentant coupable cent fois, il ajouta.

- Ça me ferait vraiment plaisir que vous acceptiez.

Devant ces paroles si sincères et invitantes, Stella n'avait aucune raison de se douter des arrière-pensées de l'homme.

- Entendu, ça me fera plaisir d'être là.
- Excellent, ajouta l'homme.

Stella le salua et quitta sur cela. Émile ne put s'empêcher de la regarder quitter et disparaître au loin. Son estomac se serra. La situation semblait prendre un tournant imprévu et il appréhendait grandement ce qui en résulterait !

Au soir, Émile raconta tout à sa femme qui en fut pleinement satisfaite. Elle s'était préparée à ce moment et voulait connaître la vérité à propos de Stella Larousse. Ils finiraient par percer le mystère finalement. Ce fut alors qu'une idée fort amusante traversa l'esprit d'Émile.

- T'as pas fait à souper ? demanda-t-il.

Laure lui lança un regard oblique, ce à quoi il répondit sérieux.

- Laure, t'as tout planifié en étant sûre que Stella est une sorcière. Mais, admettons que…. elle en soit pas une. Je l'ai invitée à souper moi !

Faisait pleinement valoir son plan, Laure se sentit un peu ridicule. En effet, depuis le début elle était certaine que Stella était une sorcière, mais, s'il advenait qu'elle n'en soit pas une, elle devait tout de même lui servir à souper ! Elle s'empressa donc de concocter un petit repas des plus simples, au cas où….

Le temps passa doucement et le soleil descendait lentement vers l'horizon rendant le ciel rosé. La chaleur était encore accablante, bien que faiblissant. Vers six heures, Stella n'était toujours pas arrivée et la nervosité avait envahi la maison des Potvin. Émile, Laure et Blanche angoissaient. On avait pensé au moyen de la démasquer, mais si elle était une sorcière, que feraient-ils après ? Laure avait tout fait avec tant d'empressement qu'elle n'avait aucunement songé à l'après…. Ne soutenant plus la pression et la chaleur, Émile décida d'aller sculpter un petit morceau de bois sur le perron tout en fumant la pipe. En s'asseyant, juste du fait qu'il n'était plus auprès de sa femme, il se sentit soulagé. Cette situation devenait intolérable et il avait hâte qu'on mette cette histoire-là au clair afin de clore le sujet ! Même si Laure avait réussi à le faire douter, elle n'était pas parvenue à le convaincre totalement. Ses doutes subsistaient et la crainte d'humilier sa voisine le taraudait. Il eut le temps de fumer une pipe complète. Alors qu'il fouillait dans son sac de tabac pour remplir sa pipe à nouveau, la

figure de Stella apparut à l'orée des arbres. Elle se dirigeait vers la maison, panier d'osier à la main, le sourire aux lèvres. Voilà, c'était maintenant ! Émile se leva en trombe et cria par la porte-moustiquaire.
- Elle arrive !
Le cœur de Laure, qui mettait la table, se serra. Elle prit sa petite croix qu'elle avait autour du cou et la retourna une ou deux fois nerveusement. Avant d'aller rejoindre son mari à la porte, elle regarda Blanche et lui dit.
- Tu restes icitte, c'est-tu compris ?
La petite acquiesça en hochant de la tête. Laure se dirigea vers la porte et se mit dans l'embrasure, l'ouvrant à peine. Émile s'était levé. Stella arriva près du perron et s'arrêta pour humer l'air ambiant.
- Quelle belle soirée, n'est-ce pas ? dit-elle.
Le couple Potvin, nerveux plus que jamais, dit en chœur.
- Oui.
- La tiédeur fait du bien, vous trouvez pas Émile ? ajouta Stella.
Émile se frotta les mains, devenues moites, sur sa salopette.
- On fait pas mieux après une grosse journée.
Stella sourit à cela. Laure et Émile feignirent un rire qui les rendit étranges. Par contre, Stella n'y porta pas attention ne sachant rien. D'un air narquois, elle souleva le linge qui recouvrait son panier et dit.
- Je nous ai déniché des chocolats belges au magasin général, dit-elle, voulant les *conquérir.*

Laure songea à comment elle était hypocrite, alors qu'Émile eut pitié d'elle. Laure dit.
- Wow, beau dessert, vraiment !
Stella sourit et eut l'impression que Laure avait finalement changé son opinion à son propos. Un sourire sincère se dessina sur son visage avant qu'elle ne dise.
- Vous savez madame Potvin, ça me fait vraiment plaisir que vous m'ayez invitée ici ce soir. On va pouvoir enterrer la hache de guerre et commencer à zéro cette fois-ci.
Laure fut aussitôt convaincue de l'hypocrisie de Stella, se souvenant très bien de ses paroles, quelques jours auparavant, alors qu'Émile éprouva de la compassion à ce moment pour cette femme si durement et injustement jugée selon lui. Laure trancha, il était temps de confirmer ses dires.
- Si on entrait pour souper ? dit-elle, d'un air innocent.
Stella acquiesça la première. Laure ouvrit la porte et Émile entra. Stella gravit les quelques marches de bois et suivit Émile qui entrait…. mais,

arrivée dans l'embrasure de la porte, une force mystérieuse la retint sur place à sa propre surprise. Laure la vit la première. Ne comprenant pas, Stella tenta d'entrer à nouveau, mais elle ne pouvait pas. Lorsqu' Émile se retourna pour la voir, bloquée dans l'embrasure, toutes ses convictions s'effondrèrent comme un château de cartes.

- Mais voyons, dit Stella, dans l'ombre.

Elle ne mit pas long à comprendre  et faire le lien avec l'invitation. Par contre, elle feignit de ne pas comprendre. Laure explosa.

- Tu vois Émile je te l'avais dit !

Émile devint si anxieux qu'il ne savait où donner de la tête.

- Émile, je comprends pas ce qui se passe ! Vraiment ! dit Stella, le regard en peine et semblant confuse.

Laure prit fortement le bras de son mari.

- Émile ! Franchement ! Tu vas pas la croire ! On a la preuve là !

Alors que Stella continuait de feindre l'incompréhension et Laure d'essayer de le convaincre, Émile devint plus confus que jamais. Il se mit à regarder successivement sa femme et Stella. Perdu, dans la confusion la plus totale et ne voulant pas croire à l'incroyable, il allait donner sa main à Stella pour l'aider lorsque sa femme dit, hors d'elle.

- Arrêtez votre jeu Larousse ! On sait maintenant ce que vous êtes !

Émile plongea son regard bon enfant dans celui de Stella, les yeux peinés, la femme semblait confuse et craintive. Subitement, elle cessa son jeu macabre. Elle lui sourit d'une manière inquiétante qui lui glaça le sang.  Elle cligna rapidement des yeux avant de regarder Laure.

- Maligne petite sorcière blanche va ! dit-elle, prise au jeu.

Laure fut satisfaite ! Finalement elle avouait et lui donnait raison ! Ce fut plus fort qu'elle, Laure fut heureuse à ce moment précis.

- Tu vois Émile, je te l'avais dit ! dit-elle en s'adressant à son époux.

- Tu rentreras jamais icitte sale démone ! dit Laure, la défiant.

Stella se mit à rire à gorge déployée ce qui rebuta le couple qui recula, bien que protégés par le sortilège.

- Vous croyez vraiment ça ? Vous êtes assez naïfs pour croire que je réussirai pas à entrer ?

Émile était si perdu qu'il dit, la peine dans la voix.

- Stella ?

Harassée de cette petitesse si humaine selon elle, elle dit.

- Arrête de geindre Émile ! T'aurais dû être plus attentif envers ta femme, dit Stella, la voix dure.

- C'est quel sort exactement ? demanda-t-elle à Laure.

- Le *beatificus maledictus* ? Le *vade retro satana* ?

À vrai dire, Laure ne le savait pas. Cependant, il était hors de question qu'elle le lui dise. Stella se résout à quitter, mais elle les avertit sur un ton cinglant et sévère.

- Vous vous en tirez pour maintenant mes chers, mais je vous avertis. Je vais découvrir de quelle magie il s'agit. Et je vais revenir, comprenez-le tout de suite. Ce n'est qu'une question d'heures. Ce soir, c'est la Moisson, et rien, m'entendez-vous, rien ne m'empêchera d'accomplir le rituel. Sachez-le, c'est peine perdue, vous n'êtes pas de taille,  vous ne pouvez pas me battre !

À ces mots, elle leva une frange de sa robe et disparut laissant le couple penaud. Laure et Émile se retournèrent vers Blanche plus inquiets que jamais. Voilà l'après qu'ils appréhendaient. L'avertissement de Stella était sans équivoque. Tous paniquèrent un bon dix minutes avant qu'Émile ne se calme. À ce moment précis, il sut qu'il ferait tout pour sa famille, il mourrait pour eux, se battrait jusqu'au bout. Il alla à l'étage chercher sa carabine et redescendit pour trouver Laure et Blanche en pleine crise de panique. Devant elles, il dit.

- Vous devez partir d'ici, je vais garder la maison. Si elle revient, je suis prêt à  la tuer.

Laure eut un sentiment très mitigé envers son époux à ce moment-là. Elle le trouvait adorablement courageux et l'aimait mille fois plus, le voyant là, fort et décidé à mourir pour elles, et en même temps, horriblement stupide de vouloir se battre contre une sorcière, l'issue était assez évidente.

- Émile ! Tu l'as entendue ? Elle va revenir ! Pis on peut pas te laisser tout seul, ou partir, elle doit nous attendre dehors!

- Mais c'est que tu veux qu'on fasse Laure ? demanda Émile, en colère contre lui-même d'avoir été berné de la sorte.

Laure lui prit la main pour le calmer, voyant bien qu'il s'emportait. Elle dit, d'une voix douce.

- On reste ensemble, icitte, pis on va l'affronter, ensemble.

Ils étaient à un tournant crucial, peu importe ce qui arriverait, ils devaient rester soudés. La petite famille se serra fortement, bien résolue à affronter la démone blanche….

Le curé Turcotte lisait un passage de la bible, en cette soirée tiède, lorsqu'il entendit la porte de l'église s'ouvrir. Surpris, l'homme releva la tête pour tomber sur une vision qui lui glaça le sang, Stella Larousse se tenait près du bénitier et le regardait.

- Madame Larousse, qu'est-ce qui me vaut l'honneur de votre…. première présence dans notre église ? dit-il, essayant d'éviter le sujet pour lequel elle était venue.

Stella affichait une attitude différente de celle qu'elle se plaisait à montrer aux villageois ordinairement. Elle avait un sourire indélogeable, le regarde fixe, les épaules tirées vers l'arrière et le torse bombé.

- Ne jouez pas aux plus fins avec moi, misérable homme en robe! Qu'avez-vous enseigné à Laure Potvin ? dit-elle, agressive.

Le curé se leva pour lui faire face, à l'autre bout de l'église, cependant, il soutenait difficilement son regard.

- Mais rien, de quoi vous parlez ?

Stella se mit à rire, déjà lasse de la situation, mais ne perdit pas immédiatement son sourire. Elle souleva la tête pour rire avant de plonger son regard dans celui du prêtre. À cet instant, ses yeux devinrent durs et elle cessa de sourire.

- Ne vous ai-je pas dit de ne pas jouer à ce petit jeu ? Quel sort avez-vous enseigné à Laure Potvin ? cria-t-elle presque en s'approchant lentement.

Ce fut alors que l'homme d'église comprit qu'il était en danger, il monta une marche de l'autel en reculant.

- Je ne vous le dirai pas Stella, partez !

La sorcière mit ses deux mains sur ses hanches et son visage se crispa en une moue disgracieuse. L'homme prit peur et décida de quitter ; alors qu'il se détournait, pour partir par la porte à gauche de l'autel, celle-ci se referma. Surpris, il vit toutes les portes du lieu de culte se refermer toutes seules. Comprenant qu'il ne pourrait partir si facilement, il lança un regard de terreur envers Stella.

- Personne ne va nulle part ! dit-elle, catégorique !

À ce moment, la physionomie de la femme changea et elle fut prise de soubresauts qui la faisaient trembler. De légers sifflements se firent entendre qui croissaient. De ses jambes, se mirent à couler un nombre incalculable de serpents. Aussitôt les reptiles nés, ils se dirigèrent vers le prêtre, menaçants, qui se mit à reculer. L'homme trébucha dans les marches et ne put que regarder, terrorisé, les vipères ondulant vers lui, en sifflant fortement.

- Vous allez me dire tout ce que vous lui avez raconté…. ordonna Stella, les yeux noircis par la rage.

Sur cette scène morbide, les murs de l'église commencèrent à crépiter avant de prendre feu sous les yeux du curé….. Allongé dans les marches, terrorisé, les premières vipères le rejoignirent et montèrent sur son corps pour se placer sur son torse. Elles s'arrêtèrent toutes devant son visage étiré comme si elles le regardaient.

- Ne comprenez-vous pas…. vous ne pouvez pas me battre… ajouta

Stella, alors que les flammes grandissaient…..

La fumée qui s'échappait de la bâtisse attira l'attention des villageois, lorsque des flammes éclatèrent les vitraux de la petite église de bois, tous furent convaincus de la nécessité d'éteindre l'incendie. Alors que les villageois s'apprêtaient à aller voir si des gens se trouvaient à l'intérieur, Télesphore et Alphonse en tête, les portes de l'église s'ouvrirent toutes seules. Dans l'embrasure, une silhouette féminine se dessinait. Les quelques villageois reculèrent et virent en sortir Stella Larousse. La femme avança et montra un regard méchant et méprisant à tous les gens présents. On la regardait avec crainte et ne sachant que faire.
- Que regardez-vous ? cria-t-elle.
Prenant son balai, déposé sur le parvis, elle l'enfourcha.
- Si quelqu'un se mêle de cette histoire, je vous maudirai tous, vous, vos enfants et tous vos descendants ! Les Potvin sont à moi ! ajouta-t-elle.
Dans un mouvement habitué, son balai se souleva et Stella disparut dans le ciel désormais noir sous le regard horrifié des villageois. Alphonse reprit ses esprits quelques instants plus tard pour s'engouffrer dans l'église en flammes à la recherche du curé Turcotte….

Chez les Potvin, la situation ne s'améliorait guère, Laure et Blanche étaient devenues quasi incontrôlables. Émile avaient bien tenté de les rassurer, mais rien ne semblait en mesure de le faire. Émile et Laure se mirent à se disputer fortement, ne soutenant plus la pression. Cependant, ils ne s'écoutaient pas, les deux criaient, c'était tout ! Tout à coup, Émile crut entendre quelque chose, il se tut alors que Laure continua de crier. Ne pouvant bien entendre, Émile lui fit signe de se taire. Ce fut alors qu'ils entendirent une voix qui venait de l'extérieur. Craintifs, les deux se dirigèrent vers l'entrée principale pour tomber sur la vision terrifiante de Stella en transe qui récitait une sorte de formule en latin. En face de la porte, elle se tenait debout, les yeux noirs, et répétait sans cesse les mêmes mots. De temps à autre, elle lançait une sorte de sable sur la maison qui créait une aura bleue autour de celle-ci et provoquait un son semblable au tonnerre.
- Elle va entrer ! dit Laure, apeurée.
- On fait quoi ? demanda-t-elle.
Émile songea un instant et pensa, que la meilleure idée, était de demander de l'aide aux autres villageois. À plusieurs, peut-être auraient-ils une chance de la vaincre.

- Je vais aller au village pour chercher de l'aide Laure.

Laure et Blanche se mirent toutes les deux à crier.

- Non ! Laisse-nous pas ! dit Laure.

- Il faut essayer Laure ! Elle va finir par rentrer ! Je vais sortir par la porte d'en arrière. Je reviens dans quinze minutes, dit-il, en l'embrassant sur le front.

Il lui tendit son fusil et allait sortir, lorsqu'il vit Blanche, blottie contre la table, tenant une des quatre pattes dans une main, et sa poupée de l'autre, l'air terrifiée. Il prit une minute, s'abaissa devant elle et dit.

- Hey ma puce, je reviens tout de suite. Je te le promets.

Il l'embrassa sur le front et se détourna pour tomber sur Laure qui se tenait devant la porte arrière.

- Va t'en pas s'il te plaît ! Laisse-nous pas toutes seules ! dit Laure, la voix cassée.

Il l'embrassa sur la bouche avant de lui dire.

- Je reviens tout de suite chérie….

Il quitta sur ce, laissant Laure qui craqua. Elle se mit à pleurer fortement. Blanche abandonna sa patte de table pour se blottir contre sa mère. Au loin, on entendait toujours Stella, qui répétait, inlassable, sa formule magique……

La lueur de l'église en flammes éclairait à des lieux à la ronde. Émile la voyait très bien, de son cheval qu'il frappait fortement pour le forcer à aller toujours plus vite. Il avait réussi à se rendre dans sa grange et avait pris son cheval en douce pour rejoindre le village. Au fur et à mesure qu'il avançait, le village devint plus distinct, finalement, il arriva sur la place centrale où il vit les villageois attroupés autour de la bâtisse sainte qui brûlait. Du haut de son cheval, il assista à une scène pénible, le curé Turcotte était couché au centre d'un cercle formé de villageois en peine, recouvert de sang et de ce qui lui semblaient être, des morsures. Ses yeux étaient crevés et il gémissait. Devant cette horreur, il comprit tout de suite qui était la responsable de tout ce carnage. Quelques personnes se retournèrent pour regarder Émile.

- Va t'en d'ici, lui dit un villageois.

Émile qui venait chercher de l'aide, se mit en colère.

- Stella veut tuer ma famille, vous devez nous aider ! implora-t-il.

Télesphore lui répondit le premier.

- Émile, on est désolé, mais elle nous a avertis, si on t'aide, elle va s'en prendre à nos familles.

Émile n'en croyait pas ses oreilles ! Hors de lui, il ajouta.

- Vous allez la laisser faire ! Elle va tuer mes enfants ! vociféra-t-il !

Émile put voir le désarroi sur le visage de tous les gens présents, mais il était hors de question qu'ils l'aident, il le comprit très bien.

- On peut rien faire Émile…. ajouta Alphonse.

L'homme les regarda encore un instant cherchant un visage allié, mais il n'en trouva pas. Il se résigna. Ce fut plus fort que lui, il les méprisa.

- Bande de lâches ! cria-t-il, les larmes aux yeux.

Il fouetta fortement son cheval et quitta en direction de sa maison. Sur cette scène sordide, le curé, dans les bras de Victoire, poussa un dernier soupir rauque….

Laure et Blanche étaient seules depuis bientôt vingt minutes lorsqu' elles entendirent un genre d'explosion puissante qui fit trembler toute la maison. Elles comprirent que Stella était parvenue à briser le sortilège qui l'empêchait d'entrer. Laure décida donc de quitter par la porte d'en arrière, comme Émile, quelques minutes avant. Cependant, Stella se tenait déjà dans la cuisine et referma la porte à distance en secouant la main.

- Vous partez déjà ? demanda-t-elle, sur un ton amusé.

Laure et Blanche se retournèrent pour lui faire face. Mais la mère tenait la carabine et Stella était dans sa mire. La sorcière se mit à rire devant la femme. Elle se mit à avancer lentement, telle une tigresse en chasse.

- Crois-tu que cette arme peut venir à bout de moi Laure ? dit Stella, arrogante, le menton en l'air.

Laure dit à sa fille.

- Va te cacher Blanche ! Pars !

Comme la petite hésitait, Laure la poussa d'une main, en gardant Stella en joue. Blanche se mit alors à courir vers l'escalier la menant au premier étage. Stella la regarda partir mais ne bougea pas.

- Vas-y Laure, je sais que tu en meurs d'envie. Tire ! Allez ! dit Stella, l'air amusé.

Le cœur de Laure battait si fort qu'elle arrivait à peine à se concentrer. Stella se mit à la toiser de nouveau et se mit à crier.

- MAIS VAS-Y TROUILLARDE ! TIRE ! ALLEZ ! QU'EST-CE QUE TU ATTENDS ?

À bout de nerfs, Laure appuya sur la gâchette. Malgré cela, la balle s'arrêta à dix centimètres devant Stella. La surprise de la femme fut telle, qu'elle se mit à respirer difficilement. Stella, elle, semblait toujours aussi amusée. La balle resta dans les airs un court instant avant de tomber au sol en un petit cliquetis sous le regard apeuré de Laure. Les deux se firent face, en un duel d'yeux que Stella gagnait.

Elle agita la main et la carabine se déroba de la poigne de Laure pour atterrir dans les siennes. Stella prit le bout du canon et se mit à le plier, ce qui fit grincer le métal. Totalement affolée devant la force et la puissance de Stella, ne s'étant jamais douté du guêpier dans lequel elle se trouvait, Laure paniqua vraiment et se mit à crier avant d'aller rejoindre sa fille. Devant cela, Stella sourit. La situation devenait de plus en plus intéressante et bien que sa réputation ait été gâchée au village et que cela l'obligerait à partir, elle aimait ce sentiment de puissance qu'elle pouvait faire ressentir. Ce pouvoir était sien et elle l'utilisait discrètement si souvent. Il était rare qu'elle fasse usage d'autant de magie en si peu de temps. Elle avait appris, de par son passé, à rester effacée et à se fondre au paysage. Mais il arrivait, à quelques occasions, comme ce soir-là, qu'elle puisse montrer tout le pouvoir qui l'habitait. Ces moments-là étaient de grâce pour elle. Elle suivit les pas de Laure, bien plus lentement qu'elle. Elle gravit les marches de la petite maison une à une, savourant chaque instant et finit par arriver devant la porte de la chambre des maîtres. Stella savait que Laure et sa fille s'y trouvaient, elle pouvait les sentir. Elle s'arrêta un moment devant la porte pour se délecter de cet instant. D'un coup de pied, elle ouvrit la porte qui dévoila Laure, debout devant le lit, se tenant pour ne pas tomber. Stella avança doucement. Lorsqu'elle fut entrée, Blanche sortit de derrière la porte et tenta de sortir sous les encouragements de sa mère, mais Stella l'attrapa par le cou. Laure cria.
- NON !
Stella la tenait fermement et bien que la petite se débattit, la sorcière ne la laissait pas aller.
- Tu croyais sincèrement qu'elle arriverait à se sauver ? demanda Stella.
- Fais-y pas de mal ! supplia Laure.
- Regarde-la. Si jeune, si pleine de vie, dit Stella en caressant la joue de la petite.
Elle referma la porte de la chambre et ouvrit celle d'une garde-robe avant d'y engouffrer la petite. Laure ne comprit pas tout de suite.
- Je n'ai que faire d'elle, dit Stella en s'approchant.
- C'est lui que je veux, ajouta-t-elle, en pointant le ventre de Laure.
À ce moment, Laure eut une contraction. La femme comprit trop bien.
- Il est prêt. C'est ce soir qu'il naîtra.
Laure se mit à crier, totalement à la merci de Stella. Enfermée dans la garde-robe, la petite Blanche tentait d'ouvrir la porte pour aller secourir sa mère.
- MAMAN ! criait-elle, hystérique.

74

Les cris de la mère répondaient à ceux de la fillette. L'enfant frappait de toutes ses petites forces dans la porte et criait à pleins poumons, mais rien n'y fit. Blanche tomba au sol, épuisée, et se mit à pleurer, avec comme seul arrière-fond, les cris de terreur de sa mère…..

- Maman…. dit-elle, la voix brisée…..

Lorsqu'Émile arriva chez lui, ce fut pour tomber sur une scène digne d'un film d'horreur ! Toutes les portes étaient ouvertes, toutes les lumières étaient allumées, mais il ne semblait y avoir personne. Il entra dans la maison et cria le nom de sa femme et de sa fille, mais personne ne répondit. Le pire fut au moment où il vit la carabine, repliée sur elle-même. Il comprit que Stella était entrée et que Laure avait tenté de se défendre. L'idée d'aller voir à l'étage lui vint automatiquement. Il enjamba les marches et arriva sur une vision épouvantable. Dans leur lit, attachée par les poignets et les chevilles, se trouvait Laure, inerte, dans un amas de draps sanglants. Le cœur d'Émile se fendit et l'homme se précipita auprès d'elle. Il tenta de lui parler et de la réveiller, mais Laure n'avait aucune réaction. Émile enfouit sa tête sur l'épaule de sa femme et pleura, plus de nervosité que de tristesse. Tout à coup, il entendit bouger dans la garde-robe. Ce fut alors qu'il entendit.

- Papa ?

Empli d'une joie indescriptible à l'idée que sa fille était toujours vivante, l'homme se rua et ouvrit la porte. Blanche se jeta dans les bras de son père et les deux s'étreignirent longuement. Ne souhaitant pas que sa fille voie sa mère dans cet état, Émile la recula et dit.

- Stella est partie avec le bébé ?

La petite, les yeux rougis et bouffis, hocha de la tête. Émile pensa un court instant avant de comprendre qu'il devait essayer de sauver son enfant nouvellement né. Il repoussa la petite dans la garde-robe et lui dit.

- Reste cachée icitte Blanche pis bouge pas.

Alors qu'il allait refermer la porte, Blanche protesta. L'homme crut que sa fille essaierait de l'empêcher de partir, mais ce ne fut pas le cas. Blanche plongea son regard, déjà vieilli, dans celui de son père et dit comme si elle avait deviné la suite des évènements.

- Je t'aime papa, et se serra contre lui.

Devant une preuve si sincère d'affection, l'homme, aucunement habitué aux débordements sentimentaux, la serra aussi fort.

- Moi aussi je t'aime ma puce ! dit-il.

Les deux se reculèrent pour se regarder encore une fois. Émile sourit à sa fille. Il la trouvait si belle. Elle avait les plus beaux yeux du monde selon lui. Il caressa ses cheveux et lui sourit avant de refermer la porte et de quitter à la hâte. Il n'eut pas le temps d'entendre Laure gémir, épuisée…..

- Émile ?

Peu importe où était son enfant, Émile tenterait tout pour le sauver des griffes de cette démone. Il se rendit dans sa grange pour aller chercher son autre carabine, celle qu'il gardait là pour tuer les marmottes et les renards et se dirigea sur le chemin en direction de la colline Cœur-Crevé. Au loin, il voyait les lueurs de la maison de Stella….. Il n'y avait jamais mis les pieds, mais il y avait un début à tout.

## Le chemin de croix

Les grillons chantaient et les lucioles emplissaient les champs. La saison des amours battaient son plein, mais Émile passait à travers cette effusion magnifique de la nature avec une obsession : sauver son enfant et tuer Stella Larousse ! C'était sa seule et unique motivation. Étant persuadé que sa femme était décédée, il souhaitait la venger mais aussi rendre la monnaie de sa pièce à celle qui avait détruit leurs vies, celle qui avait transformé leur existence en un enfer. Lentement mais sûrement, la colline grossissait et bien qu'apeuré, Émile marchait d'un pas décidé. Arrivé au bas de la petite colline, il vit un petit sentier mal aménagé qui menait vers la maison de Stella, il le prit immédiatement et s'égratigna les bras sur les ronces qui le parsemaient. Lorsque la chaumière de Stella fut devant lui, un sentiment pesant l'emplit. La peur se fit plus forte lorsqu'il put examiner plus attentivement les environs. De loin, la colline semblait boisée et presque bucolique. Mais de près, toute la scène prenait une apparence beaucoup plus inquiétante et glauque que n'importe quel autre endroit où Émile avait pu mettre les pieds dans toute son existence. La sombre maison de Stella était construite de petits troncs de bois, maigres, noircis et tordus, recouverte d'un toit de chaume épais et brunâtre, le tout couronné d'une cheminée de pierres et de quelques fenêtres fermées de volets qui laissaient échapper quelques lumières. Émile n'avait jamais rien vu de tel, on aurait dit les habitations des premiers colons, personne n'aurait osé construire une telle maison de son temps, craignant les incendies hivernaux et inattendus. Tout autour se trouvaient de petits arbustes chétifs, aux feuillages quasi-inexistants et des cadavres de grands arbres depuis longtemps desséchés aux troncs percés et gris. S'il y avait un enfer, songea-t-il, il s'apprêtait à y entrer. L'homme hésita un court instant, Blanche était toujours en vie, il ne pouvait l'abandonner ainsi, elle avait besoin d'un parent au moins…. mais le souvenir du corps inerte et ensanglanté de sa femme lui revint et sa volonté de vengeance devint plus forte que ses craintes. Il se résout à mourir cette nuit-là, peu importe ce qui arriverait. Il lui semblait insupportable que Stella s'en tire sans le moindre heurt alors que lui…. avait tout perdu. La poitrine serrée, il chargea discrètement sa carabine et s'approcha, sans faire de bruit, d'un des volets de la maison. Il respirait vite mais sans émettre aucun son, il était en chasse, et sa proie était bien plus dangereuse que lui pouvait l'être ! Le cœur battant, il jeta un regard furtif à travers une faille du volet où il se tenait pour voir l'intérieur de la demeure de Larousse, mais il ne semblait y avoir personne. Rassuré, il regarda vraiment cette fois-ci et fut convaincu que personne n'y était. Il décida donc d'entrer. Il se dirigea vers la porte de la chaumière et la poussa doucement pour ne pas alarmer quiconque pouvait s'y trouver sans qu'il ne l'ait vu. Il s'y glissa tout aussi doucement pour y découvrir la demeure de la sorcière. Si l'extérieur était simple et inquiétant, l'intérieur l'était tout autant ! La maison ne contenait qu'une pièce unique éclairée de moult bougies : à gauche près de la porte se trouvait une simple paillasse, à sa droite, une table et quelques bols et plantes. Voilà tout ce qui ressemblait à une maison humaine. Une odeur chaude, pesante et nauséabonde remplissait la pièce. De petites figurines de terre glaise sculptées à la main pendaient du plafond, suspendues par des ficelles de lin. Près de l'imposant foyer de pierres, au centre, se trouvait un immense chaudron de fer noir, à côté, sur un chevalet, se trouvait un immense livre. Émile s'en approcha pour l'observer. Le livre était très large et ses pages étaient toutes jaunies. Enluminé, le manuscrit assurément ancien était en latin. Émile ne comprit pas de quoi il s'agissait, mais l'image qui accompagnait le texte était assez éloquente. Le dessin médiéval montrait une femme nue, au sommet d'une montagne, dague à la main, un autel de pierres, et dessus, un enfant éventré….. Émile comprit tout et quitta en courant, s'il avait connu le latin, il aurait pu lire le mot : *Messio*. La moisson…..

Au sommet de la colline, seuls les pleurs du nouveau-né accom-pagnaient Stella et Puka dans les derniers préparatifs du rituel. Stella s'était dévêtue et avait mis les colliers d'os et le pagne de fourrure du rituel celtique. Tout était presque en place afin d'accomplir son sombre dessein. L'enfant avait été consacré, l'alignement était commencé, Stella avait tout soigneusement préparé et malgré les dernières embûches qui s'étaient présentées à elle, elle avait pu faire face à l'adversité. Puka, son petit feu-follet, termina de dessiner de ses longs doigts maigres et croches les petits signes runiques sur le corps du bébé.

- Il est fin prêt maîtresse… dit l'être de la nuit, de sa petite voix rauque.

Stella lui sourit. Alors qu'elle allait lui répondre, les deux furent interrompus par la voix d'Émile qui les somma.

- Ne lui faites pas de mal !

Surprise, mais pas étonnée, Stella tourna lentement les talons pour faire face à l'homme. Émile se tenait à quelques mètres d'eux, mais ne vit pas Puka s'éclipser. Il pointait son arme sur elle.

- Tu nous rejoins juste à temps mon cher Émile, dit-elle, en lui souriant.

Le cœur d'Émile battait si fort, qu'il avait peine à tenir son fusil. Il n'avait aucune idée s'il parviendrait à sauver son enfant, mais il essaierait, il se devait d'essayer.

- Pourquoi Stella ? Pourquoi nous ?

La sorcière cessa de sourire et lui dit, la voix sincère.

- Ça n'a rien de personnel Émile. J'ai réglé mes comptes il y a bien longtemps maintenant.

- Alors pourquoi tu fais ça ? Pourquoi avoir tué Laure ? Vouloir tuer mon enfant ?

Stella fut elle-même surprise des propos de l'homme.

- Mais Laure n'est pas morte Émile !

- Non ? demanda-t-il, d'un ton suppliant.

- Non, répondit-elle.

- Certes, je ne suis pas la meilleure femme sur terre, mais je ne tue pas pour le simple plaisir de tuer. Je le fais par nécessité, ajouta-t-elle.

Tout se bouscula dans la tête d'Émile. Laure était-elle vraiment en vie ? Lui mentait-elle ? Peu importait, il la crut et ce fut l'encouragement dont il avait besoin pour se résigner à mourir pour sauver son enfant. Si Laure était encore en vie, elle pourrait s'occuper de Blanche, lui, devait tout faire pour leur enfant, quitte à perdre sa vie…

- Qu'est-ce que ça te donne de tuer des enfants innocents ? demanda-t-il.

Stella plongea son regard miel dans celui d'Émile et dit doucement.

- La vie éternelle…. C'est pour ça que ton fils va mourir ce soir.

Le courage poussa Émile à la défier.

- Je te laisserai pas faire. Je vais te tuer avant !

Stella sourit et rit légèrement. Ce n'était aucunement une moquerie méchante, mais bien la conviction de la sorcière qu'Émile obéissait à ses convictions. Il était beau.

- Mon cher, brave et valeureux Émile. Je n'en attendais pas moins de toi ! dit-elle.

Bien décidé à la tuer, il allait appuyer sur la gâchette lorsque Stella fit un mouvement de la main. À ce moment, une racine sortit de sous terre pour extirper l'arme des mains de l'homme. Surpris, Émile voulut la rejoindre, mais deux autres racines jaillirent du sol pour attraper ses poignets. Elles s'enroulèrent autour de ceux-ci et obligèrent l'homme à se mettre à genoux. Émile tenta de se dégager, de tirer, de les rompre, mais plus il essayait, plus elles se serraient. Satisfaite, Stella se retourna et prit la longue dague, déposée aux côtés de l'enfant. Les bras au ciel, elle commença à invoquer Ba'al. Cette langue liturgique était inconnue de la majorité des mortels, mais Émile savait la suite. L'image dans le grimoire de Stella ne laissait place à aucune spéculation, elle allait tuer son fils et le tout se produirait dans les moments à venir. Émile se mit à crier.

- NON ! FAIS PAS ÇA !

Il essaya encore de se dégager des racines, mais elles se serrèrent encore un peu plus, taillant sa chair qui se mit à saigner. Impuissant, battu, à la merci de la sorcière, il cria une dernière phrase.

- Fais pas ça ! Je ferai n'importe quoi ! Mais fais-le pas !

La plainte répétée, Stella l'avait entendu à de multiples reprises, mais cette partie-là, peu de gens l'avaient faite. Elle arrêta de parler pour se retourner et le regarder.

- Qu'as-tu dit ?

Ébahi de son propre effet, Émile avait déjà oublié. Il ne mit pas long à se souvenir.

- Je ferai tout ce que tu voudras ! Mais tue-le pas !

Stella le fixa un long moment. Il la touchait, son désespoir, tout chez lui la charmait.

- Tu es sincère ? demanda-t-elle.

Ravivé par l'espoir de sauver son fils, Émile acquiesça.

- Tu te sacrifierais à sa place ?

L'hésitation ne fut pas longue, certes il hésita, mais une fraction de seconde avant de dire.

- Pour qu'il vive. Oui.

Stella aimait bien cet homme, sa passion, son courage et sa dévotion.

Elle-même hésita un court instant.

- Très bien, dit-elle.

Elle abaissa la dague et dit d'une voix impérative.

- Puka ?

Émile ne l'avait jamais vu, mais lorsqu'il le vit, son cœur se serra de peine. Le petit être gris aux longues oreilles pendantes sortit de sa cachette et tituba vers Stella. Tous les cauchemars qu'Émile avait tant essayé de convaincre sa fille étaient en fait…. trop vrais. La peine de ne pas l'avoir crue, le blessa.

- Oui maîtresse ? dit Puka.

Stella baissa à peine les yeux pour le regarder.

- Avons-nous encore le temps de le consacrer ? demanda-t-elle.

- Il resta à peine une heure à l'alignement maîtresse, c'est très peu pour…

Stella l'interrompit sèchement.

- J'AI DIT…. avons-nous encore le temps ? Oui ou non ? Je ne t'ai pas demandé ton avis.

Le sombre petit être plongea ses yeux globuleux dans ceux d'Émile avant de dire en souriant de jubilation.

- Oui, maîtresse, il est encore temps.

Stella sourit. Son regard était toujours rivé sur Émile. Un fin sourire se dessina sur le visage de la femme avant qu'elle ne dise.

- Qu'il en soit ainsi. Ramène l'enfant à la maison des Potvin.

Le petit lutin acquiesça en silence. Il sauta sur l'autel et prit l'enfant dans ses petits bras.

- Pourquoi je te ferais confiance ? Savoir que tu dis vrai ? demanda Émile.

La question était légitime. Stella étira la main et les racines se dénouèrent des poignets d'Émile.

- Je n'ai qu'une parole. Ton fils sera sain et sauf.

Émile se releva pour faire face à Stella qui lui faisait signe de se coucher sur l'autel. Alors que Puka le croisait pour entreprendre le chemin opposé qu'Émile venait de faire, il ne put s'empêcher de dire.

- J'ai une dernière demande.

Stella et Puka se regardèrent un court instant et comprirent.

- Tu n'essaieras pas de t'enfuir ? demanda Stella.

Émile répondit par la négative. Il était décidé, tout ce qui lui importait était le bien-être de sa famille. Juste d'un regard de Stella, Puka comprit et tendit l'enfant à Émile. L'homme le prit avec douceur et émerveillement. Il le berça légèrement et dit.

- Tout va être correct mon bonhomme.

80

La voix nouée par l'émotion et la gorge serrée, il ne put s'empêcher de laisser échapper quelques larmes. Il caressa le visage de son fils, sachant très bien que c'était la seule et unique fois qu'il le voyait. Après ces quelques instants, Émile sut qu'il était temps. Il avait étiré le plus qu'il pouvait. Il remit son enfant dans les bras du feu-follet qui déguerpit.

- Tu vas laisser ma famille tranquille ? demanda Émile se dirigeant vers l'autel.

Stella lui répondit, alors qu'il s'allongeait.

- Je te le promets.

Elle le dévêtit et se coucha sur lui. Stella l'enduit de la tête aux pieds d'une huile parfumée et récita des paroles inintelligibles pour l'homme. À la fin, elle trempa ses doigts dans ce qui semblait être une cendre bleutée et fit quelques signes sur le corps de l'homme. Après cela, elle grimpa sur lui et commença à avoir une relation sexuelle avec lui. Émile ne fut pas trop surpris. Les deux se trouvaient attirants depuis le commencement, il ne pensa pas que cela faisait partie de sa consécration, il pensa seulement que Stella assouvissait un désir qu'il avait eu lui aussi. Bien qu'il n'eût pas totalement tort, il ignorait que Stella le marquait ainsi, telle une signature. La volupté les emplit bientôt tous les deux, mais soudain, Émile commença à avoir mal au bas-ventre, et très vite la douleur s'empara de tout son corps tels des chocs électriques puissants qui remontaient vers son cœur. Lorsque la terre s'ouvrit aux pieds de l'autel et qu'un puissant rugissement en sortit…. l'homme sut que la fin était proche….

La discorde faisait rage parmi les villageois éplorés par les évènements. On criait, s'invectivait et se poussait devant les restes fumants de la petite église. Certains clamaient qu'on devait porter secours aux Potvin tandis que les autres plaidaient la cause inverse, invoquant l'avertissement de Larousse. Devant cette cacophonie et tout ce chaos infernal, Victoire eut un moment de lucidité décon-certant. Depuis qu'elle et son mari étaient venus s'établir dans le village, tous avaient vécu avec la peur intrinsèque que les ragots à propos de Stella Larousse eussent été vrais et maintenant qu'ils avaient la certitude que toutes ces prétendues histoires l'étaient, ils allaient se laisser mener et terroriser ? Se faire dicter leur conduite et obéir à cette dévote du diable ? Victoire explosa et cria.

- FERMEZ VOS GUEULES !

Devant cette explosion inattendue, tous, majoritairement des hommes, se turent aussitôt. On se tourna vers Victoire pour la regarder et on se demandait ce qui lui arrivait. Il était évident qu'elle était fortement affectée par le décès tragique du prêtre, mais devant cette réaction apparemment hystérique, tous restèrent sans voix !

- Vous voyez pas ce qu'elle nous fait ? dit-elle, en prédicatrice, la voix emplie de conviction.

- Elle nous divise, nous terrorise, nous soumet comme des chiens ! Non, pire, comme des larves !

Elle prit une pause pour respirer et regarder tous les villageois réunis avant de continuer.

- C'est donc à dire qu'on va se plier à sa volonté, la laisser tuer une pauvre famille innocente ! Tout ça parce qu'on a peur ? Non ! C'est pas vrai ! C'est pas de même que ça marche ! Moi je dis, qu'on prend nos armes, nos chevaux, pis qu'on va chez les Potvin pour les sauver !

Devant ces paroles fortes, plusieurs villageois hésitants se sentirent confiants et se joignirent au groupe.

- Vous dites quoi ? On est-tu des larves rampantes ?

La foule se sentit galvanisée par le discours de la femme. Ce fut alors qu'Alphonse, voyant sa femme encourager la foule à un massacre intervint.

- Voyons Victoire ! Ça a pas d'allure ce que tu dis ! T'as pas entendu ce qu'elle a dit tantôt ? dit-il, d'un ton craintif.

Victoire prit les mains de son mari et le fixa.

- Alphonse, on peut pas continuer comme ça. Soit on agit maintenant, ou sinon on va s'en vouloir pour le restant de nos jours !

La femme se détourna et regarda la foule à nouveau.

- Il faut chasser Stella Larousse, sinon la tuer ! À vos chevaux et vos fusils tout le monde!

Convaincus plus que jamais par les paroles de la femme du maire, la majorité des villageois se dirigèrent vers leurs maisons pour chercher chevaux, fourches, fusils et chiens. Il était hors de question qu'ils se laissent menacer chez eux. Stella Larousse devait partir ou mourir. Il n'y avait rien à ajouter. Alphonse resta sur le parvis de l'Église, à côté du corps du prêtre, seul avec ses doutes et quelques autres villageois alors que les autres quittaient guidés par Victoire.

# Le lendemain de la moisson

Un son diffus de discussions parvint aux oreilles de Laure. Toutes ses énergies n'étaient pas recouvrées, mais elle en avait juste assez pour entendre tout le brouhaha qui avait envahi sa maison. Tout était confus et étrange dans les environs. L'épuisement était tel, que, bien qu'éveillée, elle n'arrivait pas à ouvrir les yeux ni à parler. Elle décida d'abandonner et de dormir, mais ne le put pas. Seule une petite respiration chaude la tenait alerte. Les petites mains qui jouaient dans ses cheveux la convainquirent que c'était Blanche. Là, elle put s'endormir. Quelques heures plus tard, le soleil pointa à l'horizon. S'étant reposée, Laure put finalement ouvrir les yeux. Blanche fut la première à s'en rendre compte et alerta tous les villageois présents dans la maison.

- ELLE EST RÉVEILLÉE ! criait l'enfant, extatique !

On se précipita à son chevet et la bombarda de phrases réconfortantes, Télesphore, Victoire, Antoinette et d'autres. Mais Laure ne balbutia qu'une chose.

- Où est mon bébé ? Pis Émile ?

Alors qu'on lui disait que tout irait bien, que le docteur avait pris soin d'elle, qu'elle était hors de danger ainsi que Blanche, elle se fâcha et cria.

- ÉMILE ? IL EST OÙ ?

Tous se turent pour se regarder, l'âme en peine. Victoire s'approcha d'elle, s'assit sur le lit et prit sa main entre les siennes.

- Ton bébé va bien. Il dort dans le berceau à côté, regarde, dit-elle en pointant le dit berceau.

Laure tenta de relever la tête, mais elle n'avait pas assez de force.

- Pis Émile ? ajouta-t-elle.

Le malaise dans la pièce devint plus fort.

- On l'a pas encore retrouvé, dit Victoire, la voix coupée.

Laure plongea un regard inquiet dans celui de Victoire.

- Pis Stella ? ajouta-t-elle.

- Sa maison a été brûlée cette nuit. Il reste presque plus rien, on sait pas elle est où. On les cherche en ce moment.

Victoire tapota la main de Laure en signe d'encouragement et lui lança un sourire faux, trahissant ses appréhensions. La scène augurait mal en effet. Laure se reposa et on la fit manger. Vers midi, elle put même prendre son fils, nouvellement né. Victoire resta auprès d'elle et de Blanche et leur raconta tout. Au milieu de la nuit, près de quarante villageois, munis de fourches et de fusils, s'étaient rendus chez eux après la demande désespérée d'Émile. Ils l'avaient trouvée en sang dans son lit, mais vivante. Ils avaient fait quérir le docteur du village pour qu'il s'occupe d'elle, chose dont il s'était occupé. De plus, bizarrement, ils avaient retrouvé le nouveau-né sur le perron, dans un panier d'osier. Le docteur avait pris soin des deux. Ils avaient bien tenté de retrouver Stella et Émile, mais jusqu'à maintenant, leurs recherches avaient été infructueuses. Vers la fin de l'après-midi par contre, Télesphore arriva à la course dans la chambre et demanda à parler à Victoire. Intriguées, Blanche et Laure tentèrent d'écouter, mais l'homme susurrait à l'oreille de la femme. La stupéfaction qui se lut sur le visage de Victoire terrorisa Laure. Victoire devint pâle et demanda.

- Vous êtes sûr que c'est lui ?

Télesphore n'en était pas certain, mais de qui d'autre pouvait-il s'agir ? Les deux se retournèrent pour regarder Laure, le visage désolé.

- Quoi ? demanda Laure.

- C'est Émile ?

Personne n'osait lui répondre.

- PIS ? dit-elle, furieuse qu'on veuille l'épargner à ce point.

Devant ses demandes légitimes, Télesphore dit, doucement.

- Ben, on pense que c'est lui…. on voit pas ben ben qui d'autre ça pourrait être.

- Il est vivant ? demanda Laure, anxieuse.

Télesphore et Victoire se regardèrent de nouveau, ne sachant que dire. Devant leurs hésitations, Laure explosa.

- ALORS ?

L'homme bégaya.

- Ben oui… mais…. je sais pas comment….. on l'a retrouvé sur le bord du ruisseau au… nord… pis….

Comme l'homme n'arrivait pas à tout dire, Laure perdit patience, elle se leva et s'habilla.

- Je vais y aller moi-même ! dit-elle, en colère.

Victoire s'objecta, mais rien n'aurait pu empêcher la femme de se rendre près du ruisseau. Si son mari était en vie, il était impératif qu'elle le voie ! Elle savait très bien de quel ruisseau il s'agissait, et personne n'arriverait à se mettre en travers de sa route, pas maintenant, pas après tout ce qu'elle et sa famille avaient traversé. Malgré les protestations de Victoire et Télesphore, Laure s'habilla et prit Blanche par la main. Les deux, suivies de leurs sauveurs, quittèrent la maison en direction du ruisseau. À l'extérieur, on parlait de la récente découverte, mais lorsqu'on vit Laure et Blanche, on se tut. La femme fut insultée qu'on la jugeât si inapte à apprendre la vérité. Elle marcha donc, d'un pas décidé, traînant sa fille par la main. Partout sur le chemin, ils croisèrent des villageois et des regards désolés. Finalement, lorsqu'ils arrivèrent au ruisseau, ils virent une masse de gens attroupés une dizaine de mètres devant le ruisseau. On releva les yeux pour regarder la femme et sa fille, suivi de Télesphore et Victoire. Les quatre s'arrêtèrent. Un silence morbide se fit et on regarda fixement la famille Potvin, mal à l'aise. Laure sentit son cœur se serrer. Elle n'avait aucune idée à quoi s'attendre et l'attitude des gens n'avait rien pour la rassurer. La femme reprit courage et se ressaisit. Alors qu'elle allait passer entre les hommes, l'un d'eux se mit devant elle et dit.

- Je pense vraiment pas que c'est une bonne idée….

Laure put lire dans le regard de l'homme sa volonté sincère de l'épargner d'une terrible nouvelle. Elle le regarda un instant et son cœur se serra encore un peu plus, par contre, cela ne changeait rien. Elle le contourna lentement, toujours en le fixant et dépassa les hommes restants. Blanche s'arrêta lorsque sa mère lâcha sa main et observa la scène du point où elle se trouvait. Un peu plus loin, sur la berge du ruisseau, une triste vision s'offrit à l'épouse. Incrédule, choquée et tétanisée, Laure marcha lentement. Pas à pas, plus elle avançait, plus l'horreur de la scène se précisait. Sur le sol, tout près du ruisseau, ce qui semblait avoir été un homme, recroquevillé en position fœtale, grattait la boue de ses mains tordues. L'homme nu et rachitique était visiblement mourant, mais tentait de rejoindre le ruisseau pour boire un peu d'eau. Tout son corps meurtri était fripé et semblait rongé par l'arthrite. Toutes ses articulations étaient gravement courbées et ses traits étirés, comme s'ils avaient été fondus par les feux de l'enfer. Il laissait échapper de petits gémissements plaintifs alors qu'il peinait sous l'effort. On aurait dit qu'on lui avait extirpé toute son énergie vitale et qu'il ne restait que quelques soubresauts de vie dans cette loque humaine. Laure fut tellement blessée par cette vision qu'elle explosa.

- Personne l'a aidé à boire ? Vous voyez ben qu'il a soif ? cria-t-elle, les larmes aux yeux. Mais sa colère resta sans mot, les villageois étant tétanisés.

Outrée, excédée, et abattue, Laure s'approcha doucement de lui en susurrant.

- Émile….

L'homme eut peur en la voyant et eut un mouvement de recul. Peinée devant cette vision d'horreur, deux grosses larmes roulèrent sur les joues de la femme. L'homme la regarda fixement et sembla la reconnaître. Il râla un petit son en la fixant et ce fut alors que Laure fut certaine qu'il s'agissait d'Émile.

- T'as soif mon amour ? dit-elle, sanglotant.

Le regard apeuré de l'homme ne la quittait pas. Elle comprit que oui. Elle joignit ses mains pour prendre un peu d'eau du ruisseau et la tendit vers la bouche de l'homme. Quelques goutes tombèrent et l'homme les but avidement. Laure réussit même à le toucher. Pleurant toutes les larmes de son corps, Émile étira sa main tordue vers celle de sa femme et tenta de la prendre. Comme il n'y arrivait pas, Laure l'aida.

- Aidez-moi à le ramener chez nous ! dit-elle, se relevant, en colère contre le monde entier.

Les gens jusque là pétrifiés, semblèrent sortir de leur torpeur. On ne dit rien et s'exécuta. On ramena Émile chez les Potvin. On l'allongea dans le lit conjugal et attendit la suite. Laure fut impérative.

- Partez maintenant !

Victoire voulut intervenir mais Laure la fixa durement.

- Partez…. s'il vous plaît. Partez.

Là, Laure et Blanche en prirent soin pendant trois pénibles jours avant qu'il ne rende l'âme. Elles essayèrent même de lui faire prendre Émile junior, mais l'homme n'était plus là en esprit. S'il eut quelques rares moments de lucidité, ils furent de terreurs cauchemardesques. À ses funérailles, quelques jours plus tard, personne ne mentionna Stella Larousse….. qu'on ne revit plus jamais dans le village de Saint-Jérôme. Laure et ses enfants retournèrent dans le Kamouraska, et on brûla la maison près de la colline Cœur-Crevé…. pour oublier …

# Tiers livre

## Dénégation

Blanche essuya quelques fines larmes de son mouchoir de soie. La dame était visiblement émue et retournée par cette histoire rocambolesque. Cependant, Élise était plus que sceptique et incrédule par le récit qu'elle venait d'entendre. Elle caressa gentiment le bras de sa mère et dit doucement.

- Maman… écoute, tu sais que… les sorcières…. existent pas hein ?

Blanche vit bien que d'avoir relaté cette histoire n'avait pas convaincu sa fille, loin de là ! Elle ne s'attendait pas à moins, même si elle souhaitait que ce fût plus simple.

- Élise, je t'en prie, prends-moi pas pour une folle ! dit-elle, suppliant.

Élise regarda sa mère, désolée, et ne put s'empêcher de penser qu'elle délirait. Peut-être était-ce le déménagement ou le coup de pression ? Qui sait ? La seule chose dont Élise était convaincue, c'était que l'état de sa mère s'était gravement détérioré et que sa détresse l'affectait.

- Okay. Écoute, on est tous crevés là, on a eu une grosse journée, on s'en reparlera demain ok ? dit Élise, voulant que sa mère se repose afin d'y voir plus clair.

Toutefois, Blanche comprit très bien la réaction de sa fille. Elle ne la croyait tout simplement pas ! C'était normal en même temps ! Malgré cela, Blanche voulait absolument les protéger du danger qui les guettait et renchérit, nullement abattue.

- S'il te plaît Élise. J'ai rien inventé ! Je te mens pas ! Il faut que tu me croies ! supplia-t-elle.

Élise se leva et avant de sortir ajouta.

- Demain okay ? et sortit en refermant la porte laissant sa mère seule avec ses craintes.

Élise se retrouva dans le corridor étroit et eut envie de pleurer. Sa mère devenait totalement folle à coup sûr et cette idée la peinait grandement. Le sentiment d'être démunie devant une situation complexe et compliquée l'envahit. Elle alla lentement éteindre toutes les lumières de la maison avant de retourner à l'étage pour aller dormir. Dans sa chambre, elle tomba sur Pierre, qui lisait, assis dans leur lit. L'homme enleva ses lunettes de lecture et déposa son livre sur sa table de chevet.

- T'as eu le temps de sortir nos bagages du camping-car ? demanda Élise, en se déshabillant, visiblement ébranlée

Pierre lui répondit.

- Non, je ferai ça demain. De quoi vous avez parlé ? demanda-t-il, voyant bien que sa femme n'allait pas très bien.

Élise se glissa sous les couvertures et dit.

- Je pense que ma mère est folle. Pis je pense que ça fait longtemps. En fait, je pense que ma grand-mère l'était aussi.

Le visage de Pierre devint investigateur. Ses sourcils se froncèrent.

- Comment ça ?

- Et ben, elle est sûre que Stella Larousse est une sorcière qui va essayer de tuer notre fille pour rester jeune pour toujours. La fontaine de jouvence ! dit-elle, découragée en regardant son mari.

Pierre sourit à ses paroles.

- T'es sérieuse ? demanda-t-il.

L'homme se mit à rire doucement.

- Pis c'est pas tout. Elle aurait tué mon grand-père aussi quand ils vivaient au Lac Saint-Jean.

Là, Pierre se mit sérieusement à rire, ce qui détendit l'atmosphère. Même elle rit un peu.

- Ça doit être l'émotion voyons, dit l'homme, incrédule.

Le visage d'Élise redevint crispé.

- C'est ça que je lui ai dit mais elle tient mordicus à son histoire. Le pire c'est qu'elle est convaincante. Son histoire fait peur, rajouta la femme, inquiète.

- T'as répondu quoi ? demanda Pierre,

- Qu'on s'en reparlerait demain. Je savais pas quoi dire d'autre, dit Élise, penaude.

- T'as bien fait, la nuit porte conseil, dit Pierre en l'embrassant sur le front.

Il éteignit la lumière et se coucha, laissant Élise à ses appréhensions. Il dit une dernière fois, la voix amusée.

- Une sorcière ! Ha !

Si l'histoire amusait son époux, Élise, elle, ne la trouvait pas drôle du tout. Si sa mère était certaine que tout cela était vrai, elle ne voulait pas la garder chez elle. Elle refusait que sa fille soit contaminée par des histoires terrifiantes mais surtout, sa mère devait être gravement malade. Jamais l'idée que tout cela puisse être vrai ne lui traversa l'esprit. Lentement, mais sûrement, Élise s'endormit, l'angoisse dans l'âme. Au milieu de la nuit, Blanche se réveilla. Vermeille se tenait devant la porte, comme un peu plus tôt dans la journée, lorsqu'il avait aperçu Stella. Il grognait et sa queue s'agitait rapidement, ce qui avait fini par la réveiller. La femme assoupie alluma la lumière. Lorsqu'elle le vit, elle sut. Il entendait de petits bruits de pas…

- C'est commencé…. se dit-elle à voix basse et la gorge nouée….

Le lendemain, Blanche savait que Puka était entré chez eux et connaissait son dessein. Il venait consacrer sa petite-fille. Le cauchemar de la grand-mère était bien réel et ni sa fille ni son gendre ne la croiraient. Elle devait agir seule. Par contre, elle avait déjà commencé et avait bien mis en garde sa petite-fille, qui elle, l'avait crue. Le petit médaillon béni qu'elle lui avait remis servait en fait à ralentir la consécration. Cependant, ce n'était pas un remède miracle et rapidement, il ne suffirait plus à assurer sa protection. Blanche devait agir, comment, elle l'ignorait, mais elle essaierait. Il était hors de question que Stella Larousse brise sa famille…. encore une fois ! À son grand étonnement, ni Élise, ni Pierre ne firent mention de son histoire de sorcière, on évita le sujet et on n'en parla plus, ce qui faisait un peu l'affaire de Blanche. Il valait mieux qu'elle reste là et tente ce qu'elle pouvait, que d'être mise dans un foyer de personnes âgées ! Les deux furent presque convaincus que Blanche avait tout inventé dans un excès de folie passagère et étaient en fait un peu soulagés que la vieille femme ne leur en reparla pas. Néanmoins, Blanche savait la vérité et son cerveau fonctionnait à cent à l'heure ! Il était urgent d'agir et vite. Blanche essaya tout ce qu'elle pouvait. Elle rechercha dans les vieilles communications de sa mère un moyen de protéger sa petite-fille, dans ses livres, tout ! Mais le seul moyen qu'elle trouva et le plus efficace, était d'éviter la consécration et d'éloigner l'enfant le plus loin de Stella. Ce qu'elle pourrait difficilement parvenir à faire vu son manque de moyens et le peu de crédibilité qu'on lui accordait. Une semaine s'écoula sans que rien ne change, mais ce dimanche-là, alors que Blanche cousait, toujours obsédée par Stella, Ariane jouant à ses pieds et Vermeille ronronnant auprès d'elle, la porte sonna. Immédiatement, Vermeille grogna et se crispa. Blanche et Ariane surent qui se trouvait de l'autre côté de la porte. Élise vint répondre. De l'autre côté de la porte, Stella, en salopette et couverte de peinture, les cheveux en bataille, la salua joyeusement.

- Bonsoir madame Thibaut, vous allez bien ? demanda-t-elle.
Élise lui répondit par l'affirmative.
- Oui et vous ?
Stella répondit de même.

- Oui merci. J'aurais un p'tit service à demander à votre mari, dit-elle.

- C'est quoi ? demanda Élise en souriant.

- Ben, j'ai un lustre qui branle, pis j'ai pas d'escabeau, je me doute bien que Pierre est le genre d'homme bien équipé en outils. Je voulais savoir s'il pouvait me le fixer au plafond pour pas qui me tombe sur la tête !

Les deux femmes rirent à cela. Dans le salon, Ariane s'était levée, nerveuse et mise derrière le fauteuil de sa grand-mère. Élise répondit à Stella.

- Pas de problème, il va vous régler ça ! Je vais aller lui demander. Ben entrez ! dit-elle.

Stella entra et Élise quitta pour aller chercher son époux, laissant Stella dans le hall, à côté du salon. Elle vit la grand-mère et la petite-fille qui la regardaient fixement, l'air grave. Vermeille, lui, se mit à grogner encore plus fort.

- Bonsoir ! dit Stella, sur un ton gentil.

Ariane la regardait, terrorisée, alors que Blanche releva à peine le regard, sans dire mot, insultée et dépourvue.

- Ça va bien ma belle ? continua Stella en parlant à Ariane.

La petite eut tellement peur qu'elle prit le bras de sa grand-mère et dit, apeurée.

- Grand-mère !?

- Réponds-y pas ! dit Blanche.

Cette fois, Stella fut vraiment insultée de l'attitude de la femme.

- Qu'est-ce que je vous ai fait madame ? Je comprends pas pourquoi vous semblez m'haïr alors qu'on se connaît pas ?

Blanche sourit et dit sarcastique.

- De belles paroles. Un beau visage. Un beau sourire. C'est tout ce que ça prend pour berner les gens. T'es tellement bonne pour te faire passer pour innocente, dit-elle.

Blanche releva le regard et le plongea dans celui de Larousse en la fixant. Stella ne comprit pas sur le coup. Les deux se fixèrent, Stella, ne sachant rien mais cherchant, Blanche, prenant tout son courage pour défendre sa petite-fille.

- On se connaît ? demanda Stella.

- Plus que tu penses ? dit Blanche, lui tenant tête, la fixant toujours.

- Je te laisserai pas détruire ma famille encore une fois sale sorcière ! dit Blanche sèchement.

Stella fut tellement surprise des propos de la femme qu'elle allait se défendre lorsque…

- Détruire votre famille encore une fois? Mais pourquoi je voudrais faire ça... je...

Ce fut alors que Stella se tut et se douta de quelque chose. Son visage changea. Elle fixa Blanche alors que cette dernière la fixait aussi. La femme scruta le moindre de ses souvenirs, mais ce qui la frappe soudain, fut le regard de Blanche. Stella la reconnut finalement.

- Petite Blanche... dit-elle en souriant, sur un ton amusé.

Stella sut que son boniment ne fonctionnerait pas sur elle.

- Ce que tu as vieilli, dit-elle.

Un petit rire sec s'échappa de la dame.

- À ce que je peux voir, le temps n'a pas le même effet sur toi ! renchérit Blanche en se levant.

Debout, Blanche s'avança vers elle en parlant.

- Je sais pas comment je vais faire, mais tu réussiras pas cette fois-ci, crois-moi.

Stella sourit de plus belle avant de dire, sur un ton macabrement doux.

- Oh, ma chère Blanche, tu sais pas à qui t'as à faire. Si tu t'opposes à moi, tu risques la vie de tout le monde ici. Tellement de gens avant toi ont essayé et ont échoué. C'est pas une vieille femme comme toi qui m'arrêtera. Sache-le tout de suite, tu peux pas me battre ! dit Stella, convaincant Ariane que sa grand-mère avait bien raison.

Ce fut alors que Pierre arriva suivi d'Élise.

- Bonsoir Stella! dit-il.

Blanche se détourna et retourna s'asseoir. Stella et Blanche feignirent de ne rien savoir. Pierre écouta le problème de Stella et s'offrit naturellement pour aller l'aider et quitta avec elle. L'homme était de nature serviable. Élise referma la porte sur leur départ et allait parler à sa fille lorsqu'elle vit qu'elle tremblait.

-Voyons, Ariane, ça va pas ?

La petite regarda sa grand-mère en signe d'approbation, chose que Blanche ne lui donna pas. Ses yeux restaient rivés sur sa couture. Élise comprit que Blanche avait contaminé sa fille comme elle l'avait craint quelque temps plus tôt. Ce fut alors qu'elle sentit monter la rage en elle. Alors qu'elle allait se fâcher, Élise se souvint du coup de pression de sa mère, se ravisa et garda son sang froid.

- Maman, tu lui as pas parlé de tes histoires toujours ? demanda Élise, à sa mère.

Cette dernière releva les yeux, et, furieuse, dit.

- Élise ! Que t'aies de la difficulté à me croire, je peux comprendre ! Mais ta fille, non, on est tous en danger ! dit Blanche.

Élise se prit la tête à deux mains et se ferma les yeux croyant être dans un cauchemar.

- Oh non ! dit-elle.

Blanche tenta le tout pour le tout. Après tout, ce n'était pas la pire situation… encore… Elle bombarda sa fille d'informations toutes aussi saugrenues les unes que les autres tandis qu'Élise tentait de ne pas écouter et de se concentrer sur sa fille. Elle était si désolée qu'une enfant ait entendu et surtout cru une histoire si terrifiante et cruelle.

- Ma puce, tu l'as pas crue non ? demanda Élise.

Le silence de l'enfant était assez éloquent. Alors que Blanche continuait de parler, presque hystérique d'être ignorée de la sorte, Élise alla auprès de sa fille et se mit à genoux pour lui parler. Elle la prit par les bras et la fixa pour la rassurer.

- Ariane, écoute-moi attentivement ok ? Les sorcières existent pas. C'est des histoires pour faire peur, c'est tout. Madame Larousse essaiera pas de te faire mal, je te le promets.

Blanche s'était tue et regardait la scène, plus impuissante que jamais.

La dame s'emporta, agrippa agressivement le bras de sa fille pour la gifler.

- Inconsciente ! Elle va tuer ta fille pis tu vas la regarder faire ?

Élise fut si surprise de la réaction de sa mère, que tout ce qu'elle réussit à faire, fut de se caresser la joue, rougie. Jamais sa mère ne l'avait frappée, de toute sa vie !

- T'es complètement folle ! dit Élise, abasourdie.

- Va te coucher Ariane ! ajouta-t-elle.

Ariane obéit sans ne rien dire. Élise se releva et fixa sa mère, presque apeurée. Blanche regretta tout de suite son geste, mais sa crainte était si profonde, qu'elle avait perdu tout contrôle.

- Écoute Élise… dit Blanche mais sa fille leva la main pour lui faire signe que non.

- Non, maintenant ça suffit, j'écoute plus. Je t'interdis de parler de ça à ma fille, t'as compris ? Plus jamais, dit-elle, d'un calme de marbre et strict.

Élise quitta là-dessus, sous le choc et démunie. Blanche resta seule dans le salon, découragée. Personne ne la croyait mais pourtant elle savait qu'elle avait raison. Comment pourrait-elle défendre sa famille ? Quels moyens avait-elle encore ? Blanche s'assit sur le divan fleuri et craqua. Deux grosses larmes coulèrent sur ses joues. Elle était impuissante et le temps passait. Si Blanche s'était montrée forte devant Stella, elle la redoutait immensément. Laure l'avait élevée, ainsi que son frère, dans la crainte qu'un jour, une autre sorcière, tente des les piéger ou de sacrifier leurs enfants comme il leur était arrivé. Émile junior était mort depuis longtemps déjà, et lui et Blanche n'avaient jamais parlé de tout cela à leur famille. Ils avaient seulement voulu les protéger de tout cela et y étaient parvenus. Jamais Blanche n'avait songé une seule minute à ce qu'un jour elle puisse recroiser Stella Larousse. Elle était vieille, fatiguée et seule contre une puissante sorcière. Ce fut alors qu'elle se souvint, les Montagnais du Lac Saint-Jean connaissaient cette histoire. Peut-être avaient-ils même un chaman ou un guérisseur qui la croirait. Avec de la chance, peut-être pourrait-il leur fournir une arme ou une défense. Mais avant, elle devait convaincre sa fille et son gendre qu'elle n'était pas qu'une vieille hystérique en plein délire psychédélique. Elle disait la vérité, elle le savait, mais seule une enfant de sept ans la croyait. Là, seule sur le divan, elle pleura, pas de tristesse, mais de découragement.

Deux jours s'écoulèrent sans que Blanche et Élise ne s'adressent la parole. La tension avait grimpé de plusieurs crans dans la maison et tous en étaient maintenant affectés. Élise avait même appelé ses frères pour leur demander conseil et les deux lui avaient dit de placer leur mère. Même si elle hésitait, l'idée se faisait doucement mais sûrement un chemin. Blanche quant à elle, continuait de chercher mais voyait bien sa crédibilité fondre comme neige au soleil. Ce matin-là, Élise faisait du ménage dans la chambre d'Ariane tout en pensant. Elle aimait bien nettoyer, tout récurer et laver. C'était une stratégie très simple qu'elle avait afin de se calmer et de se remettre les idées en place. Tout s'éclaircissait dans ces moments de grâce. Alors qu'elle faisait le lit de sa fille, elle poussa le drap sous le matelas et sentit une bosse. Elle tâtonna avant de sentir la forme. C'était rond et doux, comme du velours. Elle tira pour tomber sur une petite bourse fermée par un petit fil de lin. Elle l'ouvrit pour tomber sur de petits ossements d'oiseau et quelques plantes séchées. Horrifiée, elle laissa tomber le tout sur le sol et le petit crâne roula sous le lit. Elle était médusée, se pouvait-il que sa mère l'ait mis là ? Non, tout de même pas. Mais....Quelques idées se bousculèrent dans sa tête avant qu'elle ne décida de jeter le tout à la poubelle. Elle allait oublier le crâne lorsqu'elle s'en souvint. Elle se mit à genoux de nouveau et le chercha sous le lit mais ne le trouva pas. Elle étira le bras et chercha mais ne trouva rien. Harassée, elle se décida à pousser le lit. Après avoir poussé la base de métal, couronnée d'un lit *Barbie*, elle eut une nouvelle vision d'horreur. Frénétiquement, elle poussa toute la base pour voir ce qui se trouvait sous le lit. Ce fut alors qu'elle put voir, dessiné sur le sol, un grand pentagramme tracé à l'aide d'un liquide noir séché. Le dessin était recouvert d'inscription en latin qu'Élise ne comprenait pas. Hors d'elle, elle cria.

- MAMAN !

Lorsque Blanche arriva dans la chambre de sa petite-fille, elle vit sa fille, la bourse et le pentagramme.

- C'est toi qui as fait ça ? demanda Élise, prête à exploser, la voix tremblante.

Blanche fut tellement estomaquée qu'elle ne répondit pas tout de suite.

- Alors ? insista Élise, catégorique.

Blanche était ébahie. Elle ne savait que dire.

- Voyons, Élise, comment veux-tu que je me sois penchée pour dessiner ça sur le sol avec mes genoux? dit la vieille dame, elle-même apeurée.

Élise regarda le dessin, et songea un instant à ce que sa mère ait demandé à Ariane de le produire. Mais même à ça, la fillette était trop jeune pour dessiner quelque chose d'aussi parfait, complexe et bien fait. Ce ne pouvait être elle. Et sa mère avait un point. Elle avait 88 ans, et se déplaçait à l'aide d'une canne, jamais elle n'aurait pu s'abaisser pour dessiner quelque chose d'aussi grand sur le sol sans trembler. Le pentagramme était parfaitement circulaire et l'écriture ne ressemblait pas à une écriture qu'Élise connaissait. Ariane ne pouvait avoir fait ça, et il semblait peu probable que ce fusse Blanche. Élise était perplexe. Sans rien ajouter de plus, Blanche se retira dans sa chambre laissant Élise seule avec ses interrogations. Qui avait pu mettre cette bourse sous le lit de sa fille et dessiner cela sur le sol ? Elle songea une minute aux histoires de sa mère mais les écarta immédiatement. Ce n'était pas possible, et de toute façon, les sorcières n'existent pas…. tout le monde sait ça. Cependant, les derniers évènements avaient piqué sa curiosité et elle s'enquit d'en savoir plus. Vers dix heures, alors que sa fille et sa mère dormaient, elle se mit à fureter sur internet à la recherche de plus amples informations. Elle tomba sur une multitude d'articles sur la sorcellerie, la magie et sa pratique. La majorité était sans intérêt et d'autres pures fantaisies. Par contre, à force de chercher, elle tomba sur des choses plus concrètes qui lui donnèrent des frissons dans le dos. Par exemple, la signification du pentagramme, les bourses, les herbes. Lorsque Pierre vint la voir, elle se rendit compte qu'il était déjà minuit et demi. Curieux, il lui demanda.

- Tu fais quoi ?

- Regarde ce que j'ai trouvé sous le lit d'Ariane, dit-elle, en lui montrant la bourse ouverte, les os et les plantes.

Pierre fut étonné.

- C'est quoi ? demanda-t-il.

- Je sais pas, répondit-elle.

- Mais c'est pas tout, ajouta-t-elle.

Elle lui parla du pentagramme et lui montra ses recherches.

- Ta mère ? demanda-t-il.

Elle s'y attendait mais en même temps, lui expliqua tout. Il aurait fallu que Blanche fasse entrer quelqu'un pour tout dessiner ça. Pierre fut aussi sceptique, et médusé, que sa femme.

- T'es pas en train de me dire que tu crois les histoires de ta mère ? ajouta-t-il.

Élise ne savait pas, en fait, elle ne savait plus. Pierre la convainquit d'aller dormir et de chercher la vérité le lendemain. Lorsque le couple se coucha, seul Pierre s'endormit. Cette nuit-là, en fait, seul Pierre dormait. Vers trois heures, Élise, toujours éveillée, entendit sa fille pousser de petits cris et courir dans le couloir en direction de la chambre de sa grand-mère. Blanche, qui ne dormait pas, l'avait entendue et s'était levée. Elle avait ouvert sa porte et avait reçu sa petite-fille à la course. Élise, qui entendait tout, se leva.

- Il est là grand-mère! dit Ariane, terrorisée.

Blanche allait la rassurer lorsque Stella sortit de l'ombre du bout du couloir, toute vêtue de noir et le regard grave.

- Comme c'est joli ! dit Stella.

Élise qui allait ouvrir la porte s'arrêta net, le cœur figé, pétrifiée en entendant cette voix. L'oreille sur la porte, elle écouta….

- Va t'en d'ici, sorcière ! dit Blanche.

- Ton médaillon est efficace petite sorcière blanche, mais il ne suffira pas. La moisson approche, et je te garantis que rien ne m'arrêtera. Vous ne faites pas le poids. Personne sur cette Terre ne le fait devant moi.

Ariane tremblait de tout son corps maintenant, même blottie contre sa grand-mère. Blanche, elle, tentait de rester calme et d'afficher une attitude aussi calme que possible.

- Je te rendrai pas la tâche aussi facile, compte sur moi ! ajouta Blanche.

- Si je dois passer sur tous vos cadavres, si tu m'obliges à tous vos sacrifier, je le ferai Blanche et tu seras la seule à blâmer, dit Stella, avant de disparaître dans l'ombre comme elle était apparue. On entendit encore.

- Viens Puka….

Le petit feu-follet sortit de la chambre d'Ariane en titubant, sous le

95

regard horrifié de Blanche et d'Ariane. Il leur lança un sourire morbide avant de dire de sa voix cassée.

- Bonne nuit ! Ne faites pas de cauchemars surtout !

Élise retint difficilement son cri lorsqu'elle entendit cette petite voix infernale. Elle n'avait aucune idée de ce qu'était cette chose qui venait de souhaiter une bonne nuit à sa mère et à sa fille, mais pour la première fois de toute son existence, elle fut convaincue qu'aucun être naturel ne pouvait parler ainsi. Il lui sembla que le monde avait perdu tout son sens. Alors que Blanche tentait de rassurer Ariane, Élise sortit de sa chambre, à pas de tortue et l'air hébété. Les deux se retournèrent pour lui faire face, tremblotant.

- Maman ? dit Ariane.

Élise regarda sa mère profondément comme pour lui demander pardon. Elle disait vrai, depuis le début et elle ne l'avait pas crue.

- Viens ma puce ! dit Élise à sa fille qui se précipita pour se blottir contre elle.

La petite se mit rapidement à pleurer. Alors qu'Élise réconfortait sa fille, elle continuait de fixer sa mère. Blanche et Élise se fixèrent un long moment, la première, quelque peu soulagée d'être crue, l'autre, demandant pardon. Élise et Ariane allèrent dormir auprès de la vieille dame. Mais là, seule Ariane s'endormit rapidement, rassurée, dans les bras de sa mère. Blanche et Élise ne dormaient toujours pas lorsque la fille demanda à sa mère.

- C'était quoi la petite voix qui vous a souhaité bonne nuit maman ? demanda Élise, craintive.

- Un feu-follet, dit doucement Blanche.

- C'est de petits diablotins qui accompagnent les sorcières des fois. Ils les aident et les servent comme des bonnes à tout faire. En retour, elles les protègent, ajouta-t-elle.

- On fait quoi alors? demanda Élise.

- Je sais pas Élise….mais on va trouver…il faut qu'on trouve….on n'a pas d'autre option ! dit Blanche.

Les deux femmes ne s'endormirent qu'au lever du soleil, comme si de ses rayons chauds et puissants, l'astre pouvait les protéger de la malédiction qui s'abattait sur elles…. Mais à leur réveil, tout leur revint. Élise avait cru un court instant avoir fait un terrible cauchemar d'où elle arrivait durement à s'extirper, mais non, tel n'était pas le cas. Ce n'était pas un cauchemar, la vérité était d'une cruelle froideur et rien ne semblait pouvoir la réconforter.

# Le choc

Élise était en état de choc et n'avait pas toute sa tête. Tout se mit à se bousculer dans son esprit et elle devint inefficace à tous les niveaux. Des milliers d'hypothèses l'inondaient et l'empêchaient d'arriver à planifier quoi que ce soit. Une journée passa avant que Blanche ne décida de secouer sa fille. L'idée des Montagnais lui semblait être un filon exploitable. Elles devaient essayer…en avaient-elles le choix ? Blanche se rendit dans le petit bureau où Élise furetait sur internet, lisant des articles de sorcellerie sans intérêt. Blanche referma la porte derrière elle et s'assit auprès de sa fille.

- Élise, ça va pas ? demanda la mère.

Élise n'eut même pas à répondre, seul le regard qu'elle lui lança disait tout. Blanche prit la main de sa fille et la caressa.

- Écoute chérie, je sais que c'est pas une nouvelle facile à avaler mais là il va falloir que tu te ressaisisses. On a besoin de toutes les têtes possibles. Me comprends-tu ? dit Blanche.

Élise mit quelques secondes avant de réagir et de dire.

- Oui, t'as raison. Je vais me ressaisir. Ça va aller.

Convaincue que sa fille était la plus réceptive qu'il fût possible qu'elle soit dans une telle situation, Blanche continua.

- As-tu trouvé quelque chose d'intéressant sur internet ?

- Pas vraiment. Plein d'affaires en fait, mais c'est dur de savoir si c'est vrai ou juste des niaiseries de *trippeux New age*, dit Élise.

- Dis-moi ! ajouta Blanche.

- Ben, il y a des sites de Wiccan, mais eux, c'est des sorciers qui pratiquent une magie en symbiose avec la nature, donc ça ne cadre pas avec notre problème. Des sites de magie noire parlent du pentagramme comme porte d'entrée d'énergie négative, ça, ça semble plus crédible, pis j'ai trouvé le blog d'un prof de la Sorbonne à Paris. Maurice Dubronc, professeur de littérature, spécialiste dans l'occultisme médiéval. Il parle de plein de choses que je suis pas sûre de comprendre, mais il a l'air d'une sommité dans le domaine. C'est le mieux que j'ai trouvé.…

- Ce bonhomme Dubronc, on pourrait le contacter ? demanda Blanche.

Élise acquiesça.

- Oui, je pourrais lui écrire un courriel. Il y a pas de numéro de téléphone sur son site, mais par internet, ça serait aussi rapide, expliqua Élise.

Blanche fut intriguée par cet homme mais avait une autre idée en tête et décida de tout déballer.

- Élise, je pense qu'il faudrait qu'on aille au Lac-St-Jean.

Le visage interrogatif d'Élise invitait à de plus amples explications.

- Les Montagnais du Lac ont été dans les premiers à rencontrer Stella, tu sais, je t'ai montré les lettres de ma mère. Ça fait des siècles en fait.

- Mais ils ont pas perdu contre elle? demanda légitiment Élise.

- Oui, ceux de St-Jérôme, mais il y a d'autres villages Montagnais au Lac. Il y a une réserve au nord de la rivière Péribonka, Pikogami. Qu'est-ce que tu penses si on allait les voir pour demander conseil ? Ils ont peut-être un chaman ou un magicien ?

Le temps d'une seconde, Élise faillit rire lorsqu'elle s'entendit avoir une conversation aussi étrange avec sa mère. L'absurdité de la situation la frappa de plein fouet ! Lorsqu'elle se souvint des menaces de Stella et de la voix Puka, son envie de rire disparut aussitôt.

- Je sais pas maman. T'es sûre qu'ils ont quelqu'un comme ça ?

Blanche n'en était pas certaine, mais il fallait tenter quelque chose ! Élise ajouta.

- J'aimerais mieux qu'on essaie de rejoindre le prof de la Sorbonne, le monsieur Dubronc.

- Il est en France Élise ! répliqua Blanche.

En effet, sa mère avait raison, un océan les séparait, mais il avait tout de même l'air d'une source plus crédible. Le brouhaha dans la tête d'Élise se fit de nouveau entendre lorsqu'elle céda.

- Ok, écoute, je vais contacter Dubronc, pis demain on va aller au Lac. On va mettre toutes les chances de notre côté, t'en penses quoi ?

Une lueur d'espoir jaillit du regard de Blanche.

- Bonne idée ! Faisons cela ! dit la vieille dame.

Blanche se releva et se dirigea vers la porte. Elle l'ouvrit et s'apprêta à la refermer avant de dire à sa fille.

- Garde espoir Élise, on va trouver une solution !

Élise sourit faussement, ce qui ne dupa sa mère. Blanche aussi avait peur, tout autant. Les deux ignoraient ce qui adviendrait d'Ariane, mais les deux savaient que leurs chances étaient minces. Élise s'empressa d'écrire un message à Dubronc avant d'aller dormir, épuisée et vidée. Étrangement, cette nuit-là encore, la mère et la fille ne purent fermer l'œil avant que le soleil ne se soit levé….

# Marchandage

Le lendemain matin, lorsque Pierre vit sa femme, sa fille et sa belle-mère se préparer à quitter la maison, il se dit qu'il devait intervenir. L'homme s'était bien rendu compte que les trois avaient une attitude plus que suspecte depuis quelques jours, mais là, c'était le bouquet ! Blanche et Ariane étaient déjà dans le mini-van et Élise allait y monter lorsque Pierre l'arrêta.

- Qu'est-ce qui se passe Élise ? demanda l'homme, prenant sa femme en aparté.

- Ce serait trop long à expliquer ! dit Élise, aucunement motivée à raconter cette histoire sordide. Pour la première fois, elle comprit le sentiment que sa mère avait pu ressentir en tentant d'expliquer tout cela ! Les yeux de l'homme s'écarquillèrent lorsqu'il put lire dans le regard de sa femme la raison de son comportement erratique.

- Ah non…. Élise, c'est pas vrai ! souffla l'homme déboussolé !

La femme voulut rassurer son époux mais devait partir, alors elle lui dit ce qui suit.

- Écoute-moi Pierre. Je sais que ça a pas d'allure cette histoire-là, mais je l'ai entendue de mes oreilles, ok. Là, j'ai pas le temps d'entrer dans les détails, je vais t'expliquer ce soir à notre retour, ok ? Il faut qu'on y aille !

Élise l'embrassa rapidement et quitta à la hâte sous le regard abattu de son époux. Pierre ne savait que penser, pouvait-on l'en blâmer ? La petite van se dirigea vers le coin de la rue et disparut dans la circulation en direction du nord. Élise conduisait mécaniquement, sans porter réellement attention à ce qu'elle faisait. Lorsqu'elle vit la sortie annonçant le parc des Laurentides, elle mit son clignotant. Dans son miroir central, elle vit Ariane qui regardait par la fenêtre, le regard livide et le teint pâle. La respiration de la femme s'accéléra et deux larmes naquirent aux coins de ses yeux. Elle les essuya le plus rapidement possible afin qu'on ne la voie pas pleurer. Cependant, Blanche l'avait bien vue. Son sentiment d'impuissance et de colère devinrent quasi intolérables. Elle n'avait pas envie de verser une larme, pas une miette ! La seule idée qui la talonnait et la poursuivait était celle que Stella répétait la même histoire qu'elle avait fait subir à ses parents, à sa fille et sa famille. Le cœur de la dame se serra un peu plus encore….pas de peine…mais d'une haine sincère.

Le voyage ne dura que trois heures pour parvenir au Lac St-Jean. Il était à peine onze heures du matin, ce qui rassura Élise. Elles avaient largement le temps de revenir à Québec dans la soirée. Par contre, la réserve de Pikogami était encore à une trentaine de minutes de voiture. Il n'en reste pas moins que toutes se sentirent mieux juste à l'idée de s'être éloignées de Stella. Certes, Pierre était juste en face, mais elle en voulait à Ariane, pas à lui ! Malgré le silence qui régnait dans le mini-van, un calme salvateur envahit l'habitacle et détendit l'atmosphère. La pancarte de la réserve apparut soudain devant leurs yeux, elles arrivaient. La voiture s'engagea dans la petite sortie et arriva assez vite au centre du petit village. Tout près du lac, qu'on voyait à une centaine de mètres, le village de quelques centaines d'habitants s'étendait entre deux petites collines. Le centre était couronné d'un tipi de bois signé d'un artiste local. Quelques magasins et boutiques l'entouraient, et au loin, des maisons. Élise gara la voiture dans le stationnement d'un restaurant et dit à sa mère et sa fille.

- Attendez ici, je vais aller poser quelques questions.

Élise sortit de la voiture et se dirigea vers le restaurant. Elle ouvrit la porte qui annonça son entrée par la clochette accrochée au haut de celle-ci. Ce fut alors qu'Élise se rendit compte qu'elle n'était plus sur son territoire. Une dizaine de personnes se trouvaient dans le petit restaurant familial et Élise était la seule blanche, blonde aux yeux bleus de l'endroit. Elle portait des vêtements griffés et des lunettes D&G. Un sentiment de malaise intense l'envahit. L'envie folle de s'enfuir l'envahit, cependant, elle n'avait pas tout fait ce chemin pour abandonner ici ! Elle adressa un sourire aux gens qui la regardaient et alla vers le comptoir pour parler à la femme qui semblait être la tenancière de l'endroit.

- Bonjour ! dit-elle en s'asseyant.

La femme, qui la regardait d'un œil blasé, ne répondit que par un hochement de tête. Elle dit de son accent cassé en lui tendant le menu.

- Vous allez manger ?

Comme les gens continuaient de l'observer, de la fixer, Élise ne se sentit pas la force de refuser de prendre quelque chose.

- Je vais prendre un café seulement, merci.

La dame de peut-être quarante ans mit une petite tasse de porcelaine blanche devant Élise et lui versa un café.

- Merci, dit Élise, mal à l'aise.

La femme prit une gorgée et finit par demander à la tenancière.

- Pourquoi tout le monde me regarde comme ça ?

La réponse fut accompagnée d'un large sourire sarcastique.

- Vous êtes naïve madame. Les blancs qui viennent ici, c'est pour faire du camping, pis ils ont l'air de penser qu'on est des animaux de cirque comme les ours de St-Félicien. Un peu plus, ils nous prennent en photo. Avec leurs vêtements de camping, on les *spotte* assez vite. Mais vous madame, vous avez pas l'air d'une campeuse, pour deux cennes...

Élise rit nerveusement. Effectivement, elle ne venait pas camper.

- Vous avez raison. Je viens pas camper. Je suis de passage seulement.

Élise n'arrivait pas à la regarder dans les yeux. Ils restaient rivés sur le comptoir même si elle lançait des regards furtifs à son interlocutrice.

- Je veux pas avoir l'air ridicule, ou raciste.... mais, si je suis ici. C'est que... j'aurais besoin de rencontrer... un chaman, dit Élise, tout bas.

La tenancière sourit et rit presque.

- Un chaman ! Juste ça ! rétorqua-t-elle.

Le rire de la femme rendit Élise encore plus mal à l'aise.

- Ça fait que vous... vous êtes dit que parce qu'on est des amérindiens, on a nécessairement un chaman dans le village ! C'est quoi le problème là ? Vous avez tout joué dans vos casinos pis là vous voulez vous refaire ? Ou votre mari vous trompe avec sa secrétaire pis vous voulez le reconquérir ? renchérit la tenancière.

Alors que la femme se moquait ouvertement d'elle, Élise craqua. Insultée et outrée, elle la regarda droit dans les yeux et dit.

- Si je vous disais qu'une sorcière a maudit ma fille et nous poursuit, vous me croiriez ?

La femme cessa de rire et la fixa afin de vérifier ses dires. Élise ne bronchait pas. Voyant bien qu'Élise semblait sérieuse, l'attitude de la tenancière changea du tout au tout.

- Vous êtes sérieuse ? demanda-t-elle.

Élise hocha de la tête. Devant cela, la tenancière se dirigea vers sa caisse, prit un petit bout de papier et griffonna quelque chose. Elle revint auprès d'Élise et lui tendit le papier.

- Allez à cette adresse, c'est juste en bas du chemin qui mène au lac. Là, allez voir Mario, pis dites-lui que c'est Lorette qui vous envoie.

Le regard d'Élise s'illumina. Elle prit le petit bout de papier et se leva.

- Merci, merci infiniment ! Combien je vous dois pour le café ?

- C'est une piasse, *tip* pas inclus ! dit Lorette.

Élise sourit. Elle fouilla dans la poche droite de son jean et sortit un billet de cinq dollars qu'elle déposa sur le comptoir, tout près de son café à peine entamé.

- J'ai pas besoin de charité, dit Lorette.

- C'est pas de la charité, mais un peu de gratitude, répondit Élise.

Les deux femmes se sourirent sincèrement et Élise quitta rapidement. Arrivée dehors, elle s'engouffra aussitôt dans sa voiture.

- C'était ben long ! se plaignit Blanche.

- J'ai une adresse maman ! On y va ! dit Élise, presque extatique.

Ravivées d'espoir, Blanche et Ariane s'excitèrent à leur tour. La joie contagieuse d'Élise y était pour quelque chose. Le mini-van contourna le tipi et prit le petit chemin qui menait au lac. Si la route principale du village était pavée, ce misérable chemin lui, ne l'était pas et était fort cahoteux. Un court instant, Blanche se souvint du chemin de la colline Cœur-crevé. Comme si son corps d'enfant se souvenait de ce genre de bousculade. La petite maison se fit vite voir, non loin du chemin. Élise se stationna tout près et les trois femmes descendirent de la voiture. Ensuite, après un moment d'hésitation, elles se dirigèrent vers la porte d'entrée. La pauvre maison était faite de bois et recouverte d'une peinture verte depuis longtemps craquelée par le vent et l'humidité de la petite mer intérieure, distante de quelques mètres à peine. Un chien vint les accueillir joyeusement en battant de la queue et en aboyant, ce qui attira l'attention d'un occupant de la maison. Un grand homme, costaud, d'à peine trente ans sortit sur le perron pour les voir.

- C'est que trois blanches font dans notre p'tite réserve de Pikogami ? demanda Mario.

Élise parla la première.

- On arrive du resto… Lorette nous a dit de venir ? dit-elle, incertaine. Elle lui tendit le bout de papier. Mario le prit et le retourna de ses grosses mains.

- C'est pourquoi ? demanda-t-il.

Élise se sentit bête de devoir tout déballer ainsi, mais elle ne voulait plus perdre de temps.

- Vous connaissez l'histoire de Stella Larousse ?

À leur grande surprise, Mario acquiesça.

- Et bien, elle en a après ma fille. J'ai besoin de conseil, ajouta Élise, désespérée.

Mario la regarda un court instant de ses yeux noirs, foncés et intenses, comme pour la scruter.

- Très bien, suivez-moi, dit-il, en se retournant et présentant pour la première fois, sa longue tresse noire.

Les trois femmes gravirent les quelques marches de la galerie, Élise aidant sa mère, pour entrer dans la demeure. Là, une forte odeur de cèdre envahit leurs narines. Des peaux recouvertes de dessins brûlés et une panoplie d'autres choses, meublaient les murs de la petite maison, peu garnie. À peine entrées dans la cuisine, Mario se retourna et leur dit.

- Attendez ici s'il vous plaît.

Les trois s'arrêtèrent, derrière la petite table de cuisine. Ce qui leur laissa amplement le temps d'observer les lieux. Un vieux poêle à bois servait de chauffage et de cuisinière, ce qui ramena Blanche dans un lointain passé. Le chien bâtard entra à son tour et exigea des caresses auprès d'Ariane, chose à laquelle Ariane ne s'objecta pas. L'animal battait rapidement de la queue et affichait un regard doux, tout heureux qu'on lui témoigne de l'attention. Quelques minutes s'écoulèrent avant que Mario ne revienne, poussant une chaise roulante. Assis sur cette dernière, un vieil homme courbé, aux cheveux longs et gris, chétif et semblant gravement malade, les fixait. Lorsque son regard se posa sur la petite Ariane, il devint nerveux et se mit à parler en Cri... Blanche, Élise et Ariane ne comprirent pas. L'homme, une seconde auparavant calme, se mit à gigoter dans sa chaise.

- Il veut que la petite sorte, dit Mario.

Blanche et Élise se regardèrent, désolées.

L'homme continuait de déblatérer.

- Il dit quoi ? demanda Élise.

Mario ne voulut pas parler tout de suite, mais se résolut.

- Il me demande pourquoi j'ai laissé entrer cet enfant chez lui.

Les paroles étaient lourdes de sens. Élise demanda à sa mère de sortir avec Ariane, déjà éprouvée de rester seule avec les deux hommes. Dès qu'Ariane fut à l'extérieur, le vieil homme se calma et se mit, comme empli d'énergie, à parler rapidement à son petit-fils qui traduisait.

- Il dit que cette petite fille est damnée et maudite. Son aura est noire et perdue. Partout où elle va, ça sent la mort et la... pourriture ? C'est un mot ? demanda Mario, stupéfait de la réaction de son grand-père.

Élise acquiesça, en choc.

- Vous pouvez quelque chose pour nous ? demanda-t-elle.

Mario demanda en Cri à son grand-père. L'homme réfléchit un court instant et répondit. Mario traduisit.

- Selon lui, non. Elle est déjà perdue. Mais, vous pouvez toujours essayer d'arrêter le rituel qu'elle fait...mais il y a peu de chances que ça fonctionne...

Le vieil homme dit avec un accent hyper cassé.

- Petite fille déjà morte.... perdue.... perdue....

Et se remit à parler en Cri. Mario plongea ses yeux dans ceux d'Élise, complètement abattue.

- Je suis désolé de pas pouvoir vous aider plus, dit-il.

Élise le remercia et sortit pour trouver sa fille et sa mère qui jouaient avec le chien. Blanche et Ariane se retournèrent pour la voir. Voyant bien que sa fille était inquiète, Blanche demanda, nerveuse.

- Ils ont dit quoi ?

Élise regarda sa mère, ce qui ne prêtait pas à confusion.

- On s'en reparlera plus tard ok ?

Les deux femmes se comprirent. La rencontre avec ce chaman n'augurait rien de bon et tout ce qu'il avait dit était assez négatif. Les trois femmes retournèrent dans leur voiture et reprirent la route en direction de Québec. L'angoisse dans l'âme, Élise sentit de nouveau des larmes monter mais les essuya de la même manière qu'à son départ de la ville. Blanche serra le manche de sa canne si fort qu'elle eut mal. Sa haine ne se démentait pas, en fait, elle croissait.

# Errance

À leur retour, Pierre attendait sa femme de pied ferme. À peine les trois étaient-elles rentrées dans la maison, que l'interrogatoire débuta.

- Élise, là, tu vas m'expliquer ce qui se passe ! dit-il, sur un ton impératif.

Blanche et Ariane s'éclipsèrent pour laisser le couple discuter. Élise alla dans son bureau, suivi de Pierre. Alors qu'elle allumait l'ordinateur, elle lui dit

- Pierre, je sais que ça a l'air totalement fou cette histoire, mais ce que ma mère nous a raconté, Stella Larousse, les sorcières, tout ça. C'est vrai !

Pierre fut si insulté qu'il explosa.

- Élise voyons ! T'entends-tu parler ? J'arrive pas à croire….

- Il faut que tu me croies Pierre… je l'ai entendue. C'est vrai ! dit-elle, en s'approchant de lui.

Alors que Pierre fulminait, il se croisa les bras et ajouta.

- Regarde-moi dans les yeux, et dis-moi que tu crois vraiment ce que tu viens de raconter.

Élise lui prit le bras et le fixa.

- Pierre, c'est Stella qui a mis la bourse sous le lit de notre fille. Elle veut tuer notre enfant…. je te mens pas.

L'homme ne pouvait y croire, il ne voulait y croire. Toujours aussi incrédule, il tenta de plaider sa cause mais Élise cessa de l'écouter, si elle ne pouvait le convaincre, elle voulait tout de même tout tenter ce qui était en son pouvoir pour sauver sa fille. Dans sa boîte courriel, elle vit que Maurice Dubronc lui avait répondu. Elle ouvrit le message et le lut. Le professeur lui avait transmis un numéro de téléphone et lui demandait de l'appeler. Elle s'empressa de le faire. Alors qu'elle composait le numéro, Pierre se rendit compte que sa femme ne l'écoutait plus.

- Élise ? M'écoutes-tu ? demanda-t-il, excédé.

Lorsque sa femme lui fit signe de se taire, l'homme tourna les talons et sortit du bureau en criant.

- Vous toutes cinglées *ostie* !

La sonnerie se tut et un homme répondit. Élise dit :

- Monsieur Dubronc ?

- *C'est moi ?*

Élise fut tout de suite soulagée et commença à narrer son histoire. Étrangement, l'homme était toutes ouïes. Il ne semblait aucunement surpris et même posait des questions. La conversation dura près de trente minutes....

Dans la cuisine, Pierre buvait une bière, assis à la table. Il ne comprenait pas ce qui lui arrivait et peinait à comprendre. Il ne croyait en aucun cas à la magie ni au surnaturel, et il pensait, jusqu'à tout récemment du moins, que sa femme partageait ses croyances. Alors qu'il ruminait, cette phrase criée par sa femme lui fit tourner le sang.

- ARIANE ! VIENS T'EN ! ON S'EN VA À PARIS !

La petite et sa grand-mère descendaient les marches de l'escalier du hall lorsque Pierre arriva.

- QUOI ? demanda-t-il.

Comme Blanche et Élise discutaient sans l'écouter du fait que Blanche devait rester, car le voyage était périlleux, Pierre crut avoir la berlue.

- Monsieur Dubronc m'a demandé d'aller le voir, il va nous recevoir mais il veut nous rencontrer avant et peut même nous recommander de visiter une sorcière qu'il connaît dans le sud de la France.

Élise mit un manteau sur le dos de sa fille et regarda sa mère.

- Ce serait mieux que tu restes ici maman, dit Élise.

Blanche comprit qu'elle ne pouvait que les ralentir à cause de son âge et de sa lenteur. Elle hocha de la tête en signe d'approbation et de compréhension. Élise ne prit qu'un sac où elle fourra quelques vêtements, la bourse, son appareil numérique avec des photos du pentagramme prises sur le plancher de la chambre de sa fille, ainsi que les lettres écrites par sa grand-mère avec différentes congrégations religieuses de la province. Toute la famille se retrouva bientôt dehors, Élise et Ariane allaient monter dans le mini-van, alors que Blanche était là pour les saluer. Pierre tentait désespérément de se faire écouter mais malheureusement pour lui, Élise avait abandonné l'espoir qu'il comprenne. Le paroxysme fut atteint lorsque tous aperçurent Stella Larousse, de l'autre côté de la rue, qui jardinait. Elle les salua et traversa la rue pour venir leur parler.

- Vous allez en voyage ? demanda-t-elle, innocemment.

Élise ordonna à sa fille de monter dans le véhicule. La petite s'exécuta sans broncher.

- Maudite hypocrite, approche-toi pas de ma fille, compris ? dit Élise.

Voyant sa femme devenir complètement cinglée, Pierre voulut intervenir mais il n'eut pas le temps car ce qui suit se produisit très vite. Stella commença à dire…

- Quoi ? Mais je compr….

Paf ! Élise lui envoya un crochet du droit en plein visage à la surprise de tous ! Stella la première ! La commotion était totale, Stella se tenait le nez, hébétée ; elle saignait. Élise haletait et Pierre se confondait en excuses. Devant la volonté de fer d'Élise, Stella releva le visage et se mit à sourire. Tranquillement, les coulées de sang qui coulaient de son nez remontèrent à leur origine et disparurent. Ce fut là que Pierre comprit.

- Fais ce que tu veux…. mais la moisson est proche, et tu ne pourras pas m'arrêter. C'est trop tard ! dit Stella avant de regarder glauquement Pierre et Blanche qui la fixaient. Elle eut un petit rire sec et nerveux et quitta hâtivement. Lorsqu'Élise se retourna, elle vit le regard hagard de son époux. Il tentait de parler, mais seule sa bouche semblait essayer de dire quelque chose. Aucune parole ne s'en échappait.

- Pierre, pars avec ma mère, amène-la loin d'ici ! Vous êtes pas en sécurité ici !

L'homme ne réagit pas tout de suite, il regarda sa femme, l'âme en peine, lorsqu'elle le secoua.

- Pierre !

Le couple se regarda un instant avant de comprendre que c'était peut-être la dernière fois qu'ils se voyaient. Il manquait plus d'une pièce au puzzle, mais Pierre sut que leur futur était de très loin incertain. Élise le laissa aller et dit doucement en quittant.

- Je t'aime….

Pierre resta là, debout au milieu de sa cour et rétorqua.

- Moi aussi….

Élise s'engouffra dans la voiture et démarra. Juste avant de quitter son entrée, elle vit sa mère et son époux qui les regardaient tristement. Son cœur se serra, elle avait si peur d'échouer. Sa tentative était désespérée. Ariane posa sa petite main sur la sienne et dit.

- Ça va aller maman.

Élise se détourna pour regarder sa fille. La petite la fixait et la regardait, les yeux emplis de confiance aveugle. Le sentiment qu'elle ne pouvait abandonner la remplit et elle ravala les larmes qui poussaient.

- Je sais ma puce…. tout ira bien ! dit-elle.

Le mini-van recula et disparut au coin de la rue. Pierre et Blanche restèrent un long moment, muets, à l'extérieur avant de rentrer. Ils allaient se préparer à quitter la résidence pour aller on ne sait où….ça leur était égal, ils souhaitaient seulement que toute cette histoire n'ait pas un dénouement malheureux….néanmoins, les récents événements n'auguraient rien de bon….

# La vieille Europe

Ariane s'était endormie, à peine étaient-elles montées dans le taxi qui les menait de l'aéroport Charles-de-Gaule vers Paris. Le vol avait pris six heures, mais avec le décalage horaire, en plus du voyage au Lac Saint-Jean et des trois heures passées dans la voiture pour atteindre Montréal, toutes les énergies de la petite étaient disparues ! Elle était exténuée. Élise aussi d'ailleurs, mais elle n'arrivait pas à trouver le sommeil. Faux ! La fatigue était forte et puissante, cependant, elle ne voulait en aucun cas dormir, il ne le fallait pas ! Un instant, alors que le taxi continuait sa course, et passait devant des immeubles classiques et raffinés, tels seule l'Europe peut abriter, Élise songea au fait qu'elle et Pierre avaient nourri longtemps l'espoir de faire un voyage dans la ville lumière. Elle y était, certes, mais elle n'avait aucun entrain ni désir d'y être. Il était déjà près de midi à Paris, mais pour Élise et Ariane, on était en pleine nuit ! Finalement, le taxi fit quelques tours et approcha d'une grande bâtisse ressemblant à une cathédrale, rue des Écoles. Le chauffeur dit à Élise :

- Voilà la Sorbonne madame !

Élise jeta un simple coup d'œil et sentit par la même occasion un petit espoir naître en elle.

Elle paya le chauffeur et réveilla sa fille. La tenant par la main, Élise avança vers l'entrée en contournant une grande fontaine et se surprit qu'il y ait si peu de gens. Les deux entrèrent dans la bâtisse principale et se mirent à chercher où pouvaient se trouver les bureaux des professeurs. Ne sachant nullement où aller, Élise s'approcha d'un garde de sécurité et lui demanda l'information. L'homme lui indiqua de se rendre au Palais Nénot où se trouve l'administration du rectorat. Élise et Ariane se rendirent, non sans peine, et finirent par aboutir devant le bureau du professeur Dubronc. Arrivées là, Élise eut une courte hésitation, mais frappa tout de même. Un homme chauve et grisonnant, de peut-être cinquante ans, bedonnant et affublé d'immenses lunettes en fond de bouteille ouvrit la porte. Lorsqu'il aperçut la femme et l'enfant, visiblement fatiguées, il fut intrigué.

- Vous êtes perdues ? demanda-t-il.

- Je suis Élise Thibault, je vous ai parlé hier au téléphone….

L'homme se souvint alors et les invita à entrer. Son attitude, auparavant dubitative, devint curieuse et presque enthousiaste.

- Mais entrez, entrez ! Je vous en prie ! dit-il.

La petite et étroite salle était emplie de gros livres tous plus poussiéreux les uns que les autres. Certains semblaient avoir des couvertures faites de cuir et leur pages jaunies dépassaient des rebords. Trois hautes bibliothèques meublaient la droite de la salle, dont une verrouillée à clef par une porte vitrée. Un petit bureau, surchargé de livres et de papiers divers, faisait face à l'entrée. Un petit divan se trouvait à la gauche de la porte, près d'un petit foyer éteint. Une seule fenêtre à carreaux, étroite et longue, se trouvait derrière le bureau et laissait entrer quelques rayons de soleil. L'homme referma la porte derrière elle et les invita à s'asseoir.

Comme la petite souhaitait dormir, Monsieur Dubronc désigna le divan où elle pourrait se reposer quelque peu pendant que les adultes discuteraient. Élise borda Ariane qui sombra rapidement dans un sommeil profond. Immédiatement après, Élise s'assit pour faire face à Dubronc, qui lui offrit une tasse de café et quelques biscuits. Elle déclina l'offre des biscuits mais prit un café pour l'aider à se soutenir.

- Très bien, alors, j'ai bien relu votre premier message et j'ai fait quelques recherches dans mes livres, j'aimerais que vous me montriez la bourse et les photos dont vous m'avez parlé, dit Dubronc, sautant dans le vif du sujet.

Élise fouilla dans son sac et en sortit la bourse et l'appareil photo. Elle les lui tendit pour qu'il les prenne, chose qu'il fit.

Tout de suite, tel un enquêteur sur une scène de crime, Dubronc se mit à observer et à retourner dans tous les sens les preuves qui étaient à sa disposition. Il ouvrit la bourse et examina attentivement chaque objet qui s'y trouvait. Il alluma l'appareil numérique et scruta chaque photographie avec la même minutie. Son visage était inquisiteur et ne laissait guère place à une quelconque interprétation. Élise le fixait, anxieuse, emplie d'émotions confuses. Pourrait-il les aider ? Les sauver même ? se demandait-elle. Ne soutenant plus le suspense, Élise brisa le silence.

- Alors ?

Dubronc poussa un soupir d'incompréhension avant de la regarder.

- Hmmm…. je ne sais trop quoi vous dire. Je n'ai jamais rien vu de tel. La bourse, c'est une pratique classique qui n'a rien d'extraordinaire. On les utilise depuis des siècles pour différents sortilèges. Mais les photos….et la moisson….

- Qu'est-ce qu'elles ont ? demanda Élise, à bout de nerfs.

Le visage de Dubronc se crispa avant qu'il ne dise.

- Les dessins qu'on y voit sont de type celtique, mais tout est écrit en latin, c'est étrange, dit-il.

Le regard d'incompréhension d'Élise l'invitait à spécifier ce dont il parlait.

- Habituellement, les sorcières utilisent des techniques typiques et reconnaissables pour un expert tel que moi. On trouve des pratiques magiques aux quatre coins du monde et chacune a une tradition et des coutumes qui lui sont propres, ouest-européennes, chinoises, indiennes, aztèques, maghrébines, mais ici.

- Quoi ? dit Élise, presque entièrement à bout.

- Et bien, on dirait que votre sorcière a mélangé deux pratiques magiques différentes, la tradition des dessins est définitivement celtique, mais les incantations elles sont clairement romaines. Ce que je ne comprends pas, c'est pourquoi une sorcière irait faire une telle chose ! À moins que…..

- Quoi donc ? demanda Élise, pleine d'espoir.

- Vous m'avez bien dit que la sorcière avait clamé être âgée de près de mille ans n'est-ce pas ?

Élise se souvint des lettres du curé de Saint-Jérôme dont sa mère lui avait parlé.

- Oui, enfin, regardez, dit-elle, en lui tendant les lettres qu'elle sortit de son sac.

L'homme les regarda rapidement, mais en fait, son cerveau était en mode recherche et il se mit à répéter.

- Stella Larousse…. Stella Larousse…. Stella….

Soudain, son visage s'éclaira.

- Attendez une minute !

Il se releva et se rendit près de sa bibliothèque verrouillée à clef. Il l'ouvrit et chercha dans quelques livres. Élise le fixait toujours, énervée par l'excitation de sa trouvaille.

- Voilà ! s'exclama-t-il tout à coup !

Il revint à son siège.

- Il me semblait aussi que j'avais déjà entendu cette histoire à quelque part. Ce livre est un vieux recueil datant du XVe siècle écrit par un prêtre qui faisait partie d'un tribunal inquisitoire. Il y a transcrit plusieurs légendes et histoires que des villageois lui ont racontées lorsqu'ils procédaient à des enquêtes en province. Il arrivait que certaines légendes étaient presque fondées. J'ai ce livre depuis des années, mais je ne m'en suis pratiquement jamais servi puisque que je ne le trouvais pas rigoureux en ce qui a trait aux sources, mais je l'ai bien feuilleté lorsque je l'ai acquis. L'homme y fait mention d'une légende qui courait chez les personnes âgées de Normandie, de Bretagne et d'Aquitaine à cette époque. On y parle de la sorcière Estelle, Ester, ou Stella. Selon lui, il s'agissait de la même. La légende était en voie de disparition puisque seulement des gens âgés en parlaient. Cette sorcière, dotée d'une beauté discrète, aux yeux d'ambre, séduisait les hommes et volaient les enfants pour se baigner dans leur sang. Cette histoire daterait du Moyen Âge et avait traversé le début de la Renaissance avant de disparaître, mais maintenant, tout cela prend du sens, raconta-t-il, tout excité.

Élise comprenait peu où il voulait en venir, mais continua de l'écouter.

-Votre sorcière est sans doute née au Moyen Âge, une époque où les croyances païennes étaient encore très fortes partout en Europe, d'où les dessins celtiques, mais vivant dans un environnement fortement influencée par la culture latine de l'église catholique, cela expliquerait bien ses écrits. De plus, la disparition de la légende populaire coïncide avec son apparition en Amérique. Une sorcière de l'Ancien Monde, qui aurait quitté le Vieux, fuyant l'Inquisition et la fureur populaire.

Tout à coup, le visage de l'homme jusque là passionné, changea brusquement.

- Qu'est-ce qu'il y a ? demanda Élise, inquiète.

Dubronc déglutit difficilement.

- Quelque chose vient de me frapper, dit-il, laconique.

- Quoi donc ? renchérit Élise.

- Et bien, si nous parlons en effet de la même sorcière, ce que je crois, alors votre Stella Larousse aurait près de mille ans.

Élise ne voyait pas pourquoi ce fait semblait l'inquiéter à ce point, elle lui demanda donc.

- Et ça change quoi ?

Dubronc devint rouge et se mit à suer à grosses gouttes. Il se leva pour aller dans un petit cabinet sous sa bibliothèque vitrée d'où il sortit une bouteille d'alcool fort. Il s'en versa une bonne rasade dans sa tasse à café et en but nerveusement avant de se retourner pour faire face à Élise.

- Je n'ai jamais entendu parler de sorcière aussi vieille. Voyez-vous ? Plus les magiciens avancent en âge, plus ils deviennent agiles et puissants. Ils se perfectionnent et arrivent à faire des choses qu'on n'imaginerait même pas en rêves ! Alors, si votre sorcière approche des mille ans, je…. je n'ose même pas imaginer ce dont elle est capable ! dit-il, sur un ton presque geignard.

Les paroles de l'homme étaient lourdes de sens. Élise perdit à nouveau espoir doucement.

- Elle est sans doute la sorcière la plus puissante sur Terre ! ajouta-t-il, seulement pour la décourager un plus.

Alors qu'elle croyait avoir atteint le fond du baril, il rajouta.

- Personne ne peut l'arrêter !

Voilà ! Il les avait dites, les paroles qu'Élise redoutait plus que tout ! Elle jeta un coup d'œil vers Ariane qui dormait paisiblement et se rendit compte qu'elle ne pourrait probablement pas tenir sa promesse. La tension, mélangée à la fatigue, au stress et à la peur la firent craquer. Elle fondit en larmes ! Dubronc vint si mal à l'aise qu'il ne sut quoi faire. Il réalisait à peine ce qu'il venait de faire qu'il s'en sentit horriblement coupable. Cette femme avait traversé l'Atlantique dans l'espoir qu'il les aide ! L'homme chercha une solution mais une seule lui vint à l'esprit.

- Écoutez madame Thibault, je vais communiquer avec une sorcière que je connais assez bien qui habite Lyon, peut-être qu'elle pourra vous aider, elle est la doyenne des sorcières de France, dit-il en décrochant le combiné de téléphone et en commençant à composer.

Un peu d'espoir naquit de nouveau dans le cœur d'Élise.

- Merci ! dit-elle.

Piquée par la curiosité, elle lui demanda.

- Et quel âge a-t-elle ?

Dubronc ne la regarda pas lorsqu'il dit, tout bas, et penaud.

- 88 ans.

On répondit au téléphone et Dubronc se retourna. Élise se releva, l'âme en peine et marcha jusqu'au petit divan. Elle se mit à genoux pour regarder sa fille dormir. Une petite mèche de cheveux était tombée sur son visage, Élise la releva. Elle lança un regard suppliant vers Dubronc qui dit à la femme au téléphone.

- Oui Geneviève, c'est très grave ! dit-il…

Élise marchait jusqu'à l'autel au sommet de la colline, là, se trouvait Stella, à peine vêtue et recouverte de tatouages aux symboles étranges et lugubres. Ariane était attachée sur l'autel de pierre et appelait à l'aide. Stella tenait une dague dans sa main droite et parlait dans une langue étrangère qu'Élise ne comprenait pas. Lorsqu'elle leva la dague au ciel, un éclair la frappa avant qu'elle ne la plante dans le ventre de sa fille sans qu'Élise n'y puisse quoi que ce soit !

Horrifiée, Élise se réveilla en trombe dans une cabine de train. Elle s'était endormie et peinait à se remémorer ce qu'elle faisait là. Ariane dormait sur ses genoux et se réveilla à cause du cauchemar de sa mère. Le train venait d'entrer dans la gare Lyon-Part-Dieu et s'immobilisait. Élise ne voulait pas perdre de temps, dès que le train fut arrêté, elle se hâta de le quitter et traversa la gare, tirant Ariane par la main. Arrivées dans la rue, Élise héla un taxi ; direction vieux-Lyon, 5ᵉ arrondissement. Le taxi parcourut quelques kilomètres avant d'entrer dans la vieille ville et ses rues tortueuses. Finalement, le taxi finit par s'arrêter devant l'adresse qu'Élise lui avait donnée. Adjacent au chemin Montauban, se trouve une petite rue nommée de la Juiverie. Sur ce coin, se trouvait une petite boutique au cachet douteux, aux carreaux sales et opaques, nommée *La Mandragore*. Élise paya le chauffeur et descendit du taxi, suivie d'Ariane. Les deux s'approchèrent lentement de la porte de la boutique avec beaucoup moins d'entrain que celle du bureau de monsieur Dubronc. Ce dernier avait bien averti Élise du danger qui les guettait et aussi, de la forte possibilité que Stella les poursuive jusque là. L'important n'avait jamais été le lieu géographique pour accomplir un rituel, mais l'alignement des astres. Si le temps de la moisson approchait, comme elle les avait mis en garde, il était fort probable qu'elle les poursuive tel un chien pisteur, attirée par son lien surnaturel créé lors de la consécration. Ariane et Stella étaient unies par un lien magique, le vieux sorcier de Pikogami l'avait vu…. Élise tira la lourde porte de *La Mandragore* et une petite sonnette retentit. Une forte odeur d'encens assaillit les deux femmes dès leur entrée. La boutique était spécialisée dans les articles de magie et sorcellerie divers. Le petit commerce était submergé d'une panoplie d'objets hétéroclites tous aussi étranges les uns que les autres. Des chandelles multicolores, des sachets de plantes séchées, des pierres variées, colliers, couteaux, bâtonnets d'encens et une myriade d'autres objets meublaient les quelques tables de l'endroit. Une légère brume, née de l'encens au patchouli, emplissait toute la boutique et piquait les yeux. De petites statuettes de gargouilles et de monstres ajoutaient au macabre sa touche finale ! Un jeune homme, de peut-être vingt-cinq ans, grand et élancé, blondinet, se trouvait derrière l'antique caisse au fond de la boutique et travaillait. Alors qu'Élise et Ariane avançaient vers lui, il releva les yeux pour les saluer mais son visage changea brusquement.

-Bonjour que pui... Oh dieu du ciel ! dit-il, en posant les yeux sur Ariane.

Sa réaction rebuta Élise au plus haut point.

-Grand-mère, viens vite ! ajouta-t-il.

En arrière de lui, se trouvait un large tissu, en guise de porte, en velours vert, qu'Élise n'avait même pas remarqué. De là arrivèrent Geneviève Mercure et son arrière-petit fils Jacquot. Leurs visage devinrent grave, le petit Jacquot avait visiblement très peur et celui de la dame n'augurait rien de bon non plus.

-Mamie... qu'est-ce qu'elle a la petite ? demanda Jacquot, en trem-blotant.

Geneviève regarda la mère et la fille d'un air désolé, avant de se tourner vers son petit-fils.

-Tristan, prends Jacquot avec toi et allez m'attendre dans l'arrière-boutique.

Le jeune homme voulut résister mais la femme n'eut qu'à tourner la tête vers lui pour qu'il s'exécute. La dame afficha alors un sourire factice pour tromper la petite, ce qui fonctionna, mais pas pour la mère.

-Quelle jolie petite fille ! dit-elle en s'abaissant auprès d'Ariane qui sourit.

-Tu veux une sucette ? renchérit-elle.

Ariane, toute intimidée, et apeurée de la réaction des gens devant elle, fut conquise et hocha de la tête.... telle sa grand-mère 70 ans plus tôt...

Geneviève alla à l'arrière du comptoir, fouilla sous la caisse et en extirpa une petite sucette verte qu'elle tendit à l'enfant.

- Regarde chérie, tu vois là-bas le gros coffre, il y a des poupées, tu veux aller jouer ? demanda Geneviève après lui avoir remis la sucette.

Ariane accepta et s'y rendit en gambadant, laissant les deux femmes ensemble. Geneviève Mercure était une grande femme maigre, toute vêtue de blanc, contrastant fortement avec l'atmosphère de l'endroit. Ses longs cheveux blancs frisés effleuraient à peine ses épaules frêles et son visage ridé et élancé ne masquait pas moins ses grands yeux verts réconfortants. En la voyant, on sentait que cette femme était bonne et dotée d'empathie.

- Geneviève Mercure, dit-elle en tendant la main à Élise.

Élise rétorqua de même et se présenta. Un malaise persistant s'installa, alors Élise décida de parler de choses et d'autres afin que les deux se sentent plus à l'aise.

-Wow ! Quelle boutique ! Je pensais pas qu'il y avait des endroits comme ça ! Beaucoup de gens pratiquent la magie ici ?

Un sourire se dessina sur le visage de la dame.

-Non… pas du tout. La majorité des objets qui se trouvent ici ne sont même pas magiques en fait. Les gens viennent plus pour la décoration ou pour créer une ambiance gothique chez eux que pour pratiquer une vraie magie. Un vrai sorcier le sait tout de suite en entrant ici que rien ne peut réellement servir. Nos ancêtres se retourneraient dans leur tombe s'ils pouvaient voir à quoi nous en sommes rendus de nos jours. Eux qui étaient respectés, admirés, même craints, nous sommes aujourd'hui objets de moqueries et pure superstition, une partie du folklore. Par contre, il nous arrive de concocter des filtres et quelques charmes pour les gens que nous jugeons nécessiteux et surtout… dignes de les recevoir.

Voyant une brèche lui permettant d'aborder le sujet de sa visite, Élise sauta le mur.

- Croyez-vous qu'il y a quelque chose qui puisse sauver ma fille madame ?

La dame baissa les yeux et alla lentement derrière son comptoir. Lorsqu'elle releva la tête, elle plongea un regard désolé dans celui d'Élise.

- Je crains que non…..dit-elle doucement.

La sentence était terrible et Élise explosa en larmes hystériques.

- Mais monsieur Dubronc m'a dit qu'il pourrait nous aider…que VOUS pourriez nous aider… je comprends pas…

Voyant bien que la femme délirait de fatigue et de stress, Geneviève l'interrompit pour expliquer.

- Il n'y a rien que je puisse faire à ce stade. Votre fille est entourée d'une aura si sombre que même mon arrière-petit-fils de 4 ans l'a vue et en a été effrayé. La sorcière qui a lancé ce sortilège sur votre fille et qui prépare ce rituel est de loin beaucoup trop puissante pour que je ne puisse faire quoi que ce soit. Ce serait du suicide !

Geneviève parlait avec tant de froideur qu'Élise croyait devenir folle ! Mais elle parlait de sa fille par tous les saints ! Son enfant ! Sa seule enfant !

- Rien du tout… rien du tout ??? ajouta Élise, l'âme en peine.

Geneviève ne savait trop quoi faire ou dire. Elle réfléchit un court instant avant de demander.

- Monsieur Dubronc m'a mentionné que la sorcière dont vous parlez avait un feu-follet à ses services, oui ?

Élise acquiesça les yeux mouillés.

- Il est probablement le seul à connaître les failles de cette sorcière ou de son rituel. Votre meilleure chance, serait de le capturer et de l'interroger. Par contre, il risque de refuser de parler. Vous devrez peut-être le torturer.

- Vous croyez ? demanda Élise, toujours en pleurs.

Geneviève hocha de la tête en signe d'approbation.

- Attendez… je reviens, dit la dame.

Elle disparut derrière la porte de velours et en ressortit avec une petite fiole mauve fermée d'un petit bouchon de liège.

- Voici quelque chose qui pourra vous aider dans vos démarches. Cette concoction est faite d'eau bénite, de souffre et d'autres herbes afin d'éloigner les petits êtres malfaisants du foyer. Si vous lui en faites boire à peine quelques goutteses, il souffrira l'enfer ! dit-elle en lui tendant la fiole.

Élise voulut payer mais Geneviève refusa prétextant que dans les circonstances, c'était le moins qu'elle puisse faire. Élise la remercia tout de même de son aide et se dirigea vers la sortie. Elle prit Ariane par la main et alors qu'elles allaient sortir, se retournèrent vers Geneviève pour la saluer de la main. En parfaite lady, madame Mercure ne laissa rien paraître à l'enfant et lui sourit en agitant la main. Après qu'Élise et Ariane furent sorties, Tristan arriva de l'arrière-boutique l'air visiblement contrarié et fit face à sa grand-mère dont le visage ne mentait pas.

- Tu es sérieuse ? demanda-t-il.

Geneviève lui lança un regard oblique en disant.

- Je n'ai vraiment pas besoin de ça maintenant Tristan ! dit-elle sèchement. Elle quitta offusquée, en faisant claquer ses talons sur le plancher.


Ce matin-là, Maurice Dubronc avait des réunions pédagogiques en raison de la rentrée qui approchait à grands pas. Les bras pleins de livres, il se dirigeait, comme d'habitude, vers son bureau, un croissant au sommet des livres. Il avait beaucoup de travail en perspective et ne voulait pas être en retard. Déjà qu'il avait une solide réputation de la sorte qui le suivait et qu'on le percevait comme un hurluberlu. Certes, il était fort compétent en littérature française, mais là où le bât blessait, était dans ses recherches occultes. Peu de gens le respectait dans ce domaine, même s'il avait acquis au cours des ans, une expertise hors du commun dans ce sujet. Lorsqu'il arriva devant sa porte, il se dit qu'il devait déverrouiller la porte, il décida donc de relâcher une de ses mains pour chercher sa clé dans la poche de son pantalon gris, mais évidement, tous ses livres tombèrent sur le sol puisqu'il n'arrivait plus à les retenir. Alors qu'il s'abaissait pour les ramasser, il vit que la porte de son bureau était entre-ouverte. Ce n'était pas normal ! Il avait bien verrouillé la porte avant de quitter la veille et le service de ménage ne passait que les mardis et jeudis, et on était mercredi. Il se souvint alors de sa propre mise en garde qu'il avait donnée à Élise, la veille. Le cœur battant, anxieux de découvrir ce qui se cachait de l'autre côté, il poussa doucement la porte qui grinça quelque peu. Ce fut alors qu'il tomba sur la vision de cette femme, aux cheveux noirs et ondulés, vêtue d'une robe mauve, d'un veston noir et de longues bottes aussi noires. Elle avait réussi à ouvrir sa bibliothèque privée et lisait le même livre qu'il avait montré à Élise la veille. Il comprit tout de suite de qui il s'agissait. Devait-il s'enfuir ? L'avait-elle vu ? La femme jeta un rapide coup d'œil vers lui et retourna à sa lecture. Il ne pouvait fuir, elle savait qu'il était là.

- Un coup de main ? dit-elle, sans le regarder.

- Non merci, ça ira, dit-il, nerveux.

L'estomac serré, il décida d'entrer. De toute façon, si elle était bien qui il croyait qu'elle était, il ne ferait que quelques pas avant qu'elle ne l'arrête et jusqu'à maintenant, elle n'avait démontré aucune agressivité envers lui. Il ramassa ses livres, entra et repoussa la porte d'un pied.

- Comment puis-je vous aider ? demanda-t-il.

Les yeux toujours rivés dans le grand livre, Stella se mit à lire à voix haute.

- *Ladite Estelle, je le croys, est la mesme que çselle que lon nomme Ester et Stella en pays de Bretagne et d'Aquitaine. Selon les dires de tous les villageoys encontrés, elle puit parcourir cent lieus sur son balay en pleine nuit noire et recouvrir l'apparence de quiconque eut le malheur de croiser son chemyn.*

Elle referma le livre sur cette citation.

- Quelle intéressante lecture avez-vous là monsieur Dubronc ! dit-elle en le regardant s'approcher du bureau.

Dubronc ne broncha pas, il déposa les livres et contourna le bureau pour aller s'asseoir derrière et faire face à Stella. La femme posa ses mains sur ses hanches et respira profondément pour l'apprécier. Il la dévisageait avec cette crainte qu'elle inspirait dans les cœurs de chaque âme humaine. Elle sut que ce ne serait trop difficile de le faire parler. Tous les gens de pouvoir savent qu'ils n'ont guère besoin d'en user quand vient le temps….

- Je n'irai pas par quatre chemins. Qu'avez-vous raconté à Élise Thibault ? demanda-t-elle.

Monsieur Dubronc se doutait bien qu'il ne pouvait lui mentir, il savait que plusieurs sorcières pouvaient lire dans les cœurs. Elle aussi sans doute !

- Ce que vous venez de lire…. rien de plus. Je ne pouvais guère l'aider. Je ne m'y connais pas vraiment en pratique celtique. La plupart de ces pratiques se sont perdues et ne perdurent plus aujourd'hui.

- Et c'est tout ? dit-elle.

Dubronc hésitait à lui parler de Geneviève Mercure, mais si elle était remontée jusqu'à lui, elle pourrait sans doute parvenir à remonter jusqu'aux Mercure.

- Je lui ai conseillé de rendre visite à une sorcière que je connais bien à Lyon, qui peut-être, pourrait l'aider elle avec son problème… dit-il, dégoulinant de sueur.

Bien qu'il la craignît, il était, en bon chercheur, fasciné par cet être unique. Jamais n'avait-il entendu parler d'une telle sorcière, et de l'avoir dans son bureau, devant lui, lui donnait envie de la connaître mieux.

- Mais je suis ce problème mon cher Dubronc… dit-elle en souriant de plus belle. Elle le remercia et se dirigea vers la sortie.

Poussé par sa curiosité, Dubronc se risqua à lui poser des questions.

- Pourquoi dites-moi ? dit-il.

Stella s'arrêta net. Elle se retourna pour lui faire face de nouveau et croisa les bras, toujours souriante.

- Pourquoi quoi ? Soyez plus précis…. dit-elle.

Dubronc essuya son front de son mouchoir et précisa sa question.

- Pourquoi vous nourrissez-vous de la jeunesse des enfants ? Pourquoi infliger tant de souffrance à des innocents ?

Stella fut amusée et décida d'expliquer.

- Théoriquement, ce n'est pas moi qui m'en nourris, mais un démon…. Ba'al. Et je n'ai aucun remords à faire ce que je fais. Aucun.

Dubronc renchérit.

- J'ai rencontré une cinquantaine de magiciens dans ma vie et aucun ne pratiquait de tels rituels, complexes, dangereux…. et sombres.

Le sourire de Stella s'effaça pour laisser place à une moue crispée et impatiente. Elle décroisa les bras et tapait du pied.

- Où voulez-vous en venir ?

- Et bien… la majorité des sorciers et sorcières que j'ai connus…. servent le bien…. dit-il, doucement, mais hyper-stimulé par cette discussion.

Le visage de Stella devint contrarié et elle croisa les bras de nouveau en détournant le regard.

- Le mal est un point de vue monsieur. Je ne considère pas servir le mal…. Je sers… en fait, moi-même, dit-elle, presque insultée.

- Comment pouvez-vous affirmer une pareille chose ! s'insurgea Dubronc.

- Combien d'enfants innocents avez-vous sacrifiés depuis mille ans ? ajouta-t-il.

Alors que Stella allait se fâcher et lui répondre, elle se retint.

- Ça ne vous regarde pas !

Elle se retourna et ouvrit la porte. Dubronc se leva de son siège et cria.

- Attendez !

Stella arrêta son mouvement.

- Que s'est-il passé pour que vous commenciez à pratiquer ces rituels ? Que vous est-il arrivé, il y a mille ans ? demanda-t-il, espérant plus que tout qu'elle lui raconterait tout.

Stella le regarda, l'air triste.

- Pourquoi je vous raconterais cela ? demanda-t-elle.

L'homme avait réussi à l'attendrir, il devait en tirer profit, non seulement pour ses propres recherches, mais en même temps, pour permettre à Élise et sa fille de lui échapper.

- Pour mes recherches…. aussi… parce qu'il me semble, que cette histoire mérite d'être racontée…. et que je pense aussi…que vous ne l'avez jamais fait…. dit-il.

Stella était presque convaincue, il lui fallait un peu plus de certitude.

- Et ne vous inquiétez pas…. personne à part mes collègues ne le sauront… en plus, tout le monde me voit comme un vieux fou…. seul un cercle restreint d'initiés connaîtront cette histoire, promis ! ajouta-t-il, en dernier espoir.

Stella referma la porte. L'air toujours aussi triste elle s'approcha de lui.

- Avez-vous une enregistreuse ? Je ne vous l'écrirai pas !

Dubronc en sortit une d'un tiroir, tout heureux, il vérifia qu'il y avait bien une cassette et lui sourit.

- Je suis prêt…. dit-il.

Stella eut un long soupir avant de dire.

- Par où voulez-vous qu'on commence ?

- Mais le début….rétorqua-t-il.

Elle eut un petit sourire subitement malicieux.

- On dirait presque *Entretien avec un vampire*…. dit-elle.

Dubronc sourit aussi.

- Ce sera…. avec une sorcière cette fois-ci….

Elle cessa de sourire de nouveau et alla se poster devant la vitrine de la bibliothèque pour regarder son reflet. Il y avait près de mille ans

118

qu'elle avait le même visage…. il n'avait pas changé, d'un trait… il était resté figé à ses 32 ans. Aucune ride, aucun cheveu blanc, rien. Alors qu'elle cherchait comment narrer son histoire…. elle sentit de nouveau le froid et l'humidité des châteaux l'envahir, l'odeur des dalles et des chandelles en combustion, le son des sabots des chevaux, les yeux de Guillaume…. elle se souvint… d'Estelle…

# Prime livre
## Stella Larousse

## Les origines du mal

L'abbaye de Westminster était pleine à craquer en ce glorieux 15 novembre de 1099. Les rayons du soleil entraient par les immenses vitraux en fins filaments lumineux entre les colonnes massives pour éclairer la grande église. Des centaines de personnes, nobles, ducs, comtes, mais aussi de la populace londonienne s'étaient massés pour assister au baptême du troisième enfant du roi Guillaume II. Hildegarde, grand-mère maternelle du petit, était assise à l'avant, tout près de l'autel et n'arrivait pas à masquer sa fierté. Sa fille avait donné trois enfants au roi, Henri, le dernier, était vu comme une bénédiction. Il était le second fils du couple royal, la descendance de Guillaume était donc assurée. Aux côtés d'Hildegarde, se trouvait sa nièce Isabeau, la fille de son frère, sa petite-fille Catherine, l'aînée du couple royal âgée de douze ans, et le premier fils, l'héritier présomptif du trône d'Angleterre, Guillaume le jeune, âgé de sept ans. La femme était si fière, on criait dans l'église : *Vive le roy ! Vive la reyne !* Ce fut à ce moment, que le couple apparut au bout de l'allée centrale: Guillaume, surnommé le roux à cause de ses cheveux, le petit Henri dans les bras de sa mère et reine, Estelle. Tout d'or, de fourrures et de bijoux vêtus, ils remontèrent l'allée majestueuse de l'église gothique pour rejoindre l'autel où se tenait l'archevêque qui, aussitôt arrivés, le prit dans ses bras et le montra à la foule qui explosa de joie. Hildegarde eut des frissons devant cette effusion de bonheur et d'allégresse. Elle jeta un regard vers sa fille et éprouva une fierté incommensurable. Sa fille lui rendit la pareille. Marie-Estelle-Sophie de Vaudée-Brangien naquit le 4 octobre de l'an 1067 à Rouen, alors capitale du duché de Normandie. Elle était le cinquième et dernier enfant de Raymond de Vaudée-Brangien et d'Hildegarde de Caux, tous deux issus de la petite noblesse comtale de Normandie. À sa naissance, sa mère, qui avait hérité de la sienne, des dons uniques et bien spéciaux, avait senti que sa dernière enfant ne serait pas qu'une simple humaine. Extatique, Hildegarde avait grandement célébré la naissance d'une petite sorcière dans un monde où sa race était déjà dans un déclin avancé. En effet, depuis la christianisation qui avait commencé sous l'empire romain, les sorciers et sorcières avaient lentement, mais sûrement, délaissé leur pratique et fait des mariages exogames afin d'échapper aux persécutions des religieux, ce qui avaient eu comme principale conséquence de faire reculer leur race près de l'extinction. Si l'empire romain avait eu au maximum 40 millions d'habitants, on y trouvait pas moins de 100 000 sorciers de tout acabit, à la naissance d'Estelle, il n'en restait que 5000 dans toute la France. Mille ans plus tard, ils ne seraient plus que 6000 dans le monde entier…. Quoi qu'il en soit, Hildegarde, avait eu un frère sorcier, Raoul de Caux,  qui avait engendré Isabeau ; seule enfant sorcière d'une famille de sept. Accusé de sorcellerie par un puissant évêque de Bretagne, il avait dû fuir en Germanie pour ne pas passer au bûcher de la Sainte Inquisition. Hildegarde avait donc pris sous son aile les enfants de son frère… Isabeau était alors devenue comme sa seconde fille, sa deuxième petite sorcière… Toute la petite famille était donc réunie dans l'église pour célébrer le baptême du troisième enfant d'Estelle. Il n'était pas sorcier, aucun ne l'était jusqu'à maintenant, mais qu'Estelle soit devenue reine d'Angleterre était une source de fierté et de gloire pour toute la famille. Ce qui frappait le plus lorsque l'on voyait Estelle et sa mère, était leur ressemblance. On aurait dit deux copies conformes, séparées de vingt ans seulement. Elles avaient la même physionomie, la même chevelure noire, abondante et ondulée, le même teint un peu bronzé, les mêmes yeux ambrés. Pour certains, elles ressemblaient à des Tsiganes… L'archevêque débuta sa messe alors qu'Hildegarde se mit à rêvasser. Elle n'avait jamais été une grande croyante. Son initiation, à un très jeune âge, aux sciences occultes, lui avait appris qu'elle devait se méfier de la religion…ou plutôt, des religieux ! Ils n'avaient de cesse de persécuter sa race et de les accuser des pires atrocités alors qu'en fait, ils avaient été des guérisseurs et des guides pendant des milliers d'années. Bien sûr, il y avait bien eu quelques dérapages, mais la majorité des magiciens s'étaient montrés bons et empathiques envers les humains. Hildegarde avait donné les mêmes enseignements à sa fille et à Isabeau, leur disant de pratiquer la magie pour le bien des autres et de se méfier des excès de l'Église. Tout à coup, alors que la messe avançait et des paroles en latin, répétées par toute l'audience, la surprirent, Hildegarde ne put s'empêcher de remarquer l'absence de son défunt époux, Raymond. Malgré sa mauvaise réputation, l'homme l'avait épousée d'amour, ce qui était assez rare pour l'époque. Il avait bravé sa famille et le Duc, Guillaume le Conquérant en personne, dans son aventure conjugale. Devant son entêtement hors du commun, on s'était tu même si ce mariage n'avait pas été perçu d'un très bon œil... L'homme était décédé 10 ans auparavant, mais non sans avoir vu sa fille monter sur le trône d'Angleterre et donner un héritier au roi. Raymond n'avait jamais cru aux ragots de sorcellerie qu'on racontait sur sa femme, pour lui, elle était un ange descendu du ciel. Il l'avait toujours défendue contre vents et marées. À son décès, la situation d'Hildegarde était devenue précaire en Normandie, Estelle la recueillit donc chez elle à Londres quelque temps, avant qu'elle n'aille vivre avec Isabeau et son époux, le duc de Pembroke, les obligations de reine ne permettant plus à Estelle de s'occuper en permanence de sa mère....et les ragots à leur sujet n'aidèrent pas la situation. Les femmes de cette famille avaient réellement une mauvaise réputation et comme le disait le proverbe : il n'y a jamais de fumée sans feu...

Alors que l'évêque récitait son homélie religieuse, Estelle regarda Guillaume dans les yeux et les deux s'échangèrent un regard complice. Les deux avaient cette chimie qui ne mentait pas, tous pouvaient le dire, Hildegarde la première. Elle se souvint alors des premiers desseins de son défunt époux. Estelle était leur seule et unique fille à atteindre l'âge adulte, en effet, la mortalité infantile était très élevée et une bonne partie des enfants ne passaient pas à travers la petite enfance. Raymond nourrissait des plans bien précis pour sa petite *Estoile*. Comme ils étaient de familles nobles, le comte voulait voir sa fille devenir duchesse de Normandie, faire avancer sa famille vers le haut.

En 1085, le comte avait parlé de la possibilité que sa fille épouse le futur duc Robert. Guillaume le Conquérant avait donc accepté d'organiser une rencontre lors d'une réception qu'il donnerait au printemps pour l'anniversaire de Robert, son fils aîné. Hildegarde se souvint très bien du peu d'enthousiasme qu'avait suscité cette nouvelle chez Estelle. La jeune femme était plutôt indépendante pour l'époque et n'avait jamais vraiment démontré un quelconque intérêt pour le mariage. En fait, elle s'amusait souvent aux dépens des garçons de leur maisonnée. Elle les taquinait et leur montait de petits tours dans lesquelles les jeunes laquais et les palefreniers tombaient toujours ! Le comte avait malgré tout insisté pour qu'Estelle y aille, en leur compagnie, chose à laquelle elle ne s'opposa pas. Le soir de la réception, le comte et la comtesse de Vaudée-Brangien, accompagnée de leur fille, firent bientôt leur apparition dans la grande salle du palais ducal de Rouen. Toute l'aristocratie et la noblesse normande y était, même des étrangers venant d'aussi loin que Paris et Londres ! Pour l'occasion, tous avaient revêtu leurs plus beaux apparats et la salle avait été décorée fastueusement. La puissance de Guillaume le Conquérant devait impressionner et tous les moyens avaient été pris afin d'y parvenir. Troubadours et saltimbanques amusaient les convives, le vin coulait à flots et la musique ne cessait. À leur arrivée, la petite famille comtale se rendit vite compte qu'ils ne faisaient aucunement partie de la haute noblesse. Certes, ils étaient nobles, mais ils passaient inaperçus parmi les autres dignitaires et surtout, les princesses de rang supérieur pensa Raymond. Par contre, le duc était homme du peuple et valorisait plus la loyauté que la flatterie. Il savait que le comte Raymond était un allié fidèle (ayant combattu à ses côtés lors de la campagne d'Angleterre) et qu'une grande partie de ses invités ce soir-là venaient surtout pour profiter de sa richesse et se pavaner. Comme convenu, le duc et ses fils étaient présents. Au fond de la grande salle, Guillaume se trouvait assis sur son trône, tout près de lui, Robert, Guillaume et Henri se tenaient debout et regardaient la fête sans sembler pouvoir y participer. Raymond, Hildegarde et Estelle se rendirent auprès du duc pour lui rendre leurs hommages et le remercier.

- Mon seigneur ! dit Raymond en faisant une révérence.

Sa femme et sa fille en firent de même. Le duc les salua et les invita à se relever.

- Mon cher Raymond, ne les présenterez-vous donc pas ? demanda le Duc.

Le comte s'exécuta voulant profiter de l'occasion au maximum et espérant qu'Estelle impressionnerait Robert et le duc.

- Voici mon épouse, Hildegarde, que vous connaissez déjà. Et ma pupille, Estelle.

Estelle portait une longue robe mauve foncée, sans broderie, des boucles d'oreilles en argent munies d'une émeraude en leur centre et ses longs cheveux tombaient en fontaine sur ses épaules, seulement noués d'un ruban doré au front. Sa mère, femme mariée, portait une lourde robe verte recouverte de broderies et un voile sur le cornet, marquant son rang. Tout de suite, on s'aperçut de l'intérêt d'Estelle, mais malheureusement pour Raymond, ce ne fut pas pour Robert. Ce dernier et Henri étaient des princes soldats aimant la chasse et la chevalerie. Elle les trouva rustres, grivois et trop costauds lorsqu'ils se présentèrent. Leurs traits étaient rudes et très marqués. Cependant, le second fils du prince, Guillaume, attira son attention. Il était grand et élancé, timide et n'osait la regarder dans les yeux car il rougissait. Ses grands yeux verts, brillants, illuminaient son visage et ses cheveux roux le démarquaient des autres. Les trois parents présents virent bien que Robert et Henri ne semblaient pas être le premier choix de la demoiselle. Au grand désarroi de Raymond, le duc invita Guillaume fils à faire danser la belle. Lorsque le jeune homme rougit de plus belle, Estelle ne put s'empêcher de sourire. Il s'approcha d'elle et lui tendit la main.

- Demoiselle, dit-il, en balbutiant presque.

Estelle déposa délicatement sa main dans la sienne et les deux quittèrent pour aller danser. Le désarroi de Raymond était fort visible, tellement que le duc crut bon d'intervenir.

-Mon cher ami, il y a de ces choses auxquelles on ne peut aller contre le courant. Rappelez-vous votre propre acharnement à cet âge! Auriez-vous toléré que quiconque eut essayé de vous détourner de votre chère dame ?? dit-il doucement à l'oreille de son invité.

Raymond jeta alors un œil vers Hildegarde qui lui souriait et sut bien, que personne ne l'aurait fait dévié de sa route tant il l'aimait. Ils échangèrent un regard tout aussi complice et se sourirent. Dans la foule qui dansait, Guillaume et Estelle ne pouvaient arrêter de se fixer tellement ils étaient fascinés l'un par l'autre. Estelle était fort impressionnée par la douceur du prince et sa courtoisie, qualités qui manquaient à un grand nombre de ses contemporains selon elle. Guillaume quant à lui, n'avait jamais rencontré une demoiselle avec un regard aussi perçant et une physionomie aussi gracieuse. Alors qu'ils dansaient, Estelle demanda, voyant bien que Guillaume semblait gêné.

- Qu'y-a-t-il mon prince ? Vous ne semblez  bien ?

Le jeune homme rougit de nouveau et abaissa le regard.

- Je ne sais si je puis dire cela à une demoiselle…. dit-il.

Estelle rit légèrement, ce qui fut une douce musique aux oreilles du prince.

- Dites mon prince, je vous le dirai sans crainte….

- Jamais de mon existence n'avais-je eu d'intérêt pour le sexe faible… mais il me semble en cette soirée étrange, que les choses changent…. dit-il.

La danse se termina sur ce, mais Estelle lui répondit.

- Pour moi également mon prince, je partage ce sentiment.

Toute la soirée, le prince et Estelle restèrent côte à côte et discutèrent sous le regard bienveillant de leurs parents. La magie qui opérait n'était pas surnaturelle mais bien celle du coup de foudre qui œuvrait. Lorsque la réception se termina, Guillaume fut tellement impressionné des éloges que son fils lui fit à propos d'Estelle de Vaudée-Brangien, que dès le lendemain, une missive en provenance du duc arrivait chez le comte Raymond. Il invitait le comte à se rendre de nouveau chez lui afin de discuter de nouvelles rencontres pour son fils Guillaume et la pupille du comte, Estelle, ainsi que de l'éventualité de fiançailles. Certes, Raymond aurait bien souhaité voir sa fille titrée duchesse, mais comme le duc le lui avait fait remarquer, il y a de ces choses contre lesquelles on ne peut aller contre. Il se rendit chez le duc et arrangèrent de nouvelles rencontres. La relation qui se créa entre les deux ne se démentit pas, si bien, qu'on célébra leurs fiançailles quelques mois plus tard. Il faudrait attendre encore quelques années avant qu'on ne les marie. Néanmoins, le destin a de ses surprises inattendues qui changent le cours des choses à jamais, une fresque qui se peint elle-même sous nos regards ahuris. Lorsque Guillaume le Conquérant décéda, en 1087, il laissa l'Angleterre à son fils Guillaume, et par la même occasion, Estelle comme consort. Ce fut ainsi qu'Estelle devint reine d'Angleterre aux côtés de son époux, Guillaume II, surnommé le Roux. La fille de Raymond ne serait pas seulement duchesse…. mais reine !

Après le baptême, le couple royal offrit à ses invités de marque une majestueuse réception en leur demeure londonienne. Guillaume et Estelle profitèrent de cette opportunité pour remercier leurs convives et par la même occasion, resserrer les liens avec les Anglais. En effet, les Normands étaient des étrangers en Angleterre, et bien qu'ils régnaient, ils devaient créer des liens étroits avec la noblesse locale s'ils souhaitaient assurer la pérennité de leur joug sur le royaume. De nombreuses rébellions frappaient régulièrement la capitale depuis la conquête. Ce soir même, Henri, le plus jeune frère de Guillaume, était aussi présent. Grand et costaud comme son père, on voyait bien le lien qui unissait les trois frères dans leur physique. Si Guillaume avait des traits fins et raffinés, Henri et Robert en étaient sa version plus masculine et trapue. Il était bien anxieux, car il attendait une missive bien importante en ce jour même. Il se rendit auprès du couple royal, accompagnée de son épouse, Hedwige, magnifique jeune femme blonde au long cou et aux yeux de renard, qui était issue de la noblesse anglo-saxonne et avait mis au monde, également, deux enfants en lice pour le trône, Harold et Ninon. En faisant une révérence, Henri dit.
- Mon frère ! Estelle ! Quel bonheur de célébrer avec vous ce jour béni ! dit-il en baisant la main de la reine.
Les deux le remercièrent. Hedwige en fit de même. Ils discutèrent un peu de politique et de la famille avant de se séparer. Henri ne pouvait

soutenir de rester auprès d'eux plus longtemps et Hedwige le savait bien. Comme elle voyait son anxiété croître, elle lui susurra à l'oreille.

- Calmez-vous mon mari. N'éveillez aucun soupçon….

Henri lui jeta un regard oblique.

- Il est bien facile pour vous de parler ainsi ma dame…. vous n'êtes point autant impliquée que moi dans cette affaire, dit-il, presque insulté.

Hedwige le dévisagea avant de dire.

- Apprenez que je cours les mêmes risques que vous et que ma tête sera mise sur le billot avec la vôtre, si nous devions être trahis ou démasqués.

Le couple allait se disputer au milieu de la salle, ce qui aurait attiré encore plus l'attention sur eux lorsqu'Hedwige dit, en pointant le fond de la salle.

- Guy de Gand !

Henri se détourna pour voir son fidèle ami près de l'entrée qui le regardait d'un air qui ne pouvait porter à confusion. Guy de Gand était un jeune lord anglo-normand avec qui il s'était lié d'amitié. Les deux partageaient le même destin… être un noble, sans terre où régner ! Le couple se rendit auprès de lui et Guy, jeune loup ambitieux, lui dit quelque chose à l'oreille.

- Elle est arrivée…

L'anxiété d'Henri crut encore.

- Très bien, allons-y….

Le triste trio s'éclipsa de la salle non sans regarder une dernière fois en direction d'Estelle. La reine discutait avec sa mère et sa cousine. Les trois la fixèrent sans cesse avant de disparaître dans les couloirs du château de la Tour de Londres.

Ils se rendirent aussi vite que possible de nouveau à l'abbaye de Westminster. Un messager avait averti de Gand que la missive qu'ils attendaient étaient parvenue à Londres ce matin même et qu'elle était présentement entre les mains de l'archevêque Anselme de Canterbury, qui venait tout juste de célébrer le baptême du dernier né de la famille royale. Ils se rendirent dans la nécropole de l'église pour rencontrer le saint homme. Lorsque les quatre furent réunis, Henri envoya Guy s'assurer qu'ils étaient bien seuls. Anselme de Canterbury était le principal représentant de l'église en Angleterre et à ce titre, méritait un respect certain. Cependant, il était constamment en conflit avec le roi et avait fortement désapprouvé son mariage avec Estelle quelques années auparavant, alors qu'il résidait en Normandie. Depuis quelques années, il était tombé en disgrâce auprès du roi, après qu'on l'eut accusé de trahison et marchait sur des œufs depuis lors. Lorsque tous furent assurés que personne ne pouvait les entendre, l'archevêque sortit une missive frappée du sceau papal. Il la tendit à Henri. L'homme regarda à tour de rôle tous les gens présents avec un air d'hésitation certain. Il se décida et la prit pour l'ouvrir. Il brisa le sceau et déroula la lettre écrite en latin et signée du pape. Comme la lecture prenait un peu de temps, Guy et Hedwige s'impatientèrent et dirent en chœur.

- Que dit-elle ?

Henri fit la sourde oreille et continua de lire. Ne soutenant plus le suspense, Guy la lui prit des mains et essaya de la lire, mais à son grand désarroi, il ne lisait que fort peu latin.

- Je ne comprends rien !

Henri regarda Anselme d'un air à la fois rassuré et inquiet, ce qui dit tout au saint homme.

- Donnez-la-moi ! dit l'archevêque.

Guy la tendit à l'homme d'église qui la lut en traduisant.

- *Sa sainteté le pape, par la présente, accuse réception de votre requête et assure, Henri, fils de Guillaume le Conquérant et de Mathilde de Flandres, de toute son amitié et son amour dans sa juste quête. Il ne peut y avoir un succube, suppôt de Satan sur un trône chrétien et la catin Estelle en est une selon les preuves que vous nous avez fournies. Ses enfants sont des graines du diable et ne doivent en aucun cas accéder au trône d'Angleterre. Vous avez tout notre soutien et notre amitié ainsi que notre accord dans votre légitime entreprise. Que Dieu pardonne le sang qui sera versé ! Que Dieu sache que nous faisons cela en son nom et pour préserver l'Angleterre de sa fureur vengeresse ! Vous avez toutes mes sympathies personnelles.*

Signé à Rome, en ce mardi 11 octobre 1099, par le pape Pascal II, dit Anselme.

La lettre était sans équivoque et une pesanteur certaine s'installa dans la nécropole froide et humide. Elle était un arrêt de mort pour toute la famille royale, malgré cela, Henri entretenait des doutes.

- Êtes-vous certain de vos allégations mon père ? demanda Henri, en proie à une crise de conscience.

- Oui mon fils, j'en suis certain, Estelle est…. tout comme sa mère, une sorcière. Elles sont un danger constant pour nous et pour vous ! Elles pourraient mener l'Angleterre et la Normandie au chaos ! Ne laissez point tous les efforts de votre père pour constituer cet empire sombrer dans les dédales de l'histoire et l'anarchie ! dit Anselme, voulant réconforter et convaincre le jeune homme.

Des doutes subsistaient en lui malgré cela.

- Je doute mon père... Estelle et sa mère n'ont jamais agi en mal envers quiconque ! Et si nous avions tort ? Nous nous apprêtons à commettre une grave trahison et si nous devions échouer, nous mourrons tous ! dit Henri, la voix inquiète.

Hedwige et Guy, étaient surtout ambitieux, ils savaient qu'ils devaient prendre les moyens nécessaires pour atteindre leurs objectifs et tout ce discours moralisateur n'était pour eux qu'une peur infondée d'Henri. Mais les deux se turent, si Guillaume et Estelle mouraient avec leurs enfants, Guy serait promus Duc et Hedwige reine d'Angleterre. Toutefois, Anselme, homme pieux et croyant, était sincèrement convaincu que leur quête était juste et ne voyait dans ce complot que la volonté divine s'accomplir. Les doutes d'Henri n'étaient pas de la peur mais une âme en peine s'apprêtant à commettre des actes cruels. Anselme avait une grande compassion et lui partagea ses convictions.

- Écoutez-moi attentivement Henri ! dit Anselme en prenant ses mains.

- C'est le propre du démon de se dissimuler derrière les visages les plus agréables et inoffensifs ! Estelle pratique la magie depuis son plus jeune âge et nous avons trouvé ses objets dans son coffre ! De plus, votre frère s'est écarté de la voie divine depuis qu'il s'est laissé dominer par cette putain du diable ! Il a délaissé l'église et ne construit aucun abbaye ni n'encourage les gens à la vie monastique ! Il a même soutenu l'antipape Clément III contre sa sainteté Urbain II ! Il a profité du départ de votre frère Robert pour les Croisades, pour lui subtiliser le duché de Normandie ! Si vous n'y voyez l'œuvre maléfique du démon servile, je ne sais ce qui vous convaincra ! dit Anselme, profondément convaincu lui-même de détenir le vérité à propos du roi et de la reine.

Les paroles de l'archevêque mirent un peu de baume au cœur d'Henri. Il se sentit mieux et plus à même d'achever sa mission. Cependant, malgré ses doutes moraux, il était aussi animé par un désir de prestige et de pouvoir et ne pouvait faire taire cette voix au fond de son cœur qui le lui rappelait sans cesse. Cependant, puisque son frère était tombé sous l'influence d'une sorcière et du démon, il se devait de sauver son âme et l'Angleterre d'une punition divine assurément cataclysmique.

- Puisqu'il en est ainsi... que la Volonté de Dieu, soit ! dit Henri, solennel.

- Comment nous y prendrons-nous ? ajouta-t-il.

Guy avait déjà sa petite idée là-dessus, il la raconta.

- Nous devons agir avec prudence sans éveiller de soupçon. J'ai une armée loyale à ma charge et elle nous obéira. Nous devrons agir sans attirer l'attention du gouvernement et de la population. Un guet-apens sera le mieux selon moi ! Que nous camouflerons comme un accident ! Ainsi, vous serez légitimé aisément ! dit-il.

Tous furent bien d'accord.

- Quand cela aura-t-il lieu ? demanda Henri.

Guy rétorqua.

- En été, lorsque la famille royale quitte Londres. Il sera plus simple d'accomplir notre plan.

Tout se plaçait à merveille mais Henri avait une dernière inquiétude.

- Mais la reine ! Si Estelle est une sorcière, elle pourra sans aucun doute se défendre contre notre offensive et faire échouer notre tentative, nous discréditant par le fait même ?

Anselme et Guy se regardèrent, penauds, ne sachant que dire. Ce fut alors qu'Hedwige ouvrit la bouche pour la première fois de la rencontre.

- Il faut combattre le feu par le feu....

Tous furent curieux de ces paroles. Guy demanda.

- De quoi parlez-vous dame Hedwige ?

La femme fixait un mur, mais elle les regarda tous avant de dire.

- La seule manière de la combattre, est d'agir avec les mêmes armes ! Seule une sorcière peut en battre une autre ! C'est fort connu ! ajouta-t-elle.

- Et où allons-nous trouver une autre sorcière qui accepterait de nous aider ? demanda Guy, outré de cette offre étrange.

- Au pays de Galles, tout près de la frontière avec notre Royaume, se trouve un petit village fondé à l'époque romaine, Caerleon. Depuis mon enfance, on nous a raconté des histoires édifiantes au sujet que dans les ruines de la cité romaine de *Silurum* vivrait une vieille et puissante sorcière. Tous les enfants sont avertis de ne jamais s'y rendre seuls car ils y courent de grands dangers. La légende au sujet de Valdivia est si tenace que j'ai investigué à son sujet... et j'ai découvert que la légende n'en était pas une... dit-elle, sur un ton grave.

Les trois hommes la regardaient avec crainte. Déjà ce qu'elle disait était effrayant, en plus, au Moyen-âge, les femmes étaient encore perçues comme des êtres instables et facilement pervertis.

- Êtes-vous certaine de cette histoire ma femme ? demanda Henri.

Hedwige acquiesça en hochant de la tête.

- Comment croyez-vous que mes parents ont pu préserver leurs prérogatives même après la conquête normande ? dit-elle, en souriant légèrement.

Tous comprirent alors qu'ils avaient fait appel à cette Valdivia. Après quelques frissons d'effroi, ils convinrent tous de se revoir une fois par mois afin de poursuivre leurs plans. Tout devait être prêt pour l'été prochain…Estelle semblait trop fertile à leur goût, ils ne voulaient pas prendre le risque qu'elle ait un autre enfant d'ici là…. Toutes les pièces de la machination se mettaient en place comme si un alignement d'étoiles les guidait. Leur sombre dessein était en gestation. La conspiration prenait forme…

Le temps passa et bientôt Noël arriva, Estelle et sa famille le célébrèrent ensemble dans la joie, ne se doutant de rien. Au beau milieu de l'hiver 1100, Estelle rendit visite, avec ses trois enfants, à sa cousine Isabeau dans le Pembrokeshire. Comme Guillaume s'était rendu en Normandie, puisqu'il devait partager son règne entre les deux contrées, Estelle en profita pour entreprendre ce voyage. Environ, une ou deux fois par an, les cousines se rendaient visite de telle sorte. Isabeau avait informé sa cousine d'une trouvaille qui méritait son déplacement. La reine ignorait de quoi il s'agissait, mais en même temps, quitter Londres l'hiver pour des cieux plus cléments et moins froids la réjouissait ainsi que ses enfants qui avaient grand hâte de revoir leurs cousins et leur grand-mère. Après quelques jours de voyage, à partir de Londres, en char, la caravane royale arriva à Pembroke. Elle traversa la petite ville et se dirigea vers le château ducal. La curiosité des habitants les amena à s'approcher de la caravane, mais les soldats à cheval ne les laissèrent pas parvenir trop près. Tous reconnurent l'apanage royal et on se doutait bien que la reine et ses enfants étaient dans l'épais char de bois. Arrivés devant le château, on descendit le pont-levis et toute la caravane s'engouffra lentement pour pénétrer l'enceinte fortifiée du palais. Lorsque les premiers gardes avaient aperçu le cortège royal qui venait, l'un d'eux avait fait avertir la duchesse ainsi qu'Hildegarde de l'arrivée imminente de la reine, si bien, qu'Isabeau, ses enfants et Hildegarde les attendaient devant le château. Le char tourna pour placer la porte vers les hôtes et s'immobilisa. Un soldat vint près de la porte et l'ouvrit. Catherine et Guillaume le jeune furent les premiers sortis et coururent vers leur tante et leur grand-mère pour les embrasser, démonstration d'affection que les deux femmes leur rendirent bien. Estelle, suivie de sa dame de compagnie Cunégonde, sortit finalement du char, le petit Henri dans ses bras. Elle vint saluer sa mère et sa cousine.

- Chère cousine, dit Isabeau en l'embrassant sur les joues.

130

- Avez-vous fait bon voyage ma fille ? demanda Hildegarde, en faisant de même.

- Certes ma mère, nous avons fait bon voyage, mais je vous avouerai être fort heureuse d'arriver. Le froid mordant ne nous a point épargné lors de ce voyage et je craignais pour la santé du petit Henri, dit Estelle.

Les trois femmes se retrouvèrent ensemble, les enfants ayant disparu, partis jouer avec leurs cousins, et décidèrent de prendre le souper à l'heure des vêpres. Alors qu'elles mangeaient, Estelle se souvint de l'invitation de sa cousine et de sa fameuse trouvaille, la reine lui en parla donc comme suit.

- Cousine, vous m'aviez parlé d'une certaine trouvaille que vous auriez reçue il y a peu de temps, de quoi s'agit-il dites-moi ?

Les quatre enfants arrivèrent en trombe pour souper eux aussi, poursuivis par Cunégonde qui courait avec eux.

- Je les ai attrapés ma reine, les voilà ! dit-elle, cherchant son air.

Isabeau regarda furtivement sa tante pour voir si elle avait porté attention à la remarque de sa fille ; comme elle crut que non, elle dit, profitant du bruit que les enfants faisaient.

- Nous en reparlerons plus tard cousine….

Hildegarde était submergée par les enfants, mais elle avait très bien entendu, mais n'en fit pas de cas, elle songea seulement à l'impétuosité de la jeunesse ! Estelle s'enquit d'attendre plus tard dans la soirée pour découvrir ce mystère. L'heure des complies arrivée, les enfants durent aller dormir, chose dont les dames de compagnie se chargèrent, laissant Hildegarde, Estelle et Isabeau seules. Elles en profitèrent pour jouer aux cartes dans la chambre d'Isabeau. Lorsque minuit approcha, Hildegarde décida d'aller dormir elle aussi en s'excusant du fait que son âge ne lui permettait plus de rester debout jusqu'aux nones ! Enfin seules, Isabeau demanda à sa servante de les laisser. La jeune femme s'exécuta et Estelle demanda.

- Quel est donc ce mystère dont vous n'osez parler devant ma mère, cousine ?

Un large sourire narquois se dessina sur le visage d'Isabeau et ses yeux pétillèrent. Isabeau était plus âgée qu'Estelle de quelques années. On y voyait déjà des rides. Ses longs cheveux châtains commençaient à grisonner. Elle avait de beaux yeux noisette et un visage svelte surmonté d'un nez pointu. La femme sembla perdre la moitié de son âge tellement sa trouvaille l'emportait !

- Chère cousine, voilà un mois est arrivé à Cardiff un bateau en provenance de l'empire Byzantin et à son bord se trouvait un de mes meilleurs et fidèles adjuvants, dit-elle, la voix aiguisée par la joie.

Isabeau était une sorcière somme toute plutôt médiocre en comparaison d'Estelle et Hildegarde. Selon cette dernière, tout cela s'expliquait du fait qu'elle avait hérité ses dons de son père et que les hommes étaient de piètres sorciers. Hildegarde et Estelle étaient des sorcières expérimentées qui avaient un instinct naturel de la magie ; bien entendu elles utilisaient des grimoires, des charmes et des sortilèges, mais là où Isabeau recourait toujours aux livres, Estelle et sa mère arrivaient à utiliser la magie par leur unique volonté ou désir. Même plus âgée de dix ans que sa cousine, Isabeau était moins habile qu'elle. Cependant, la femme avait compensé sa faiblesse par sa grande érudition et par sa curiosité sans borne. Elle avait colligé, depuis des dizaines d'années une collection d'objets, artefacts et livres anciens dignes de nos musées modernes. Sa dernière trouvaille venait de lui parvenir. Elle invita Estelle à la suivre vers son grand coffre où elle plaçait toutes ses trouvailles. Elle ouvrit le lourd couvercle grinçant, pour extirper du coffre un immense livre relié de cuir. Estelle était intriguée.

- Quel est ce livre ? demanda-t-elle.

Isabeau l'emmena sur la petite table à cartes et expliqua.

- Il vient d'Alexandrie. C'est un antique recueil de magie datant de l'empire romain. Je vous attendais pour que nous l'explorions ensemble. Il s'intitule *Liber morti*, Le livre de la mort.

Les deux femmes l'ouvrirent et se mirent à lire. Toutes deux instruites en latin, elles n'eurent aucun problème à comprendre la signification des sortilèges et des charmes qui s'y trouvaient. Ce fut alors qu'Estelle commença à se sentir mal, très mal. Ce livre ne présentait rien de très positif et plus elles le parcouraient, plus elles découvraient les mauvaises intentions qui avaient motivé son ou ses auteurs. Le dernier descriptif qu'elles lurent fut celui d'un certain sortilège nommé La Moisson... Estelle s'emporta ensuite.

- Isabeau ! Refermez cela ! Pourquoi me faites-vous lire de pareilles choses ? dit-elle en se levant, insultée.

La femme la regarda, penaude.

- Je suis désolée Estelle, jamais n'ai-je pensé que ce livre puisse receler autant d'obscurité.

- Tout ce livre n'est que magie noire ! s'exclama Estelle.

Isabeau était bien attristée de sa trouvaille et la regrettait presque.

- Quiconque lira ce livre pourrait vous amener sur le bûcher ! Débarrassez-vous-en ! dit Estelle, toujours aussi outrée.

Isabeau referma le livre et retourna le mettre dans son gros coffre.

- Je le ferai disparaître dès que j'en aurai l'occasion, pardonnez-moi cousine, dit-elle, se sentant coupable.

Estelle fut touchée par les doléances de sa cousine et s'approcha d'elle pour la prendre dans ses bras. Isabeau se souvenait très bien de la manière dont avait dû fuir son père et de l'horreur qu'elle et sa famille avaient traversée après cela. Elle songea un instant à ce qu'elle pourrait faire vivre à ses propres enfants et en fut horrifiée. Elle serra sa cousine aussi fort.

- Ne vous faites point de soucis cousine ! Je suis là ! dit Estelle.

Lorsqu'elles se laissèrent, Estelle l'avertit malgré tout.

- Mais sachez que vous courez de grands risques en jouant ainsi cousine ! Déjà, plusieurs personnes à la cour se méfient de nous, une preuve comme celle-là nous serait fatale…

Isabeau le savait bien et s'excusa de nouveau. Elle réitéra sa promesse à la reine qu'elle se débarrasserait aussitôt que possible du livre. Rassurée et satisfaite, Estelle la quitta pour aller dormir. Isabeau avait rarement songé aux risques qu'elle courait à pratiquer la magie, se croyant protégée par le statut de sa cousine, mais Estelle avait bien raison, l'église les ferait brûler si elle le pouvait, sans pitié, aucune…

Cette nuit-là, Isabeau trouva difficilement le sommeil. Lorsque finalement elle s'endormit, ce fut pour plonger dans un cauchemar. Elle fut transportée loin de Pembroke, dans un lieu morbide qu'elle ne connaissait pas. Au milieu de ruines, il y avait une entrée d'où s'échappait une lueur blafarde. Tel un papillon attiré par la lumière, elle la suivit pour se retrouver dans un dédale de couloirs humides et brumeux, recouverts de lichens. Perdue et apeurée, elle tenta de retrouver la sortie, mais n'y parvint pas. On aurait dit qu'elle avait disparu. Soudain, au bout d'un couloir, la lueur refit son apparition, elle décida d'aller voir. Elle arriva dans une petite salle alvéolaire où se trouvait un large autel surmonté d'un crucifix retourné à l'envers. Tout près, il y avait un grand fauteuil de bois, mais Isabeau ne voyait pas qui y était assis puisqu'il faisait face à l'autel. Elle le contourna pour tomber sur l'horrible vision d'une vieille et affreuse femme qui tranchait la gorge d'Estelle. La vieille femme, aux traits étirés et profondément creusés, toute vêtue de noir, avait de longs cheveux blancs mais clairsemés sur sa tête et de longs ongles jaunis habillaient ses doigts crochus et tordus. Elle ouvrit ses yeux, l'un bleu, l'autre brun, et la regarda en souriant alors qu'Estelle se vidait de son sang.

- Que fais-tu ici ? demanda-t-elle de sa voix grave et cassée.

La peur au ventre et le cœur battant, Isabeau se réveilla en sueur au beau milieu de la nuit. Quelques personnes, dont Estelle, avaient entendu ses plaintes dans son sommeil troublé et s'étaient massées devant sa porte. Ils cognaient pour la réveiller puisque la porte était verrouillée. Isabeau finit par ouvrir.

- Ma dame, qu'y a-t-il ? demanda sa dame de compagnie.

Isabeau sourit légèrement, même si son cœur se serra lorsqu'elle vit Estelle.

- Rien, un mauvais rêve, c'est tout. Retournez dormir, je vous assure, ça ira, dit-elle, rassurante.

- En êtes vous sûre ma bonne dame ? insista un garde.

Devant la volonté d'Isabeau, tous s'inclinèrent et quittèrent. Estelle allait en faire de même lorsqu'Isabeau la retint et lui dit à la hâte.

- Je dois vous parler, venez !

Elle la tira si vite dans sa chambre que personne d'autre ne s'en rendit compte. Estelle fut tellement surprise qu'elle ne réagit même pas. Isabeau referma la porte et son visage se crispa en une moue douloureuse.

- Oh cousine…. dit-elle.

Estelle fut inquiétée de son attitude et demanda.

- Que se passe-t-il par tous les saints ?

Isabeau prit ses mains dans les siennes et dit.

- J'ai eu une vision dans mon cauchemar Estelle…. de vous !

Les deux se dévisagèrent et comprirent. Toute sorcière connaît très bien la signification des visions dans les rêves. Ce ne sont pas de simples rêves, mais de véritables visions prémonitoires avec un sens caché.

- Que s'y passait-il ? demanda Estelle.

Isabeau fut si désolée qu'elle baissa le regard et hésita à parler. Estelle était tellement inquiète qu'elle insista fortement. Isabeau céda et dit.

- Quelqu'un complote contre vous cousine… on en veut à votre vie…. dit Isabeau, l'âme en peine.

La nouvelle frappa Estelle de plein fouet ! Quelqu'un complotait contre elle ?

- Qui ? Avez-vous vu de qui il s'agissait ? demanda-t-elle, anxieuse.

Isabeau lui fit signe de la tête que non. Estelle était sous le choc, des millions d'idées lui traversèrent l'esprit mais elle finit par se calmer.

- Très bien ! Ce n'est point grave. Je chercherai, je finirai par trouver, se dit-elle, plus à elle-même qu'à Isabeau.

Isabeau allait lui répondre lorsqu'Estelle ajouta.

- Ne dites mot à ma mère ! Je refuse de la préoccuper ! Je trouverai par moi-même ! Par contre, s'il advenait que vous appreniez de qui il s'agit, faites-moi quérir le plus tôt possible !

Isabeau acquiesça.

- Merci cousine ! dit Estelle, en l'embrassant sur le front.

Elle la quitta et retourna à sa chambre. Isabeau et Estelle se recouchèrent, mais elles n'arrivèrent guère à retrouver le sommeil que tôt le matin. Ce cauchemar n'augurait rien de bon et les rêves prémonitoires étaient souvent trop vagues pour qu'on puisse en tirer des conclusions formelles avant que les évènements ne se produisent. Estelle le savait trop bien, mais elle ne se découragea pas, si quelqu'un attentait à sa vie, elle chercherait à savoir de qui il pouvait bien s'agir…..

Quelques jours après leur retour à Londres, Estelle retourna vaquer à ses occupations royales. Certes, l'annonce d'un complot contre sa personne la préoccupait, mais elle avait fort confiance en ses capacités de sorcière et même si nombre de conspirations se fomentaient en ces temps, elle ne voulut pas s'inquiéter outre mesure. L'hiver arriva bientôt à sa fin et le printemps grisâtre s'installa sur l'Angleterre. Tout aussi tôt, Guillaume revint de Normandie. Lorsque le couple royal fut finalement réuni, Estelle fut soulagée. Elle avait une confiance totale en son époux, lui en faisait autant. Ils étaient soudés. À leur première rencontre pour le souper, Guillaume s'aperçut immédiatement que sa femme était préoccupée, mais il décida d'attendre d'être seul avec elle avant de lui demander la raison de ses soucis. Il ne souhaitait pas mettre sa femme en position délicate devant leurs enfants, les valets, les servantes et les gardes. Estelle était quelque peu farouche à ses heures et son expression faciale ne mentait pas. Ce fut seulement lorsqu'ils se retrouvèrent, seul à seul, dans leur chambre que Guillaume décida de briser la glace et lui demanda :

- Ma douce Stella, que t'arrive-t-il ?

Estelle était déjà allongée dans le grand lit royal alors que Guillaume enfilait une grande chemise de lin. La femme soupira et son visage prit une apparence inquiétée qu'elle avait tenté, aussi bien que mal, de dissimuler.

- Mon cher Guillaume, tu me connais que trop bien…

Guillaume s'allongea à ses côtés et la regarda en souriant.

- Qu'y-a-t-il ? insista-t-il.

Estelle plongea son regard dans le sien et fut rassurée tout de suite, ses grands yeux verts réconfortants la regardaient avec tant d'affection et d'amour qu'elle ne put s'abandonner à ses craintes. C'était un senti-ment qui lui avait manqué. Elle lui raconta tout.

- J'ai rendu visite à ma cousine cet hiver lors de ton départ pour la Normandie. Lorsque nous étions chez elle, elle a eu un cauchemar. Quelqu'un complote contre moi, dit-elle tout simplement.

L'attitude du roi changea, il fut lui aussi inquiet.

- A-t-elle vu de qui il s'agissait ? demanda-t-il aussitôt.

Guillaume était au courant des pouvoirs de sa femme et de sa belle-famille. Si Hildegarde avait réussi à cacher la vérité à son époux, Estelle s'était montrée beaucoup plus franche et honnête envers son mari et avait tout raconté. C'était entre autre à cause de cela que le roi s'était détourné lentement de l'Église.

- Malheureusement non, répondit-elle.

- Et toi ? As-tu tenté quelque chose ? renchérit-il.

Elle hocha de la tête tristement, elle avait bien essayé un sortilège afin de découvrir qui était la personne qui fomentait ce complot, mais le résultat lui avait donné une vision qu'elle ne comprit pas bien.

- J'ai vu notre famille et une croix, dit-elle.

Estelle n'avait aucune idée, c'était encore trop vague, mais Guillaume quant à lui, eut aussitôt des soupçons sur l'archevêque.

- Anselme s'oppose à moi depuis le début de mon règne et il ne te porte pas dans son cœur. Je suis pratiquement convaincu qu'il s'agit de lui, raconta-t-il à sa femme.

Estelle écouta attentivement et l'idée fit son chemin. En tant que reine, il y avait plusieurs choses dont elle ne s'occupait pas, tout ce qui était politique en fait. Ses seules obligations étaient de prendre soin des habitants de Londres et d'œuvrer pour la charité. Par contre, elle était bien au courant de la relation houleuse du roi et de l'archevêque.

- Que feras-tu ? demanda-t-elle.

Guillaume n'eut pas à réfléchir fort longtemps.

- Je devrai lui tendre un piège afin qu'il se confesse. Je chercherai des preuves contre lui. N'aie crainte petite Stella! Je suis là ! dit-il en l'embrassant sur le front.

Guillaume s'approcha de sa femme et la prit dans ses bras. Estelle était rassurée. Sa confiance en Guillaume l'amenait à se montrer vulnérable. Le couple s'enlaça et ils s'embrassèrent langoureusement. Il y avait fort longtemps qu'ils s'étaient vus. Là, dans la chaleur de leur lit conjugal et le bien-être le plus total, ils firent l'amour.

Ce fut le lendemain que Guillaume se décida à entreprendre des recherches afin de découvrir qui était le traître qui complotait contre sa reine. Alors qu'il traversait le château à pied, suivi par sa cour, un ministre lui posa une question à laquelle il ne répondit pas. Devant son absence apparente, un autre ministre s'en plaignit.

- Majesté, veuillez porter attention ! lui dit l'homme.

Guillaume fut si insulté qu'il commença à les disputer. Sur ce, Henri passait et vit la colère de son frère s'abattre sur son conseil de ministres. Guillaume les renvoya et les somma de le laisser seul. Lorsqu'il aperçut son frère, il en fut si content qu'il le prit dans ses bras.

- Mon frère ! Quelle joie de vous voir ! dit Guillaume en l'embrassant.

Si Henri l'embrassa aussi, il fit tout son possible pour dissimuler son malaise.

- Qu'avez-vous donc mon frère ? demanda Henri.

Guillaume était inquiet et voulut se confier, mais lorsqu'il vit un ministre qui revenait, semblant bien décider à confronter le roi, il dit tout bas.

- J'ai à vous parler ! Suivez-moi !

Il prit Henri par le bras et le tira dans un salon. Guillaume referma la porte et tira le loquet. Le cœur d'Henri se mit à battre devant l'attitude étrange de son frère. Se doutait-il de quelque chose ?

- Mon frère, dit Guillaume.

Le roi avait les mains jointes et se les frottait ardemment. Ses sourcils étaient à moitié froncés et il semblait préoccupé, mais non paniqué.

- Sauriez-vous qui pourrait comploter contre Estelle ? demanda ainsi Guillaume.

Tout le sang d'Henri fit trois tours alors que son cœur cessa de battre une minute. Comment pouvait-il se douter ? Si le roi lui en parlait, c'était assurément car il avait des soupçons à son sujet ! Il était fini, songea-t-il.

- De quoi… comment… mais… qui pourrait…. balbutia Henri.

Le corps du prince commença à se ramollir sous la pression. Si sa pression sanguine l'avait fait rougir, une sueur malade se mit à s'écouler de presque tous les pores de son corps ! Cependant, Guillaume, trop obnubilé par le traître, ne vit rien.

- Je crois qu'Anselme de Canterbury complote contre la reine pour être tout à fait honnête, lança Guillaume.

Cette nouvelle inattendue eut un effet contradictoire sur le prince. Il fut calmé, car si le roi soupçonnait l'archevêque, c'était qu'il n'avait pas de doutes sur lui encore, il se confiait, mais par la même occasion, Guillaume s'approchait de trop près des autres conspirateurs…. lui y compris.

- Croyez-vous mon frère qu'il soit possible ? demanda Henri, ayant repris son calme.

- Certes Henri, je ne vois point qui pourrait attenter à la vie de ma reine sinon l'homme qui s'était le plus opposé à notre mariage en premier lieu ! dit Guillaume, cogitant à cent milles à l'heure.

La donne changeait, le plan d'Henri devait s'adapter à cette nouvelle. Le roi et la reine savaient que quelque chose se jouait... En un instant, Henri eut un éclair de génie.

- Écoutez mon frère, si vous le voulez bien, je voudrais enquêter en votre nom ! dit le mauvais frère.

- Cette offre est si gentille, s'exclama Guillaume, ce qui lui mit un mince baume au cœur.

- Je n'osais vous le demander Henri, rétorqua le roi, soulagé.

- Je ne sais en qui avoir confiance sinon mon propre sang ! ajouta-t-il en mettant la main droite sur l'épaule de son frère.

Henri ne broncha pas, même s'il se sentit plus coupable que jamais. Si ses desseins étaient clairs et impliquaient de trahir et mentir à son frère, il le ferait, même si de le faire lui dévorait l'âme.

- Bien sûr Guillaume, je le ferai. Je quitte sur ce m'acquitter de ma promesse, renchérit Henri.

Le roi le remercia et le prince se retourna pour quitter mais s'arrêta net. Une dernière idée lui vint à l'esprit.

- Mon roi, si je puis vous donner un dernier conseil, n'ébruitez point cette histoire. Moins vous en parlerez, plus de chance nous aurons de débusquer le conspirateur, ajouta Henri le perfide.

Guillaume crut si bien son frère, que son âme se réchauffa.

- Je ne sais comment vous remercier mon frère de tant de bonté de votre part ! Je suivrai votre conseil. Allez maintenant, soyez vigilant et ouvrez l'œil ! ajouta Guillaume.

Henri quitta, la peur au ventre, il devait informer au plus vite Anselme de ce qui venait de se produire. Il était encore possible de modifier leur plan pour parvenir à leurs fins, mais ils devaient se hâter s'ils voulaient réussir. Guillaume était tellement soulagé de compter un allié à ses côtés, qu'il oublia presque l'histoire pour retourner régner. Il y avait tant de choses dont il devait s'occuper. Henri sortit de la Tour de Londres et se hâta de monter son cheval pour se rendre à l'abbaye de Westminster. Il frappa violemment sa monture dans les flancs et quitta rapidement. Il devait faire vite, le roi lui demanderait tôt ou tard, des résultats de son enquête....

L'archevêque ne broncha pas une miette lorsqu'Henri lui narra les derniers développements. Guy de Gand et Henri étaient en proie à la panique mais le vieil homme d'église, lui, gardait son sang froid. La séance spéciale qu'ils tenaient, sans Hedwige, avait des allures de crise paranoïaque. Alors que Guy et Henri s'interrogeaient à savoir comment le roi avait eu vent d'un complot, Anselme réfléchissait en caressant de l'index son long nez pointu.

- Cette damnée sorcière ! C'est elle Henri qui a informé le roi ! cria presque Guy.

- Alors, il m'a posé un piège ? dit Henri, en peine.

Ce fut à ce moment qu'Anselme brisa son silence.

- Taisez-vous naïfs que vous êtes!

Le saint homme qui était resté assis jusque là, se leva et s'approcha des deux hommes.

- Ils ignorent de qui il s'agit. Voilà pourquoi Guillaume a demandé ton aide Henri. Si Estelle savait véritablement que nous sommes les fomenteurs de ce complot, elle aurait agi seule, dit l'archevêque.

Devant ces suppositions, Guy se fâcha presque, aucunement rassuré.

- Et ensuite, que cela change-t-il ? Je crois qu'il vaudrait mieux abandonner ce plan… dit-il.

Alors qu'Henri allait se ranger au même avis, Anselme dit solennellement.

- Non, nous ne changerons pas le plan. Nous allons seulement leur jeter de la poudre aux yeux.

De Gand et le prince furent intrigués par les paroles du saint homme.

- Expliquez-vous Anselme, car l'heure est grave ! dit Henri.

L'homme s'expliqua comme suit.

- Vous dites qu'ils me soupçonnent, et bien soit, que le roi m'accuse !

Ces paroles ne tombèrent pas dans les oreilles de sourds et les deux se regardèrent croyant que l'archevêque perdait la raison.

- Que dites-vous là ! Vous n'êtes bien ! dit Guy, choqué.

Anselme approfondit son nouveau plan.

- Il faut éloigner leur regard de vous, alors qu'ils m'accusent moi ! D'après ce que vous m'avez conté, le roi ne vous soupçonne point Henri, il faut jouer sur cela. En détournant son attention et la mettant toute sur moi, ceci vous laissera libre d'accomplir votre mission, qui est, dois-je vous le rappeler, plus importante que quiconque dans cette pièce.

Henri et de Gand voyaient où l'homme s'en allait, mais le prince eut un dernier scrupule.

- Très bien, je comprends, mais vous rendez-vous compte des risques que vous encourez en faisant cela mon père ? demanda le prince.

Anselme sourit à ses paroles.

- L'été arrive, le temps arrivera bientôt d'exécuter notre plan. Qui plus est, je suis homme d'église, même si le roi me fait arrêter, il ne peut me juger, seul Rome le puit. Il devra me remettre aux autorités ecclésiastiques et vous savez qu'ils sont de notre côté dans cette histoire ! Je suis celui qui risque le moins !

Henri et Guy comprirent bien l'idée du saint homme. Il valait mieux que toute l'attention du roi et de la reine soit focalisée sur Anselme, ennemi de longue date du roi et de la reine, que d'évoquer la possibilité qu'un complot beaucoup plus profond soit découvert. Anselme se sacrifiait pour la cause, en quelque sorte.

- Et que ferons-nous ? demanda Guy.

Anselme avait pensé à tout.

- D'ici une semaine, Henri et vous, de Gand, vous présenterez devant le roi disant que vous avez découvert des preuves m'incriminant. Le roi n'aura d'autre choix que de me faire mettre aux arrêts et me placer sous les autorités ecclésiastiques en attente de mon procès, raconta Anselme.

- Et les preuves ? Elles m'incriminent aussi ! ajouta Henri.

L'homme d'église sourit de nouveau.

- J'ai songé à tout mon cher ami. J'en fabriquerai de nouvelles que vous présenterez au roi. Pendant cette semaine, rendez-vous, une ou deux fois voir votre frère pour lui dire que votre enquête avance et que ses soupçons semblaient justes. Guillaume autant qu'Estelle n'y verront que du feu. Je vous le puis assurer.

Devant la volonté de fer d'Anselme, et son idée, somme toute géniale, de Gand et le prince n'eurent guère autre choix que de se plier. L'homme était fort intelligent et avait réussi à élaborer une diversion parfaite. Ceci n'était qu'un petit accroc au plan initial, cependant, s'il pouvait endormir les soupçons du couple royal, il valait mieux qu'une tête tombe, que toutes les autres !

- Vous êtes certain mon père ? ajouta Henri.

Anselme s'approcha de lui et prit les mains du prince.

- Bien entendu ! Notre cause est juste ! Et le discrédit ne tombera pas sur moi fort longtemps ! Je vous le prédis. Vous devez mener cette entreprise à bien, cher Henri, l'avenir du trône d'Angleterre est entre vos mains. Nos ennemis sont fort puissants, mais nous avons la justice divine de notre côté ! ajouta le saint homme.

Les trois hommes convinrent de suivre le nouveau plan afin de mener à bien le premier l'été suivant. Il fallait se montrer plus malins, mais ils semblaient en être capables.

La nuit tombait sur la campagne humide. Le printemps frais ne suffisait pas à garder l'air tiède du jour et la rosée gelait sur les herbes mornes et rabougries dès la noirceur installée. Le chemin entre l'Angleterre et le pays de Galles ne prenait que quelques jours, mais avec cette température définitivement trop humide, le voyage devenait plus pénible qu'en hiver. Henri, Guy de Gand et quelques soldats se dirigeaient, à cheval, sur les petites routes boueuses. Il faisait si froid, que l'exhalaison de la respiration était fort blanche et restait presque en suspens dans l'air. Malgré ses gants, Henri avait les mains et les pieds gelés, il tentait de les frotter pour les réchauffer, mais peine perdue. De plus, son nez dégoulinait. Il se serait bien passé de ce voyage, par contre, il devait se rendre à Caerleon afin de dénicher la fameuse Valdivia dont sa femme lui avait parlé. Il craignait presque qu'elle n'existât pas. Hedwige était une femme un peu étrange et à vrai dire, il s'en méfiait quelque peu. Toutefois, il s'était aventuré jusque là, il essaierait de débusquer la supposée sorcière. Un instant, il faillit tomber endormi tant il était fatigué, mais Guy l'extirpa de ses songes.

- Mon seigneur ! dit l'homme.

- N'allez point chuter si près du but. Vous pourriez vous infliger une inopportune blessure.

Henri esquissa un sourire qui ne dupa pas de Gand. À ce moment, il se souvint de la chance qu'ils avaient eue. Guillaume et Estelle avaient tant été soulagés lorsqu'il leur avait présenté les preuves fabriquées de toute pièce par l'archevêque, qu'ils ne le soupçonnèrent aucunement. Comme prévu, Guillaume en appela aux plus hauts dignitaires de l'église d'Angleterre pour obtenir permission de mettre aux arrêts l'homme d'église. Ils la lui donnèrent à contrecœur, mais le roi le fit enfermer dans le donjon de la Tour de Londres en attendant son procès. Mais pour se faire, il avait besoin de l'autorisation papale, chose qu'il n'obtiendrait jamais... Henri et Guy en avaient bien profité et s'étaient vu offrir moult récompenses et présents de la part du couple royal. Lorsque l'énervement qui avait frappé la capitale suite à l'annonce de la prétendue trahison d'Anselme de Canterburry vis-à-vis de la reine s'était estompé, Henri crut qu'il était temps de mettre à exécution leur plan. C'était pourquoi ils parcouraient depuis deux jours la campagne en direction de Caerleon. Au beau milieu de la nuit, ils virent de petites lueurs scintiller au loin, annonçant l'approche d'un village. Ils étaient finalement arrivés. Henri et de Gand descendirent dans une petite auberge miteuse à l'orée du village, à ce temps, dix fois moins peuplé qu'à l'époque romaine, et laissèrent leurs gardes se reposer. Ils purent s'éclipser en douce à la recherche de la fameuse sorcière. Les ruines romaines étaient à quelques lieus à peine du village. Ils n'eurent aucune difficulté à les retrouver. Dans la pénombre la plus totale, seule une torche leur permettait d'y voir quelque chose. Cette nuit-là n'avait pas de lune, ni d'étoiles. De plus, les ruines se trouvaient alors dans une forêt plus ou moins dense, qui ne laissait guère de chance.

- Il devrait être là ! s'esclaffa Guy, harassé de porter des chausses trempées.

Henri lança un regard oblique à son compagnon, qui ne vit rien. Lui-même avait très froid mais ne se plaignait pas, de Gand s'était toujours montré fidèle, mais Henri le trouvait geignard et un peu trop ambitieux. Tout à coup, Henri aperçut la lueur d'une autre torche qu'on balançait de droit à gauche. Il devait s'agir de l'homme que Guy avait contacté et qui avait prétendu pouvoir les mettre en contact avec Valdivia. Les deux hommes suivirent la lumière en évitant quelques racines et branches ronces. Ils arrivèrent finalement devant un homme bourru aux allures d'ours mal-léché. Ses vêtements étaient sales, tout comme son visage et il puait. Quand il commença à parler, Henri se rendit vite compte que l'homme ne parlait que gallois, langue que le prince ne maîtrisait pas. Par chance, Guy arrivait à baragouiner quelques phrases, étant lui-même né au pays de Galles, d'un père normand et d'une mère anglo-saxonne. Il connaissait plus la Grande-Bretagne que la Normandie, n'y ayant jamais mis les pieds de toute son existence ! Après quelques paroles, Guy tendit une petite bourse dont les cliquetis métalliques ne portaient nullement à confusion quant à son contenu, et l'homme leur fit signe de le suivre. Ils s'engouffrèrent encore un peu plus dans la forêt pour réaliser qu'ils étaient au milieu des ruines. Des siècles d'abandon les avaient ensevelies sous une légère couche de mousse et de broussailles, sans parler des arbres qui avaient poussé au beau milieu des maisons, villas et autres luxes dont les Romains raffolaient. Ce fut là que le Gallois leur pointa une petite colline d'où l'on voyait une petite entrée exigüe. Ils s'en approchèrent et le Gallois y entra tout de suite. Guy et Henri eurent un doute, surtout lorsqu'ils virent, gravé au dessus de l'entrée.

*Vade retro.*

Va t'en !

Néanmoins, ils ne pouvaient reculer maintenant, ils devaient aller jusqu'au bout ! Lorsque le Gallois refit apparition dans l'entrée, en montrant son sourire édenté, ils se décidèrent et pénétrèrent dans l'antre. La première chose qu'ils remarquèrent fut la chaleur torride de l'endroit ainsi qu'une odeur nauséabonde et pesante qui forçait les narines. Même si on voyait quelques colonnes, on se doutait bien,

142

d'après l'état délabré des pierres, que cet endroit avait été abandonné de nombreuses années auparavant. Le Gallois continua d'avancer, ce qui força les deux hommes à le suivre dans les étroits couloirs glissants. Le cœur d'Henri battait la chamade, cet endroit lugubre lui donnait des frissons dans le dos et il craignit d'avoir été berné par sa femme et ce Gallois. Plus ils avançaient, plus les convictions d'Henri s'évanouissaient. Lorsqu'il glissa sur une dalle humide recouverte de mousse, il ne put empêcher un cri d'enfant de s'échapper de sa bouche, ce qui provoqua l'hilarité du Gallois. De Gand l'aida à se relever. À ce moment Henri lui dit tout bas.

- Mais où nous mène-t-il pour l'amour de Dieu ? Nous ne faisons que tourner encore et encore dans ce labyrinthe sans fin, êtes-vous sûr de cet homme ? demanda le prince en proie à une crise de panique.

Le Gallois s'arrêta à cet instant pour leur dire, de son accent cassé.

- C'est ici….

De sa main, il montrait une petite entrée étroite que la lumière de sa torche éclairait à peine. Henri et de Gand s'en approchèrent et virent un petit escalier qui semblait en fort mauvais état. Cependant, ils furent grandement intrigués par la lumière faiblarde qu'ils voyaient. Les trois hommes descendirent le petit escalier pour se retrouver dans une petite alcôve au plafond voûté. Quelques bougies éclairaient l'endroit. Au fond de la salle, il y avait un autel surmonté d'une croix retournée à l'envers et un large fauteuil, orné de gravures, se trouvait juste en face. Quelqu'un était assis sur le siège, mais d'où ils se trouvaient, on ne voyait rien. Le sang se figea dans les veines du prince et de de Gand lorsqu'une voix grave et glauque donna un ordre au Gallois. L'homme s'approcha du fauteuil et le retourna pour que son occupant fasse face aux visiteurs. Les deux hommes purent voir qu'une vieille femme toute vêtue de noir, au dos courbé, y était assise. On ne pouvait voir son visage car elle portait un capuchon, mais on voyait très bien ses cheveux blancs et ses mains tordues aux longs ongles jaunis. La même voix ordonna au Gallois de les laisser seuls. L'homme sourit une dernière fois au prince et à de Gand avant de gravir l'escalier et de disparaître. La vieille femme releva doucement son capuchon pour dévoiler son crâne dégarni, clairsemé de quelques mèches de cheveux et son visage ridé et étiré. Lorsqu'elle ouvrit les yeux, pour dévoiler un œil brun et bleu, Henri ne put s'empêcher de dire.

- Grand dieu !

Les deux hommes baissèrent le regard tant ils la trouvèrent hideuse ! Valdivia leur parla ainsi.

- Je vous répugne à ce point mes seigneurs ! dit-elle souriant pour afficher ses dents pourries.

Le cœur d'Henri battait si vite qu'il crut mourir. S'il y avait un enfer, ils se trouvaient à son entrée, assurément ! La femme rit de les voir si mal à l'aise, ce qui fit croître ce sentiment encore un peu plus.

- Alors, personne ne souhaite passer la nuit ici, que me voulez-vous ? demanda-t-elle.

Guy se décida et dit.

- Nous arrivons de Londres, nous avons besoin de votre savoir et votre pouvoir. Nous avons entendu conter que vous étiez une sorcière fort puissante et nous sommes venus ici afin que vous nous aidiez dans notre quête, dit-il.

- Et quelle est donc cette quête qui vous a fait venir de si loin mes seigneurs ? demanda Valdivia.

De Gand répondit de nouveau.

- Nous avons une ennemie, une sorcière, tout comme vous. Et nous cherchons un moyen, une potion, quoi que ce soit pour la mettre hors d'état de nuire. Est-ce possible ?

Valdivia se mit à rire à ces paroles.

- Oui je le puis…mais dites-moi, pourquoi vous aiderais-je à nuire à une femme de ma race, vous qui au nom de votre dieu chrétien, avez persécuté les miens ? ajouta-t-elle.

La réponse de la vieille femme surprit tant Henri et de Gand qu'ils la regardèrent sans crainte, plus incompréhensifs que d'autre chose. Voyant bien que la vieille était coriace, Guy lança son argument de béton !

- Nous vous pouvons payer ! Et grassement ! dit-il en souriant, essayant de la séduire.

La vieille se mit à rire de plus belle, ce qui insulta de Gand. Essoufflée, elle finit par dire.

- Je n'ai que faire de votre argent…

De Gand explosa de colère et haussa le ton.

- Vieille folle va ! Tu n'as aucun pouvoir ! Nous nous sommes faits arnaquer par ce Gallois !

Insulté, il se retourna vers Henri et lui dit.

- Venez mon seigneur, ne perdons point plus de temps ici ! Cette femme a autant de pouvoir que ma propre grand-mère ! Tout cela n'est que foutaise et balivernes !

Alors que Guy tentait de tirer le prince vers la sortie, Henri regarda les yeux de la sorcière et sentit quelque chose plus fort que lui le pousser.

- Il existe vraiment un moyen d'enrayer les pouvoirs d'une sorcière ?

Valdivia lui sourit et hocha de la tête. Guy était surpris du soudain aplomb du prince, mais Henri se sentait porter par son ambition.

- Et que vous faudrait-il, en échange de ce moyen, pour vous satisfaire ?

Le regard de Valdivia ne mentait pas. Elle les aiderait, à ses conditions.

- Celui-ci sait négocier ! dit-elle, en regardant de Gand.

La femme rajusta sur son siège, légèrement ankylosée avant de dire.

- Il y a une potion, concoctée à l'aide d'une plante très rare, presque disparue, la *Mandragora atroponarum*... la mandragore des marais. À l'aide de ses racines, je vous puis mijoter une potion si puissante qu'elle tuera presque votre sorcière, dit Valdivia, les yeux illuminés d'une lueur sinistre.

Si Guy avait perdu sa ténacité et avait soudainement peur de cette femme, Henri se sentit convaincu.

- Et que devrais-je vous donner en échange de cette potion ?

Valdivia et Henri s'échangèrent un long regard qui disait tout. Guy avait vraiment peur maintenant. Le prince l'effrayait comme jamais auparavant. C'était la première fois qu'il voyait Henri afficher une confiance aussi brute et un regard aussi malveillant : il en frissonna.

- Va au village, cherche dans les chaumières un nouveau-né... et apporte-le-moi ! dit-elle tout doucement.

Guy fut horrifié et la suite n'avait rien pour le réconforter.

- C'est tout ? demanda le prince.

Valdivia se contenta de hocher de la tête.

- Et vous me ferez cette potion ? renchérit Henri, l'œil aiguisé par l'ambition de devenir roi.

Valdivia fouilla dans ses lambeaux de vêtements et extirpa une fiole comme si elle avait senti bien plus longtemps auparavant la raison de leur venue.

- Elle est déjà prête, mon seigneur, dit-elle, presque excitée.

Henri, convaincu que sa montée sur le trône était tout près, prit le bras de de Gand et lui dit.

- Allez au village et trouvez-lui un nouveau-né.

La surprise de de Gand était totale et il allait s'insurger lorsque le prince dit.

- Faites-le, je vous l'ordonne ! Pensez à ce qui nous attend. Moi, roi, et vous, grand duc !

De Gand était choqué, mais ne pouvait plus soutenir de toute façon d'être en présence de cette vieille femme.

- Et vous, seigneur ? demanda Guy, encore troublé.

Henri se retourna vers Valdivia et dit.

- Je reste ici mon bon ami, je ne crains rien.

De Gand quitta, déboussolé, laissant Henri seul avec Valdivia. La femme sourit de plus belle et dit au prince.

- Quel cœur noir ! Autant que le mien seigneur, dit-elle.

- Je me bats pour l'Angleterre vieille femme. C'est tout.

La femme roula des yeux avant de dire.

- Mais bien sûr mon bon seigneur. Votre volonté est pure et dénuée d'égoïsme, dit-elle, sarcastiquement.

- Je n'ai que faire des bons sentiments. La seule personne qui compte en ce monde, c'est moi. Tout comme pour vous. Voilà tout ! ajouta-t-elle.

Henri n'avait plus peur, elle le fascinait, car dans ses yeux, il sentait une telle puissance qu'il aurait pu s'y perdre.

- Vous dites que votre potion la peut tuer ? demanda-t-il, maintenant seul avec la vieille sorcière.

Valdivia se contenta de hocher de la tête en guise de réponse. Henri fut si satisfait qu'il renchérit.

- Alors je la veux toute ! Je ne peux risquer de voir cette sorcière... Il s'arrêta, allant dire ses vraies motivations.

- Ternir le trône d'Angleterre mon seigneur ! dit Valdivia, complice.

Henri lui sourit, elle avait tout compris. Leur conversation dura une ou deux heures, ni l'un ni l'autre n'aurait pu dire combien de temps il fallut à de Gand avant de revenir. Ce furent les cris d'un bébé en peine qui les alerta. De Gand reparut, un bébé dans des langes qui pleurait fortement. Outré devant cette immonde personne, Guy s'approcha du prince et lui tendit l'enfant.

- Faites-le vous ! Je ne puis me résoudre....

Henri fut presque choqué de l'attendrissement de Guy et le rabroua.

- Quelle chiffe molle mon pauvre ami !

Henri prit l'enfant et s'approcha de Valdivia. La femme ouvrit les bras et se mit à sourire grandement, ce qui fit frissonner de la pire manière de Gand qui assistait à cette scène morbide. Le prince lui remit l'enfant et elle lui tendit la fiole mais le mit en garde.

- Une dernière chose mon roi.... sachez que chaque magie a ses lois. Et la noire, est la plus terrible. Nul ne peut l'utiliser sans courir de hauts risques !

Henri n'hésita pas. Il prit la fiole fébrilement, les yeux allumés, et ne la quitta pas des yeux en lui répondant.

- J'ai déjà couru de très grands risques ma dame. Je ne puis reculer aussi loin.

Lorsque le prince revint auprès de Guy et lui fit signe qu'ils devaient quitter, de Gand eut pitié de laisser un pauvre bébé innocent à cette vieille sorcière. Il se doutait bien du sort qu'elle lui réservait.

- Et qu'arrivera-t-il à l'enfant ? demanda-t-il.

Henri s'interposa alors que Valdivia allait répondre.

- Ce n'est point notre problème de Gand. Elle a rempli sa part du contrat. Laissons faire...

Guy faillit exploser.

- Mais seigneur ! Elle le va tuer !

Henri fixa profondément de Gand avant de lui dire, le ton grave.

- Et que crois-tu que je m'apprête à faire à mon propre sang ?

Les paroles d'Henri étaient dures et terrifiantes. De Gand comprit finalement que leur dessein prenait forme. Le jeune lord avait toujours joui des largesses de la cour et de la richesse de ses parents. Il avait rêvé d'être duc et leur plan d'assassiner la famille royale n'avait été qu'un moyen imaginé pour lui, sans plus.

- Effacez-moi ces faux scrupules de Gand. Ils ne vous conviennent point ! dit Henri avant de commencer à gravir le petit escalier.

Guy eut un doute, mais songea un instant au prestige et à la richesse. Si leur plan fonctionnait, il parviendrait à être duc et pourrait devenir une figure importante du pays. Il devait se concentrer sur cela. Valdivia le regardait toujours. Elle lui dit.

- Gardez cette pensée en tête, mon seigneur, voilà votre but.

Guy lui fit un petit sourire pincé avant de rejoindre le prince, laissant Valdivia seule avec l'enfant qui pleurait à pleins poumons. Lorsque Guy rejoignit le prince à la sortie de la caverne, on entendait toujours l'écho des pleurs du nouveau-né....

# L'exécution du plan

Dès le mois de juillet, le couple royal quitta Londres en direction de Southampton, dans le comté de Hampshire. Chaque année, toute la famille royale, ainsi que leur cour, se rendaient dans le petit château bucolique de Bargate afin de s'adonner à des activités de plein-air, d'équitation et de chasse. C'était aussi une très bonne occasion de s'aérer les esprits, de s'éloigner de la ville et de ses tourments, ainsi que des troubles de la vie royale. À quelques lieux de la ville, à l'entrée de la New Forest, se trouvait le petit château de Bargate. Construit de pierres par Guillaume le Conquérant lui-même, la petite demeure suffisait à peine à accueillir Guillaume le Roux et sa suite de valets, servantes, gardes et autres nobles princiers. En effet, même si la famille royale venait prendre des vacances dans cette région, ils ne voyageaient pas seuls ! Le complot d'Anselme avait été une épreuve pénible pour le couple et l'arrestation de l'archevêque avait été un profond soulagement.

Parallèlement à cela, Henri, Hedwige et de Gand peaufinaient leur plan. Seuls à Londres, Henri eut tout le loisir de se rendre à la Tour de Londres pour discuter de la suite des évènements avec Anselme. Même si l'homme d'église était confiné, il recevait un traitement digne d'un roi ! Si son cachot était étroit, on l'avait fourni de meubles, d'un foyer et l'homme mangeait à sa faim. Comme quoi, même prisonnier, les hommes d'église recevaient des faveurs. Devant la supposée loyauté irréprochable de son frère, Guillaume lui avait même confié la gouverne de la capitale anglaise. Henri avait accepté *humblement* cette charge au nom de son frère. Toutes les pièces du puzzle s'imbriquaient inexorablement dans l'ordre établi. Ce jour-là, Henri se rendit, pour une quatrième fois dans ce mois de juillet, visiter Anselme. Le vieil homme était assis à sa table et lisait la bible comme il se plaisait à le faire, profitant de la lumière chaude du soleil estival qui entrait par les épais barreaux noirs de son unique fenêtre. Le prince entra dans le cachot et attendit que le garde eut refermé la porte.

- Mon cher Henri ! dit ainsi Anselme.

- Quelle joie de vous revoir de nouveau !

Anselme se leva et s'approcha du prince qui se mit à genoux pour embrasser la bague du saint homme.

- Où en sont nos affaires ? demanda Anselme, tout bas.

L'œil d'Henri se mit à briller. Il se releva et chuchota à l'archevêque.

- Nous sommes fins prêts. J'ai réussi à réunir quelques lords et barons qui s'opposaient au roi, afin de monter une armée capable de mener un assaut contre Bargate. De Gand et moi avons décidé de l'ordre des choses.

- Continuez, ajouta Anselme.

- Nous nous rendrons visiter la famille royale à Southampton vers la fin du mois. Là, nous avons convenu de mettre à exécution le plan.

Anselme prit la main du prince et la serra doucement.

- Mon cher Henri, voilà arrivé le temps de la justice divine. Je sens la main de Dieu qui nous guide ici-bas, qui vous inspire pour accomplir sa volonté et vous comble de la sagesse divine! dit l'homme d'église, ému.

Bien que les intentions d'Henri étaient loin d'être aussi nobles, il acceptait tout de même le crédit d'accomplir la volonté divine. Anselme par contre, avait tout fait car il avait la conviction d'accourir à la rescousse de l'Angleterre près du précipice infernal. Ces motivations étaient altruistes et sincères. Il avait sacrifié sa réputation pour cette cause !

- Allez mon jeune ami et que Dieu vous garde ! termina ainsi Anselme en regardant tendrement le prince.

Henri sentit son cœur se pincer. L'homme d'église avait foi en lui, il avait en sa possession la potion magique pour neutraliser la reine, un trône en vue, tout ! Mais pourtant, un sentiment le troublait. Il sortit de la cellule du saint homme pour se retrouver seul avec lui-même. Il n'eut pas à chercher longtemps avant de découvrir le sentiment qui l'habitait. C'était la culpabilité songea-t-il. Il arrivait bien à la faire taire la majorité du temps, cependant, maintenant que tout était prêt, elle criait haut et fort sa désapprobation. Ce fut alors qu'il se souvint de son propre discours qu'il avait tenu à Guy de Gand, quelques mois plus tôt, à Caerleon, lorsqu'il avait remis le nouveau-né à Valdivia. Il dut se convaincre et se souvenir qu'il avait Dieu de son côté. Plus il essayait de s'en débarrasser, moins il y parvenait. Le soir venu, lorsqu'il s'allongea pour dormir, il comprit finalement qu'il éprouvait une fausse culpabilité. Son ambition d'être roi était si forte qu'il s'apprêtait à assassiner son frère et sa famille. Anselme venait juste sanctifier son action. Non, ce n'était pas de la culpabilité, c'était de la honte. Il avait honte, de ne ressentir aucune réelle empathie envers les condamnés. Il avait comploté depuis bientôt deux ans contre son frère et sa famille, était arrivé à fignoler un plan diabolique visant à le renverser et ce, pour son unique ambition. En tentant de trouver le sommeil, il lui sembla, que les choses n'auraient pas dû être ainsi....

# L'exécution

Il y avait maintenant près d'un mois que la famille royale s'était retirée dans leur petit château de Bargate à Southampton dans le sud de l'Angleterre. L'été battait son plein et chacun profitait de cette retraite sauvage. Il ne se passait pas un jour sans jeux amicaux, festins fastueux et parties de chasse enlevantes. Cet après-midi-là, le 31 juillet, Guillaume et Estelle revenaient d'une partie de chasse avec leur cour. On avait attrapé quelques perdrix et un lièvre, mais aucun gros gibier. Guillaume avait bien tenté de tuer un grand cerf, mais l'animal s'était montré plus astucieux et avait habilement esquivé les flèches royales. La partie ne se soldait donc pas par un échec lamentable, mais elle ne fut pas un franc succès non plus ! À peine arrivèrent-ils près de l'enceinte du château, qu'un garde vint avertir le roi de l'arrivée de son frère, le prince Henri et de son ami, lord Guy de Gand. La nouvelle provoqua la joie du roi et de la reine. En effet, depuis l'arrestation d'Anselme de Canterbury, et le supposé dénouement de l'enquête menée par Henri, le roi portait son frère dans son cœur plus que jamais ! À cette époque, il n'était pas rare que les fratries nobles se fassent la guerre et descendent aux plus exécrables bassesses par convoitise et ambition. Convaincu qu'il avait trouvé un loyal allié dans son frère, Guillaume avait agréablement reçu sa demande de visite à la mi-juillet. De Gand et Henri s'étaient vu invités dans le petit château afin de partager quelques bons moments en compagnie de la famille royale. Les vils loups entraient dans la bergerie toutes portes grandes ouvertes…

Le roi et la reine rencontrèrent leurs invités une fois entrés dans l'enceinte du château, sur le parvis en pierres. De Gand, Henri et quelques gardes les y attendaient. On fit des révérences et on se salua.

- Mon cher frère ! lança Guillaume, content de voir Henri.

Le jeu était presque à terme et ce fut un Henri nerveux qui embrassa son frère.

Estelle vit bien que le prince semblait troublé, de même que De Gand. Son instinct l'en informa.

- Qu'y-a-t-il cher beau-frère ? Vous me semblez troublé ? demanda-t-elle.

Le cœur d'Henri se serra. Si Estelle n'avait aucun doute, elle restait une puissante ennemie qu'il ne fallait pas provoquer à un moment inopportun. Comme le prince fut pris de court et ne sut quoi répondre, ce fut de Gand qui vint à sa rescousse.

- Nous avons voyagé longtemps et nous sommes bien fatigués ma bonne dame. De plus, quelques brigands nous ont causé quelques aventures sur le chemin depuis Londres. Je crois que les humeurs du prince en sont encore fébriles ! dit de Gand, ravalant sa propre nervosité et montrant un visage plus serein que celui du prince.

La tactique mensongère fonctionna à merveille ! Estelle fut attendrie par les péripéties d'Henri et de Guy et s'offrit d'installer elle-même leur chambre.

- Mon pauvre ami, je vous vais préparer moi-même vos lits. J'y vais de ce pas ! Et ne vous inquiétez point, je ne laisserai les enfants vous tourmenter ! Même s'ils adorent leur oncle ! dit-elle.

- Cunégonde, accompagnez-moi je vous prie, ajouta la reine, laissant les hommes entre eux.

Lorsqu'Estelle disparut, la tension d'Henri décrut, il se retourna vers de Gand pour lui lancer un regard reconnaissant. Il peinait devant Estelle. Seule la reine pouvait encore faire tout échouer ! Son plan finement fignolé devait aboutir dès le lendemain soir. Tout avait été soigneusement prévu et les hommes de de Gand interviendraient dès le souper. Henri devait rester calme le plus possible. Ils étaient si près du but.

- Vous me semblez fort épuisé mon frère, peut-être devriez-vous vous retirer ? renchérit le roi.

Henri acquiesça.

- Je crois que ce serait bien sage mon roi. Je me vais reposer avant le souper, dit-il.

Satisfait, Guillaume ajouta.

- Qu'il en soit ainsi ! Reposez-vous ! Mais demain, nous festoierons en votre honneur au grand service que vous nous avez rendu ce printemps dernier ! On ne saurait passer sous silence votre grande contribution et votre loyauté sans bornes ! dit Guillaume, prenant son frère par les épaules.

Henri remercia humblement le roi et tous se dirigèrent à l'intérieur du château. Une seule pensée vint à l'esprit du prince, si le roi savait ce qui se tramait…

Ce soir-là, Henri prétexta une grande fatigue pour ne pas se joindre au souper royal. On lui monta un bon repas dans ses appartements où il mangea, en compagnie de Guy. Après avoir mangé, tout juste avant d'aller dormir, les deux hommes enclenchèrent la phase finale.

- Tout est fin prêt mon cher Guy ! dit le prince, assis près d'une fenêtre, le regard perdu. De Gand crut voir que le prince semblait attristé. Il lui parla ainsi.

- Avez-vous des doutes mon prince ?

Cette question fit sourire Henri.

- Si j'en avais, ils m'ont quitté depuis longtemps. La hâte que tout cela soit terminé m'anime mon ami. Je suis épuisé, ajouta Henri.

Les manigances hypocrites d'Henri le fatiguaient.

- Avez-vous la fiole ? demanda de Gand.

Henri sortit de ses songes et secoua la tête. Il se leva et se rendit la chercher dans un baluchon qu'il avait déposé sur son lit. Il fouilla un peu avant d'en sortir la petite fiole mauve, fermée d'un bouchon de liège. Il la tendit à de Gand.

- La voilà ! dit-il.

Guy s'approcha du prince et la prit.

- Je la verserai demain dans le vin lorsque vous irez à la chasse.

Combien de temps devrons-nous attendre avant que son effet ne se fasse sentir ? demanda de Gand.

Henri l'ignorait.

- Je présume que nous le saurons. Si la reine en ingurgite suffisamment, elle devrait en mourir.

- Très bien ! dit froidement de Gand.

- Je vous laisse maintenant. Reposez-vous bien ! Demain sera une longue journée Henri ! ajouta-t-il.

Le prince acquiesça en silence. De Gand se retira laissant Henri seul avec ses songes. Le prince soupira et s'allongea sur le lit. Après quelques minutes, il sombra dans un sommeil difficile. Toute la nuit, il eut des cauchemars horribles. Sa tourmente n'avait rien de la compassion et tout de la crainte d'échouer. Il s'était résolu depuis longtemps à assassiner son frère et sa famille. Le trône d'Angleterre était à portée de main, il le sentait maintenant. À son réveil, il remercia le ciel que le jour soit finalement arrivé. Il était prêt !

Le soleil se leva normalement cette journée-là. Les coqs chantèrent, et tous se réveillèrent joyeusement dans le château. Rien ne laissait présager la triste suite des évènements. Comme prévu, Guillaume, Estelle et Henri, accompagnés de quelques nobles, se rendirent dans la New Forest afin de se disputer une partie de chasse amicale. Il faisait beau et chaud ce jour-là, une belle journée estivale comme on les aime. Un vent léger soufflait faisant bruisser les feuilles des grands arbres tout en rafraîchissant l'air. Un soleil puissant réchauffait l'air, bien que tempéré par les vents marins, et trônait fièrement dans un ciel dénué de nuages. C'était une journée quasi parfaite ! Henri parut bien durant cette partie, il était reposé et semblait très motivé. Il était compétitif et s'amusait beaucoup, au grand plaisir de son frère et de la reine. Comme prévu, de Gand s'excusa et ne participa pas à la partie. Il se rendit discrètement dans les cuisines du château. Là, il trouva deux cuisinières en train de s'affairer aux préparatifs du festin du soir. En effet, le roi avait été bien clair. Il voulait que ce repas soit digne de leur rang et célébrer la visite de son frère. De Gand, habitué à l'adversité, montra un visage gentil et feignit de s'intéresser au travail des deux femmes. Il leur posa moult questions sur le menu et leur boisson…

- Aurons-nous assez de vin pour étancher la soif de nos amis chasseurs ? demanda-t-il, tout bonnement.

Une des cuisinières, la plus âgées des deux, lui pointa deux tonneaux de vins. Guy fut surpris, il ne s'attendait pas à des tonneaux mais bien à des bouteilles ou une carafe. Par lequel commenceraient-ils ? L'homme hésita jusqu'au moment où il vit la plus jeune remuer un bouillon sur le feu de la crémaillère. Ce fut alors qu'il eut une idée.

- Puis-je y goûter ? demanda-t-il à la jeune.
- Le fumet que mes narines hument me titille et il me semble bien appétissant ce bouillon ! dit-il, un large sourire enfantin dessiné sur son visage.

Cette attitude si gentille convainquit la jeune femme qui lui offrit une grosse cuillère du bouillon. De Gand s'en approcha et le goûta. Il était délicieux. Il complimenta la jeune cuisinière et lui promit un avenir des plus prometteurs, ce qui la fit rire. La jeune femme rougit et le laissa seul auprès du chaudron pour partager sa joie avec sa mère, l'autre cuisinière. Guy redouta que la chaleur du bouillon estompe les propriétés magiques de la potion, mais il n'avait guère d'autres choix. Il lui serait beaucoup trop difficile de la verser dans un tonneau de vin. Et s'ils buvaient l'autre à la place ? Et même s'ils buvaient le second, la reine en boirait-elle ? Diluée dans tout ce vin, la potion ferait-elle encore effet ? Non, c'était trop risqué, de Gand préféra risquer de voir la potion atténuée dans le petit chaudron, et la reine l'ingurgiter. Peut-être la potion serait-elle altérée par la cuisson, mais au moins la reine en boirait à coup sûr. Il ouvrit la petite fiole et en versa tout son contenu dans le chaudron. Une large tâche mauve se dessina dans le bouillon, de Gand se hâta de le remuer à l'aide d'une cuillère afin de la faire disparaître, ce qui fonctionna. Lorsqu'il fut certain que les cuisinières n'eurent pas conscience de sa petite manœuvre, il les félicita pour leur festin et les quitta. Il devait maintenant se rendre à la ville avertir son armée de se tenir prête ! Ses hommes l'attendaient dans une auberge du coin. Connaissant bien ses soldats, il voulait les avertir de ne pas se saoûler en cochons ! De Gand avait besoin de toute leur présence d'esprit et en possession de leurs moyens ! Ils devaient se tenir prêts à intervenir à tout moment et se cacher sur le chemin menant au château sans attirer l'attention des quelques gardes du roi. Une quinzaine de gardes étaient présents sur le domaine de Bargate, les cinquante hommes du lord les surpassaient grandement en nombre. Cependant, les troupes personnelles du roi donneraient leur vie pour le défendre. Tous le savaient. Il y aurait assurément une féroce bataille. Guy se rendrait lui-même les chercher lorsque la reine serait hors d'état de nuire afin d'entamer la bataille finale. Guy sortit du château et se dirigea vers les écuries. Il monta son cheval et quitta en direction de Southampton. Le soleil commençait à descendre au loin et le ciel était teinté d'une belle lumière rose orangée.

Ce soir-là, lorsque tous furent revenus de leur partie de chasse, Guillaume, Estelle, Henri et leurs convives s'installèrent dans la grande salle à manger afin de souper. On discuta des exploits accomplis lors de cette chasse remplie d'engouement. On avait tué six faisans, quatre lièvres et même un sanglier ! On profitait amplement des ressources abondantes de cette forêt isolée. De Gand arriva un peu en retard et s'excusa auprès du couple royal de son inconvenance. Il fut immédiatement pardonné vu les évènements de la veille ! Dans la grande salle à manger du château, se trouvait une longue table de bois rectangulaire pouvant accueillir six personnes. Le roi et la reine s'assirent aux bouts de la table, Henri et de Gand du même côté et un couple de nobles local de l'autre. Les pauvres étaient au mauvais endroit au mauvais moment ! La salle était éclairée par un grand lustre forgé accroché au plafond par de grosses chaînes. Elle était aussi décorée de tableaux et d'écus sur les murs. Un large foyer, éteint, se trouvait à l'arrière de la salle et quatre portes en ses coins permettaient d'entrer et de sortir. Lorsque tous furent assis, les servantes apportèrent les victuailles ! Et que de plats ! Faisans, pigeons, porcs, charcuteries, pâtés, gâteaux, tartes et du pain à profusion ! On célébrerait en grande ! Pensaient-ils… On versa du vin dans chacune des coupes dorées placées devant les invités et le roi se leva pour lever son verre et parla solennellement.

- Mes chers amis, je suis très heureux de vous voir tous ici réunis ! Je souhaite lever mon verre en l'honneur de mon frère Henri et de lord Guy de Gand ! En ce printemps fatidique, ils ont pu dénouer un complot attentant à la vie de ma douce Stella ! Je ne réussirai jamais à leur exprimer toute ma gratitude tant elle est grande ! Tous les présents du monde ne pourront en aucun cas leur témoigner mon humilité devant tant de dévouement ! Puisse Dieu vous garder auprès de nous encore longtemps !

Tous, Estelle la première, levèrent leur verre et dirent en chœur !

- À Henri et Guy !

Chacun but de sa coupe et la déposa devant eux. On entama le repas dès lors. Comme Estelle avait bu et continuait de boire et manger, Henri attendait de voir sa réaction, mais rien. Plus le repas avançait, plus elle buvait, elle restait malgré tout, tout à fait normale, ce qui finit par inquiéter le prince, qui lança un regard perplexe à de Gand, voulant savoir pourquoi la potion n'avait pas d'effet. Celui-ci baissa le regard et hocha à peine de la tête en signe de négation. La potion n'était pas dans le vin !

- Ma reine, dit de Gand.

154

- Ne goûterez-vous pas à ce bouillon ? Il est succulent ! ajouta-t-il.

Ce fut alors qu'Henri comprit. Il fut contrarié car il craignit aussi que la chaleur de la cuisson n'ait altéré les propriétés de la potion, mais pouvait-il faire autre chose, rendu là ? Estelle y goûta et acquiesça au commentaire de Guy. Elle mangea tout son bouillon tant elle avait faim, la partie de chasse lui ayant creusé l'appétit. Cependant, même après cela, la reine sembla normale, ce qui contraria sérieusement Henri. Tous les convives discutaient et mangeaient alors que le prince tentait de passer de subtiles messages à de Gand. Que fait-on ??? Si Estelle n'était pas neutralisée, ils ne pouvaient se risquer à les confronter. Elle serait trop dangereuse. Ils devaient se résoudre à abandonner le plan. Il était trop hasardeux de tenter quoi que ce soit ! Leur plan était à l'eau ! Près de deux ans de complots pour rien ! Quelle déception ! Qui plus est, ils devaient feindre la joie d'être là ! Le monde d'Henri s'écroula. Il ne serait jamais roi, il resterait toujours le troisième fils et devrait se contenter d'une place secondaire dans la cour d'Angleterre. Déçu, il décida malgré tout de ne pas perdre ce qu'il avait, l'Estime du Roi ! Il joua le rôle de sa vie. Toutefois, Henri et de Gand avait sous-estimé la puissance de la potion. Si le feu avait effectivement atténué ses propriétés, elle se révéla malgré tout efficace.  Lorsque la fin du repas arriva, Estelle cessa de parler, prise d'un malaise étrange. Sa vision se troubla et devint floue. Elle eut des étourdissements et la pièce lui sembla en mouvement. Ce fut le roi qui s'en rendit compte le premier.

- Qu'y-a-t-il ma femme ? Vous ne semblez bien ? demanda-t-il.

Tous se retournèrent pour la regarder. Ce fut alors que l'espoir renaquit dans les cœurs sombres d'Henri et de Gand. La potion faisait effet ! Finalement !

-Je ne me sens bien Guillaume… je me sens si… faible… dit-elle.

Elle tenta de se lever, mais faillit tomber. C'était le moment qu'Henri et de Gand avaient attendu depuis très longtemps. Guy se leva et dit.

- Je vais chercher des secours !

Henri savait bien qu'il n'allait pas chercher des secours mais bien son armée ! Comme le roi et tous les convives se réunirent autour de la reine malade, Henri se leva et s'éloigna doucement. On s'inquiétait tant de ce qui lui arrivait que personne ne remarqua l'air excité du prince. Le roi appela Cunégonde qui apparut en vitesse. Tous se demandaient ce qui arrivait à la reine. Peut-être était-ce le soleil ? Ou la partie de chasse qui avait été assez longue ? Quoi qu'il en soit, personne ne se doutait de la suite….

Lorsque Guy reparut, il était accompagné d'une dizaine de soldats.

Guillaume et Estelle, ainsi que le couple d'invités les regardèrent d'un air étrange et inquiet.

- Qu'est-ce que c'est ? s'insurgea le roi.

De Gand et Henri se regardèrent complices, Henri fit signe à son accolyte de poursuivre.

- Messieurs, mettez le roi et la reine aux arrêts ! dit-il aux soldats, en pointant Guillaume et Estelle.

- HENRI ! hurla le roi furieux.

Guillaume et Estelle comprirent finalement la trahison du prince. La commotion qui s'abattit provoqua une consternation hors du commun. Estelle se sentit tellement insultée d'avoir été bernée et dupée, on lui avait menti, l'avait manipulée et elle n'avait rien vu. Elle aurait bien voulu intervenir, mais elle se sentait si faible. Les gardes s'exécutèrent et se saisirent des quatre.

- Emmenez la reine au cachot, ordonna de Gand.

- Stella non ! cria le roi.

Leur monde s'écroulait sans qu'ils ne puissent rien y faire.

- GUILLAUME ! cria Estelle une dernière fois avant de disparaître par une porte, emportée par deux soldats.

Ni un ni l'autre ne se doutait que c'était la dernière fois qu'ils se voyaient....

Elle était si faible qu'elle arrivait à peine à marcher. Les deux hommes devaient la soutenir pour ne pas qu'elle tombe. Elle essayait de se concentrer et d'électrocuter ses tortionnaires. Magie de base ! Mais elle n'y parvenait pas ! Ils la touchaient en plus de porter des armures de métal ! Elle aurait dû être capable de faire passer un courant électrique dans son corps mais rien ! Dans la salle à manger, Guillaume rageait contre son traître de frère.

- Alors c'était toi ! Depuis le début ! Tu ne t'en tireras pas si aisément Henri ! Je te le garantis ! dit-il, le visage crispé.

Ces paroles firent sourire le prince qui lui répondit.

- Mais c'est déjà fait mon roi ! Emmenez-les à l'extérieur et allez chercher les pupilles royales ! ajouta Henri fixant son frère.

Le roi comprit et se mit à crier à pleins poumons alors qu'on l'emmenait.

- HENRI NON ! JE T'EN PRIE ! LAISSE-LES !

On entendait encore la supplication du roi alors qu'on l'emmenait mais Henri ne le voyait plus. Lui et de Gand étaient seuls dans la grande salle à manger lorsque Guy demanda.

- Et les gardes du roi, les servantes et les invités ?

Henri lui dit simplement.

156

- Aucun témoin ! dit-il avant de quitter lui aussi.

Arrivée dans le sous-sol du château, Estelle se rendit compte qu'Henri avait fait préparer un cachot juste pour elle. Il y avait un bûcher aménagé au centre d'une cellule, où on avait aussi placé de la paille et du petit bois d'allumage. Les deux soldats attachèrent Estelle sur le poteau pour qu'elle ne puisse plus bouger. Sa vision toujours floue, elle tenta vainement de se débattre, mais c'était inutile. Ce fut alors qu'elle eut peur pour ses enfants, les coups d'état finissent toujours mal pour la descendance du roi en poste. Des larmes naquirent aux coins de ses yeux et coulèrent doucement sur ses joues.

Soudain, elle vit Henri, dans l'embrasure de la porte.

- Alors les catins du diable pleurent aussi ? demanda-t-il.

 Il entra et regarda le travail qui avait été fait. Il semblait satisfait.

- Aimes-tu ce cachot ? Il est juste pour toi. Tu as un traitement de faveur Estelle, dit-il, en souriant.

- Pourquoi ? demanda-t-elle doucement.

- Mais parce que les sorcières ne peuvent être reine et placer leur progéniture diabolique sur un trône chrétien ! dit Henri, comme si l'évidence sautait aux yeux.

Malgré la potion qui se répandait dans ses veines la paralysant, Estelle put lire dans l'âme d'Henri sa motivation profonde.

- Menteur ! Tu n'as que faire de la chrétienté ! Tu peux mentir aux autres si tu veux, mais pas à moi ! Je vois finalement clair petit homme… dit-elle, insultée.

Cette remarque contraria Henri qui se renfrogna. Il ne tolérait pas d'être offensé. Très vite, par contre, il se ravisa et se montra arrogant.

- Cela ne change rien ce que tu penses de moi Estelle, puisque tes enfants ne monteront point sur le trône et que je serai roi ! C'est tout ce qui compte ! Fais bon voyage en enfer ! dit-il avant de quitter.

Les larmes d'Estelle étaient très abondantes maintenant, elle connaissait le sort qu'il avait réservé à ses enfants et elle ne pouvait pas les défendre. Lorsque les gardes terminèrent leurs nœuds, ils se relevèrent, et l'un d'eux alla chercher une torche. L'homme alluma la petite paille près de la porte du cachot tandis que l'autre la refermait, laissant Estelle seule. Le feu gagna rapidement toute la petite paille avant de s'attaquer au petit bois. Estelle était ligotée à son poteau et ne pouvait presque pas bouger. Alors que la fumée emplissait la pièce, elle comprit que la fin était proche… Le feu grugea le petit bois, mais la porte refermée du cachot étouffait quelque peu ses efforts. La reine était seule et n'entendait rien de ce qui se passait plus haut. La fumée aidant, elle perdit connaissance. Quelques heures s'écoulèrent avant

qu'un horrible craquement ne la réveille. La chaleur était devenue accablante et l'air vicié lui serrait la gorge. Elle se mit à toussoter cherchant son air. Les flammes du bûcher croissaient alors que le craquement continuait. Confuse, Estelle secoua la tête pour se rendre compte que c'était le plafond qui craquait. Les flammes avaient commencé à le consumer lui aussi. Probablement qu'ils avaient mis le feu à tout le château qui, bien qu'en pierres, avait une charpente de bois. Sans parler du mobilier. Le plafond menaçait maintenant de s'effondrer sur la reine. La fin était là, Estelle en était convaincue. Toute sa vie, tout ce qu'elle avait fait lui revint à l'Esprit. Sa jeunesse, ses parents, Guillaume, ses enfants et sa montée sur le trône. Il lui sembla que la vie était injuste et que personne ne méritait le sort qu'elle et sa famille subissait. Un regain d'espoir lui revint lorsqu'elle se rendit compte que sa vision n'était plus brouillée. Il y avait bien quelques heures qu'elle était là et le mal qui l'affligeait semblait s'estomper. La force lui revenant, elle réussit à se dégager une main. Lorsque les flammes atteignirent sa robe, elle sentit sa peau chauffer horriblement. Elle se mit à peiner sous l'effort et à pousser de petits cris de douleurs. De sa main libre elle tenta de détacher l'autre, mais la douleur devint si intense, qu'elle dut fermer les yeux. Lorsque le feu toucha sa peau, elle ne put réagir plus. Une sensation horriblement lancinante et irradiant dans tout le bas de son corps depuis sa jambe droite la fit souffrir affreusement. Elle se mit à crier presque hystérique. Ce fut alors qu'elle vit au plafond, une large poutre qui allait tomber, grugée par le feu. Voulant abréger ses souffrances, elle voulut qu'elle l'écrase. Elle se concentra donc un instant avant de dire.
- Tombe !
Ses pouvoirs n'étaient pas tout à fait revenus et la poutre ne tomba pas.
- Je t'ordonne de tomber ! dit-elle, suppliant.
La poutre restait toujours en place.
- Tombe ! dit-elle de nouveau, souffrant le martyr.
Comme la poutre s'obstinait à ne pas tomber, hors d'elle, elle vociféra.
- JE T'ORDONNE DE TOMBER !
À ce moment, un immense grondement défonça le plafond qui se déversa en braises dans le cachot. L'ironie du sort voulut que, en tombant, la poutre assomme Estelle et la projeta au fond du cachot, à l'abri du feu…

À l'aube, très tôt ce jour-là, une fine pluie tombait sur la région de Southampton. Le matin bleuté commençait à peine dans un silence

158

seulement interrompu par le chant de quelques oiseaux. Lorsqu'Estelle se réveilla, la première chose dont elle eut conscience fut de petits crépitements d'un feu à l'agonie. En ouvrant les yeux, elle vit le ciel gris bleu : devant elle, s'étalaient les restes fumants du château de Bargate. Les petites gouttelettes de pluie qui tombaient avaient tôt fait d'éteindre le gros du feu, seules quelques flammes çà et là subsistaient. Toujours attachée à un poteau, Estelle fut prise de panique. Elle était en vie, elle devait sortir de là, par tous les moyens, aller chercher ses enfants et son époux. Désespérée, elle se mit à se tortiller et tenta de se détacher. Enfin, elle dégagea son autre main et se dépêcha de s'attaquer à ses pieds. Dans le mouvement, elle frôla par inadvertance sa jambe brûlée. La douleur fut telle qu'elle poussa un cri puissant et se mit à trembler. Était-ce la peur ou la douleur ? Qui sait… Tout doucement, elle souleva le lambeau de robe qui lui restait pour découvrir ses jambes et vit les graves blessures qu'elles avaient subies. Excédée, elle frotta ses mains qui devinrent lumineuses et les appliqua sur ses blessures dans un va et vient constant. La chair brûlée se refit lentement, puis ce fut le tour de la peau. Malgré ses pouvoirs, quelques cicatrices restèrent, la marquant à tout jamais. Cependant, ses jambes étaient guéries et ne la faisaient plus souffrir. Elle se hâta de détacher les derniers liens de ses pieds et se leva pour quitter cet enfer. Le petit château de Bargate avait entièrement été ravagé par les flammes. Toute sa charpente avait brûlée et le poids de l'étage supérieur avait provoqué son effondrement sur le sous-sol. Traumatisée et le cœur battant, Estelle enjamba moult débris. La suie mélangée à l'eau de pluie compliquait les choses, rendant tout plus glissant. Elle tomba plusieurs fois et se salit amplement. Lorsqu'elle atteignit l'escalier de pierres, elle le gravit en vitesse ! Sortie des ruines fumantes du château, toujours animée d'un sentiment d'urgence, son regard tomba sur une vision d'horreur qui la figea instantanément. Elle ne put s'empêcher de pousser un cri de stupéfaction qu'elle tenta d'étouffer d'une main. Son malaise fut si grand qu'elle en oublia sa peur. Si le château n'était plus que murs de pierres isolés et ruines fumantes, son enceinte et son parvis avait été épargnés. Cette scène macabre la hanterait longtemps… Là, les cadavres mutilés de ses soldats et servantes jonchaient le sol dans une marre de sang. Ceci n'augurait rien de bon ! Estelle avança lentement au milieu des morts en direction du portail qui menait à l'extérieur. Elle n'osait poser ses yeux sur aucun d'entre eux tant elle se sentait mal. Lorsqu'elle finit par atteindre le portail et sortir de cet enfer, une autre vision d'horreur, cette fois-ci, pire que tous les Enfers, l'attendait. Quatre bûchers, éteints, se dressaient devant l'enceinte. Elle ne prit pas longtemps à comprendre de qui il s'agissait. Outrée, choquée, déchirée par une douleur morale sans précédent qui l'empêchait de respirer, Estelle tomba à genoux. On aurait dit que sa poitrine allait exploser. Sa respiration devint haletante, et tout s'embrouilla. Hors d'elle, elle poussa un cri terrifiant à toute oreille humaine ! Enragée, elle se dirigea successivement vers les poteaux où étaient encore attachés les corps inertes et calcinés de ses enfants pour les descendre de là. Elle les prit dans ses bras, et les berça, hystérique. Une rivière de larmes incessantes envahit son visage rougi. Tenant les corps de ses trois enfants, elle s'approcha du poteau où était toujours attaché son époux. Meurtrie dans ce qu'elle avait de plus cher, elle lui parla ainsi.

- Pardonne-moi mon amour !

Le souvenir de son visage lui revint en mémoire pour amplifier sa douleur. Son doux regard aimant, son sourire…

- Je n'ai pu les sauver Guillaume…. et toi non plus… ajouta-t-elle, dans une plainte lamentable.

Elle embrassa les pieds cloués de Guillaume et le regarda de nouveau. Elle aurait dû mourir elle aussi. En fait, elle était morte ce soir-là. Elle se remémora alors qui était la cause de toutes ses souffrances. Sa douleur fit place à une rage incommensurable.  Il la croyait morte ? Il avait tort. Elle se vengerait et sa vengeance serait terrible. Ses larmes se séchèrent et son visage crispé en une moue douloureuse se détendit pour prendre une apparence vide, sans expression. Certes, elle voulait justice, mais avant cela, elle devait mettre sa famille en terre. Elle creusa quatre tombes près de la petite clairière qui menait à la New Forest et y déposa les quatre corps. Elle resta là pour penser. Seule, dans le silence, elle planifia sa vengeance…

Le soleil laiteux montait doucement dans le ciel mais ce n'était pas encore clair. La proximité de la mer amenait souvent du brouillard quelques kilomètres à l'intérieur des terres, en particulier, les matins d'été chaud. Les pensées de Stella furent interrompues par des bruits de sabots qui s'approchaient. Deux soldats à cheval, envoyés par de Gand afin de vérifier que la reine était bien morte, arrivèrent à la hâte. Les deux hommes, qui avaient participé au massacre de la veille, ne souhaitaient aucunement s'attarder dans l'endroit. Ils arrivèrent au galop et arrêtèrent leur monture devant le portail de l'enceinte pour tomber sur une vision des plus étranges. Le plus jeune des deux dit, la voix tremblante.

- Où… où, sont les corps ?

- Je ne sais… les corps ne s'envolent point comme cela ! dit l'autre, tout aussi surpris.

Les deux hommes descendirent de leur monture et regardèrent autour d'eux. Pris d'une peur puissante, ils commencèrent à se disputer, moyen inconscient de faire descendre la pression qui les assaillait. Estelle les voyait très bien d'où elle se trouvait, ils pouvaient la voir aussi mais ne l'avaient pas encore fait, trop occupés à se disputer. Soudain, le plus jeune l'aperçut et se tut, terrifié. L'autre ne comprenant pas, le jeune soldat pointa Stella du doigt en tremblant. L'homme se retourna pour tomber sur la vision morbide de la reine les regardant, peut-être à quinze mètres d'eux seulement, près de quatre tombes.

- C'est impossible ! dit-il, tout aussi surpris que l'autre.

Ce fut alors, que de la forêt apparurent de longs bras de brouillard semblant dotés de pensée. Ils entourèrent Stella qui disparut en silence sous le regard horrifié des deux hommes.

- Partons d'ici au plus vite! ordonna le plus âgé.

Les deux soldats remontèrent sur leur monture et les fouettèrent puissamment pour fuir cette vision cauchemardesque. La peur au ventre, ils quittèrent en direction de la ville. Ils devaient avertir Henri de la funeste nouvelle. Estelle n'était pas morte. Le nouveau roi d'Angleterre avait une ennemie qui chercherait à tout coup une vengeance qui serait sans aucun doute, sanglante.


À des centaines de lieux de là, Isabeau brodait dans les jardins du château ducal de Pembroke, assise sur un petit banc. Ses enfants jouaient avec les servantes et Hildegarde. Il était midi, il serait bientôt l'heure du dîner et le soleil était à son zénith. Il faisait très chaud maintenant et la famille avait décidé de profiter des rayons généreux du soleil. Soudainement, sorti de nulle part, un puissant vent se leva et fit virevolter feuilles et le pollen de fleurs dans un tourbillon impressionnant. Si Hildegarde ne sembla pas troublée par cet évène-ment anodin, Isabeau, quant à elle, ressentit une crainte profonde. Quelque chose se passait. Elle eut une appréhension certaine et chercha de quoi il pouvait s'agir. Comme ce sentiment ne la quittait pas, elle décida de se lever. Guidée par ce dernier, elle eut envie d'entrer dans le château. Elle suivit son intuition qui l'emmena jusqu'à sa chambre. Lorsqu'elle ouvrit la porte, elle fut surprise de trouver sa cousine, à genoux, en train de fouiller dans son coffre de trouvailles magiques.

- Estelle ? dit-elle, étonnée.

- Que faites-vous là cousine ? demanda Isabeau.

Stella ne se détourna même pas pour la regarder.

- Qu'as-tu fait du Livre de la Mort Isabeau ? demanda Stella, obsédée.

Ce fut dès lors, qu'Isabeau remarqua le piètre état de sa cousine. Elle revêtait une robe mauve, déchirée et sale. Son visage portait des marques de suie et ses cheveux étaient détachés. Stella avait désordonné la chambre au complet dans un fouillis total. Le sentiment d'Isabeau n'avait pas menti et elle s'enquit de découvrir ce qui s'était passé.

- Pourquoi ne vous-êtes vous point annoncée cousine ? Qu'y-a-t'il ? demanda Isabeau, commençant à craindre l'air étrange de sa cousine. Stella se leva et s'approcha d'elle pour lui demander sèchement.

- Es-tu sourde ou seulement sotte ? Où est le Livre de la Mort dis-moi?

Voyant bien que sa cousine n'allait pas bien, Isabeau répondit.

- Je m'en suis débarrassé, tel que vous me l'aviez ordonné cousine ! Stella fut contrariée de cette réponse.

- TU MENS ! Je le sens, où est-il ? insista-t-elle.

Isabeau renchérit.

- Estelle, dites-moi, que s'est-il passé ?

Devant l'insistance d'Isabeau, Stella céda. Son visage une minute auparavant fou, devint sans expression.

- C'est Henri. C'était lui qui complotait contre nous... Il a fait assassiner Guillaume, les enfants et toute notre cour, dit Stella froidement. Isabeau n'en crut pas ses oreilles.

- Quoi? demanda-t-elle, en état de choc.

- Il voulait le trône c'est tout ! ajouta Stella.

Horriblement attristée de cette terrible mésaventure, Isabeau s'approcha de Stella pour la prendre dans ses bras.

- Ma pauvre cousine ! dit-elle, le cœur empli de compassion.

Stella prit les mains de sa cousine et lui demanda, en désespoir de cause.

- M'aideras-tu à me venger Isabeau ?

La duchesse ne s'attendait pas à une telle requête. Elle lança un regard perplexe à Stella.

- Comment ? Non, il faut avertir la chambre des lords, qu'ils se saisissent d'Henri et le jugent de cet abominable crime !

Stella poussa les mains d'Isabeau et lui dit, furieuse.

- Mais il se passera des mois avant qu'ils ne le jugent et il n'aura aucun jugement défavorable, étant le dernier descendant légitime de Guillaume le Conquérant! Les procès sont des parodies de justice ! Il s'en tirera sans payer ! Non, il n'y a que moi qui puisse rendre justice

Isabeau ! plaida Stella, convaincue.

- Je suis désolée Estelle, je comprends votre douleur, mais je ne puis faire cela... dit Isabeau.

Stella se renfrogna, se sentant abandonnée et trahie de toutes parts.

- Très bien, alors je m'en chargerai toute seule. Je n'ai point besoin d'aide. Seulement, donne-moi le Livre de la Mort !

Isabeau maintint son qu'elle s'en était débarrassée mais Stella savait qu'elle mentait. Harassée de ce jeu puéril, Stella décida de transgresser les règles qui régissent le comportement des sorcières vis-à-vis les unes des autres et de lire volontairement les pensées de sa cousine. Isabeau sentit le viol de son intégrité mentale mais ne pouvait résister à la puissance de Stella.

- Le coffre a un double fond ! comprit finalement Stella.

Elle se jeta sur le coffre suivie d'Isabeau qui tentait de la raisonner.

- Non Estelle ! Je vous en prie ! Ne faites de bêtises que vous pourriez regretter avec ce livre ! dit Isabeau.

Stella vida le coffre de toutes les babioles, fioles, coupes, tissus et parchemins pour soulever le double fond et trouva finalement le Livre de la Mort. Les deux femmes étaient à genoux devant le coffre lorsqu'Isabeau tenta d'empêcher physiquement Stella de prendre le livre.

- Cousine, non, je vous en supplie ! Ce livre n'est que magie noire et damnation ! dit Isabeau, l'âme en peine.

Stella demanda une dernière fois, la voix dure.

- M'aideras-tu Isabeau ?

Les larmes aux yeux, Isabeau hocha de la tête en signe de refus. Stella fut si insultée qu'elle se dégagea et projeta sa cousine de l'autre côté de la pièce par sa seule volonté !

- Alors ôte-toi de mon chemin ! cria presque Stella.

C'était la première fois, dans leur vie, que Stella utilisait ses pouvoirs contre elle. Isabeau était en état de choc et craignait désormais sa cousine. Alors qu'elle allait quitter, Stella regarda Isabeau d'un air méchant et lui dit sèchement.

- Et je t'interdis d'essayer de m'arrêter ! Ne dis mot à mère de tout cela! Sinon... gare à toi ! Ce sera à tes risques et périls !

Stella disparut en coup de vent sur ce, laissant Isabeau, étendue sur le sol, tremblotante. Pour la première fois de sa vie, depuis l'arrestation de son père, elle avait vraiment peur. La douleur de sa cousine la touchait, certes, mais jamais Stella ne l'avait menacée. Jamais elle n'avait pensé qu'un jour, un membre de sa famille puisse se comporter ainsi. Isabeau se releva et s'assura, que dans sa chute, elle ne s'était pas salie ou dépeignée. Elle devait retourner à l'extérieur et feindre à sa tante, que tout était normal. Stella avait été claire et Isabeau suivrait ses consignes. Elle ne s'opposerait pas. Sa peur était trop grande…

Ce soir-là, Henri et Hedwige ne trouvaient pas le sommeil. Harold et Ninon étaient couchés auprès d'eux, et même enfants, les deux savaient que quelque chose de grave risquait d'arriver. Après la terrible nouvelle qu'Estelle avait survécu à leur attaque lui soit parvenue, Henri sut tout de suite qu'elle essaierait de se venger. Il avait réuni un nombre impressionnant de soldats pour veiller à leur protection, ce qui éveilla les soupçons des enfants. L'attaque de Stella ne saurait tarder. Ils avaient quitté Londres pour se réfugier à la hâte dans le château de Cornovi, près de Mathrafal, ancienne possession des parents d'Hedwige, avec l'espoir de gagner du temps sur la reine. Guy de Gand menait les troupes et faisait le guet. Si jamais Stella arrivait jusqu'à eux, son devoir était de défendre l'enceinte du petit château et de laisser le temps à Henri et sa famille de quitter par les tunnels souterrains. Les soldats, énervés par cette nouvelle, se promenaient de long en large en haut de la palissade, scrutant l'obscurité à la recherche de la reine. La plupart des gardes étaient présents la veille, étant de l'armée personnelle de de Gand. Vers dix heures, alors que le calme revenait, un garde qui s'était appuyé sur une courtine aperçut une femme aux cheveux longs et noirs, seulement vêtue d'une robe mauve qui s'approchait de la palissade. Il sonna l'alarme ! L'urgence se fit vite sentir et Henri fut le premier à observer par la fenêtre de sa chambre, située dans la tour centrale du château, ce qui se passerait. Hedwige voulait regarder, mais Henri lui ordonna de rester auprès des enfants pour les rassurer. Il avait peu d'espoir que ses gardes arrêtent Stella, mais il déciderait lui-même du moment pour fuir. Les soldats furent surpris en premier de l'attitude de la reine. Ils s'attendaient à un fin stratagème diabolique et digne d'une sorcière, pas à une attaque directe. Stella était seule et marchait vers la palissade, tout simplement. Rapidement, Guy ordonna à des archers de se placer en joue. Vingt hommes se placèrent sur les courtines et levèrent leurs arcs.
- À vos marques ! Prêts ! Feu ! cria-t-il.
À ce moment, Stella s'arrêta net et leva la main. Alors que la pluie de flèches s'abattait sur elle, un mur d'énergie bleuté sortit de la main de Stella qui fit dévier toutes les flèches. Aucune ne la touchèrent. Les soldats déchantèrent.
- Que fait-on ? demanda l'un d'eu à de Gand.

La poitrine du lord se serra, ils n'avaient guère d'autre choix.

- Nous restons derrière la palissade et espérons qu'elle ne la traversera pas ! Si elle le fait, nous nous engagerons dans un corps à corps, dit-il, impérativement.

Tous avaient bien conscience, que malgré leur nombre, un corps à corps avec elle serait une perte à coup sûr. Arrivée à une dizaine de mètres du portail fermé de la palissade, Stella leva gracieusement sa main droite d'où naquit une boule de feu. Elle étira simplement le bras et la boule se dirigea à une vitesse vertigineuse droit sur le portail. Les gardes qui étaient toujours près des courtines avertirent comme ils purent de se préparer. La boule frappa violemment le portail et explosa dans un tremblement assourdissant ! Toute la palissade, le parvis et le château tremblèrent, mais le portail tint bon. L'énervement était à son comble chez les soldats. Stella voulait entrer, mais elle voulait aussi créer un effet de peur. À la guerre, rien ne sert d'être trop efficace. Elle aurait pu voler par-dessus la palissade, mais cela aurait épargné l'effet de terreur sur les soldats. Elle fit naître une seconde boule dans sa main et répéta son manège. Cette fois-ci, quelques planches du portail cédèrent. La panique atteignit son comble lorsque la troisième boule fit presque exploser complètement le portail. Ce fut à ce moment, qu'Henri décida d'évacuer sa famille. Il avertit un soldat qui gardait leur porte, de préparer des chevaux, qu'il quittait avec sa famille. La quatrième boule eut bientôt fait de détruire les dernières planches du portail qui tombèrent comme des brindilles. Une ligne de soldats se plaça sur le parvis, attendant Stella, prêts à mourir. De Gand se tenait derrière eux, avec la deuxième ligne de soldats et la troisième derrière. Stella avançait d'un pas décidé lorsqu'un soldat se précipita sur elle en criant. Il leva son épée haut dans l'air et frappa de toute ses forces sur Stella. Elle leva seulement la main et attrapa l'épée. Lorsque le soldat vit qu'elle tenait sa lame dans sa main nue et ne saignait même pas, l'homme laissa aller l'épée et recula, penaud. Si les flèches et les épées n'avaient aucun effet sur elle, comment réussiraient-ils à la combattre ? La peur était à son paroxysme chez les soldats. Stella prit l'épée de son autre main et la brandit dans les airs en parlant ainsi.

- Valeureux soldats ! Je ne suis venue ici pour vous ! Je n'ai que faire de vous ! Si je suis ici, c'est pour rendre justice à votre roi légitime Guillaume II et à ses enfants ! Cet ignoble et vil usurpateur que vous défendez a fomenté le plus cruel des complots contre sa propre famille ! Le laisserez-vous s'enfuir sans qu'il ne paie pour son méfait ? Sachez que je ne blesserai quiconque partira sur le champ. Mais soyez avertis que ceux qui s'opposeront à moi, je les tuerai un par un sans pitié aucune ! Alors, que ferez-vous ? Mourir pour un sale félon ? Ou me laisser accomplir ma juste vengeance ?

Devant cette offre, certains soldats se regardèrent ne sachant que faire. D'habitude, l'ennemi n'offre jamais de s'esquiver. Ils avaient bien vu la puissance des pouvoirs de Stella et se doutaient bien qu'elle leur disait la vérité. Que gagnerait-elle à mentir ? Comme ses hommes ne réagissaient guère, Guy se fâcha et tenta d'attiser leur loyauté.

- Ne l'écoutez pas ! Elle n'est qu'une sale sorcière ! Une putain du diable !

Alors que Guy continuait de l'insulter, Stella lança l'épée qu'elle tenait ! L'arme parcourut presque dix mètres en ligne droit avant de transpercer la gorge du lord. L'homme fit quelques pas vers l'arrière avant de s'effondrer sur le sol, raide mort ! La commotion frappa de plein fouet tous les hommes présents. De Gand était mort, leur chef n'était plus ! Les soldats se regardèrent de nouveau, hésitant. Soudain, l'un d'eux, parla ainsi.

- Et bien moi, je ne combattrai point ! J'ai une famille et quatre enfants, je refuse de mourir ici, de sacrifier ma vie pour ce Henri... dit-il, sincère.

Le soldat s'approcha de Stella, qui ne bougeait toujours pas, il laissa tomber son épée devant elle et quitta tout simplement par l'embrasure du défunt portail. Voyant cela, plusieurs soldats décidèrent de le suivre, au grand désarroi d'Henri qui assistait à cette scène. L'un après l'autre, les soldats passaient devant Stella et laissaient tomber leur épée. La panique envahit vraiment le prince ! Cependant, un peu moins du tiers des soldats restèrent en place, décidés, loyaux. Stella les plaignit tellement ces hommes couraient à leur perte, mais puisqu'ils insistaient ! L'espoir ravivé, Henri ordonna à sa femme et aux enfants de se préparer à partir dans les minutes qui suivaient. Sur le parvis, plus bas, une dizaine d'hommes affrontaient Stella. Néanmoins, leurs efforts furent inutiles. Par sa seule pensée, elle fit soulever la vingtaine d'épées qui se trouvaient à ses pieds, pour les précipiter sur les soldats qui chargeaient. La moitié des hommes tombèrent morts. Stella leva ensuite ses deux mains d'où naquirent deux boules de feu et les projeta sur les structures en bois des écuries qui explosèrent. Très vite, le feu gagna presque tout le château. Dans la chambre d'Henri et d'Hedwige, les préparatifs de départ allaient bon train. Comme ils entendaient la bataille qui faisait rage à l'extérieur, ils se dirent qu'il leur restait quelques minutes. Soudainement, Hedwige se rendit compte qu'il n'y avait plus de bruits dehors, que tout était silencieux. Elle alla à la fenêtre pour voir que Stella n'était plus là et que les cadavres des derniers soldats gisaient sur le parvis.

- Henri ! Elle n'est plus là ! s'écria Hedwige, la voix en peine.

Harold et Ninon se prirent la main, effrayés alors qu'Henri dévisageait sa femme.

- Que veux-tu dire ? demanda-t-il.

Lorsqu'ils entendirent un cri d'homme derrière la porte, ils surent qu'elle était là. Henri ordonna aux enfants de rejoindre leur mère auprès de la fenêtre alors qu'il dégaina son épée, prêt à affronter Stella. Un court moment, qui leur parut des années, rien ne se passa. Ce fut alors que la porte s'ouvrit tranquillement en grinçant. Le soldat que tous avaient entendu crier était empalé sur la porte, sa propre épée le transperçant. Devant cette vision horrifiante, les enfants poussèrent des cris d'effroi et se cachèrent le visage dans la robe de leur mère. Stella se tenait dans l'embrasure, le visage stoïque, taché de sang. Henri lui faisait face et bien qu'il fût terrorisé, était prêt à donner sa vie pour ses enfants.

- Tu ne m'attendais point cher beau-frère, je me trompe ? dit Stella en souriant.

Espérant la surprendre, Henri leva son épée dans les airs et poussa un puissant cri en se jetant sur elle. Stella eut juste le temps de tirer l'épée du corps du soldat pour bloquer le coup. Alors s'engagea un duel qui dura quelques minutes. Si Henri se défendait bien et attaquait, Stella n'en était pas moins habile. De plus, elle ne se défendait pas, elle cherchait à purger la rage qui l'habitait. Elle n'avait nullement besoin de se battre ainsi, elle voulait seulement le vaincre à son propre jeu. Après une esquive de justesse, Henri tomba au sol et en échappa son épée. Sur le dos, il était à la merci de Stella. La femme mit son épée sur la gorge du prince et lui dit.

- J'ai gagné… dit-elle, doucement.

Certain qu'il allait mourir, qu'elle ne fut pas la surprise d'Henri de voir Stella jeter l'épée au sol. En bon traître qu'il était, il agrippa la sienne et se releva pour attaquer de nouveau ! Furieuse, Stella étira les mains d'où sortit ce que tous croyaient être la foudre. Elle frappa Henri durement qui se mit à se tortiller de douleur. Hedwige et les enfants se mirent à crier de peur ! Les yeux de Stella étaient devenus d'un rouge lumineux et son visage affichait une moue de haine hors du commun. Lentement, elle fit monter Henri dans les airs. L'homme continuait de crier de douleur mais ne pouvait rien faire. Continuant son plan, Stella le laissa tomber au sol, épuisé. Alors qu'il toussotait et haletait, Stella leva la main gauche pour pointer un mur où Henri fut violemment projeté. Là, accolé sur le mur, il vit vite qu'il ne pouvait pas bouger.

- Sale traître ! dit Stella parlant à Henri.

- Tu nous as trompés ! Menti ! Ta propre famille ! Mais malheureusement pour toi, j'ai survécu à tes vils projets et je te rendrai au centuple ton audace ! Tu as détruit ce que j'avais de plus cher…j'en ferai de même pour toi…

Henri et Hedwige comprirent assez rapidement de quoi il s'agissait.

- Je t'en supplie ! Non ! Ne fais pas cela ! dit Henri.

En face de cela, Stella fut prise d'un petit rire nerveux et épeurant.

- Quoi ? Qu'entends-je ? As-tu eu une quelconque pitié pour ton frère et tes neveux ? T'ont-ils supplié de les laisser vivre ? As-tu écouté leurs supplications alors qu'ils mouraient en brûlant ? dit-elle, la voix empli de colère et de tristesse.

Alors que Stella parlait, Hedwige en profita pour sortir un petit couteau de la poche de son épais manteau. Elle s'approchait doucement de Stella, sans faire de bruit, n'ayant aucunement l'intention de la laisser faire subir le même sort à sa famille. Par contre, elle avait sous-estimé son adversaire. À mi-chemin, Stella se retourna pour la regarder, ce qui figea la femme sur place.

- Et toi ! Tu n'es guère mieux que ton mari ! Maniganceuse !

Prise sur le fait, tout le sang d'Hedwige reflua vers son cerveau et elle devint rouge vif. Stella leva la main et la tourna d'un geste sec. Au même moment, la tête d'Hedwige en fit de même et elle s'effondra au sol, morte, la nuque brisée !

- NON ! crièrent Henri et les enfants.

Ninon et Harold se précipitèrent sur leur mère en pleurant. Henri, toujours apostrophé contre son mur, impuissant, pleurait aussi. Stella les regardait tous d'un œil froid. Elle lança un regard méchant à Henri avant de rejoindre les enfants. D'une main, elle agrippa leur col et de l'autre elle fit exploser la fenêtre d'une boule de feu. Elle quitterait par le trou béant laissé par l'explosion. Toutefois, avec les enfants, il lui serait ardu de voler. Elle aurait besoin d'un support. Ce fut alors qu'elle aperçut un balai dans le coin du mur adjacent. Elle le fit venir par sa seule pensée jusque dans sa main et l'enfourcha. Tenant les enfants d'une main et le manche du balai de l'autre, elle se mit à voler dans la pièce. Henri comprit ce qui allait se produire.

- Je t'en supplie Estelle ! Emporte-moi ! Ne les heurte point !

Les enfants se débattaient du mieux qu'ils pouvaient, mais c'était inutile. Enragée, Stella commença à pleurer d'une colère sans pareille.

- Tu voulais ce trône ! Prends-le ! Il est à toi ! Mais tu n'auras personne avec qui le partager ! Ta femme est morte ! Tes enfants mourront prochainement ! Ton fidèle de Gand aussi ! Anselme ne saurait tarder à les rejoindre ! Tu pensais que je venais te tuer ? Pauvre mauvais bougre es-tu ? Tu règneras seul comme un chien! Et n'aie point la très mauvaise idée de convoler de nouveau en noces ! Je réserve le même sort à quiconque t'approchera de trop près ! Du haut de ton siège royal, tu pourras verser des larmes de sang, car la seule personne que tu pourras blâmer de tout ce carnage sera toi petit homme!

Tu t'es condamné à une existence de solitude et d'errance ! dit cruellement Stella.

Tous pleuraient maintenant. Stella essuya les quelques larmes qui coulaient sur ses joues et afficha un regard méchant pour dire ces dernières paroles.

- On se reverra en enfer !

Alors que les enfants criaient toujours, Stella propulsa son balai à une vitesse incroyable au travers du trou béant qu'avait laissé la fenêtre. Henri, impuissant, criait toujours lorsque le sort de Stella ne fit plus effet. Il tomba sur le sol pour mieux se relever et courir vers la fenêtre. De là, il entendait encore ses enfants crier au loin et voyait leur silhouette et Stella sur son balai car la lune était haute et pleine.

- ESTELLE ! cria-t-il.

L'homme tomba à genoux et pleura. C'était tout ce qui lui restait à faire. Il aurait son trône bien que mal acquis. Même si l'histoire retiendra d'Henri premier qu'il fut un grand roi, de mystérieux malheurs s'abattirent sur sa famille. Il se remariera malgré tout, mais tous ses enfants légitimes connaîtront des destins funestes…de même que ses femmes. Il sera connu comme l'un des rois à avoir eu le plus de concubines et de bâtards dans l'histoire d'Angleterre !  Il interdit qu'on lui parlât d'Hedwige et de ses premiers enfants, si bien que peu de gens furent au courant, à son décès, de l'existence de cette famille….

Le vol dura une heure ou deux avant que Stella ne parvienne à Stonehenge. Lorsqu'ils arrivèrent sur place, Stella ligota les enfants, depuis longtemps, résignés à leur triste sort. Elle les entendait bien sangloter, mais son cœur avait perdu toute bonté et tout ce qui lui restait était rage, colère et haine. Au milieu de ce site majestueux, érigé à l'époque païenne, Stella avait tout préparé pour pratiquer le rituel de la Moisson. Fidèle aux rites d'avant la chrétienté, la Moisson devait se produire dans un lieu consacré aux dieux. Deux torches éclairaient l'endroit et permirent à Stella de tout finaliser. Elle plaça les enfants sur une pierre presque centrale et les consacra eux aussi à l'aide d'huile

et de suie. Elle se dévêtit ensuite pour se préparer. Elle marqua sa peau de symboles magiques pour s'investir de la puissance nécessaire à l'invocation d'un démon. Il était hasardeux et risqué d'appeler un démon, elle le savait bien. Ces êtres puissants pouvaient se montrer capricieux et ne pas accepter l'offrande qu'on leur faisait, dans de tels cas, c'était souvent le pauvre malheureux qui les avait invoqués qui payait le prix de les avoir dérangés. Mais Stella persista et signa. Lorsque tout fut fin prêt, elle commença à réciter la formule latine qui devait faire surgir des ténèbres le premier démon à l'entendre. Nue, placée devant les enfants, une dague à la main, Stella répétait les paroles de la formule en boucle. L'anxiété l'emplissait, mais elle se devait d'essayer, par tous les moyens. Quelques minutes s'écoulèrent sans que rien ne se produise lorsque soudain, la terre se mit à trembler tranquillement et un grondement se fit entendre. Stella continua ce qui amplifia le tremblement et le grondement devint si puissant qu'il faisait mal à entendre. Tout à coup, à la surprise de Stella, la terre s'ouvrit quelques mètres devant elle et un vacarme épouvantable en sortit en plus d'un puissant jet de lumières jaune et orange. Une fumée blanche s'échappa du trou lorsque parut Ba'al ! Ce fut lui qui entendit l'appel de Stella et lui répondit. Le démon devait faire trois mètres de haut et avait une carrure impressionnante. Si son corps velu, massif et puissant sortait du trou, on ne voyait pas ses jambes ni ses pieds, restés dans la fumée et la lumière. À vrai dire, en avait-il ? Sa face horrible arborait un groin en place de nez et d'épais sourcils simiesques habillaient un visage costaud et orangé. Une crinière de lion fournie recouvrait sa tête d'où sortaient deux cornes de bouc courbées et ses mains massives possédaient trois doigts griffés. Malgré cela, il avait une certaine grâce dans ses mouvements et ce fut sa voix rauque et basse qui impressionna le plus Stella. Ses yeux jaunes se posèrent sur la petite sorcière qui haletait, effrayée. Il lui parla ainsi.
- Petite sorcière inconsciente, comment oses-tu remuer la terre tranquille pour en faire sortir le puissant Ba'al ?
Stella prit quelques instants avant de se ressaisir et de continuer.
- J'ai deux offrandes pour vous, dit-elle, en pointant les enfants morts de peur.
Ba'al renifla l'air pour se retourner vers Stella et lui dire.
- Ils sont trop frais, tu ne les as pas consacrés suffisamment.
Stella se mit à balbutier, ayant peur de l'avoir offusqué et qu'il ne se venge sur elle.
- Mais… je croyais que…
- Tais-toi insolente ! dit Ba'al.

170

- Si tu veux faire de négoces avec moi, il faudra que tu t'appliques et écoutes mes consignes.

Stella fut immédiatement soulagée, il la sermonnait mais semblait ouvert envers elle.

- Si tu m'amènes des offrandes, elles doivent être prêtes et consacrés à plusieurs reprises pendant quelques semaines pour que je puisse me délecter de leur essence.

Stella acquiesça sans rien dire.

- Alors, les voulez-vous tout de même seigneur ?

Ba'al sourit et hocha de la tête en signe d'approbation.

- Mais bien sûr... et que voudras-tu en échange ? demanda-t-il.

Car c'était de cela dont il était question. L'âme en peine, elle dit.

- Mes enfants et mon époux sont morts hier matin, ramène-les je t'en prie ! supplia-t-elle, en tombant à genoux.

Ba'al n'aimait pas le sentimentalisme, il se plia les bras et répondit.

- Je ne le puis.... en aucun cas, je puis changer ce qui est déjà fait. C'est contre les lois qui régissent l'univers !

Le choc percuta Stella. C'était la seule et unique raison pour laquelle elle avait fait tout cela !

- Comment ? Pourquoi ? N'êtes-vous pas un démon qui se fiche des règles de l'univers et de dieu ? dit-elle, perdant espoir.

L'arrogance de Stella irrita le démon qui garda son calme malgré tout.

- Je ne puis enfreindre les  lois sans payer de lourds tributs ! répondit-il.

-Cependant, je te puis donner puissance et jeunesse éternelle... renchérit-il, espérant la séduire.

Stella était déboussolée, abattue et hébétée ! Elle n'avait pas envie de puissance et de jeunesse, ce qu'elle voulait, c'était ravoir sa famille.

- Je n'ai que faire de tout cela... je n'en veux pas. Je n'ai plus rien à faire ici , dit-elle, déçue.

Elle se détourna pour partir lorsqu'elle sentit une puissante force la retenir et l'attirer vers elle. Son cou arriva dans une main de Ba'al qui serra les doigts.

- Écoute-moi bien petite impudente ! Tu n'auras point la satisfaction d'avoir invoqué un démon sans lui remettre ses offrandes ! Donne-les-moi ou tu mourras ! dit-il, sévèrement.

Stella commença dès lors à paniquer.

- Mais prends-les, je te les laisse ! dit-elle, étouffant presque.

- Je ne puis les ingurgiter moi-même ! Je suis un être surnaturel, je ne me nourris point comme vous, êtres de chair. J'ai besoin d'un vaisseau que j'investis et qui se nourrit à ma place ! ajouta-t-il.

Voyant bien qu'elle l'avait irrité au point de le provoquer, Stella dut s'astreindre à lui obéir.

- Très bien, je le ferai pour vous…dit-elle.

Ba'al la laissa tomber au sol. Là, elle se frotta le cou, rougi par la puissance des doigts du démon. Elle se releva, craintive et demanda.

- Comment fait-on ?

Le démon rétorqua.

- Je dois t'investir et le seul moyen, est d'établir un lien surnaturel avec moi. Tu dois accepter mon présent !

Stella eut une courte absence, elle était seule, avait perdu les seuls êtres qui lui importaient vraiment et se trouvait à la croisée des chemins. Plus rien ne serait jamais comme avant…

- Très bien, donne-moi puissance et jeunesse… dit-elle, blasée.

Ba'al sourit à ces paroles avant de dire.

- Excellent, regarde-moi dans les yeux maintenant !

Stella fixa les yeux jaunes du démon qui s'abaissa à sa hauteur tout en s'approchant d'elle. À ce moment, elle sentit une profonde chaleur l'envahir et la prendre. Son cœur se mit à battre la chamade car elle craignait ce qui lui arrivait. Ba'al n'ouvrit pas la bouche mais elle l'entendit dans sa tête qui lui disait.

- *N'aie crainte !*

Arrivant de sous le sol, la même lumière qui avait annoncé Ba'al enveloppa Stella en entier au fur et à mesure que la chaleur l'emplissait. Au paroxysme de leur union, Stella oublia toute douleur et amour. Un bien-être sans mots remplaça son mal. Quand Ba'al brisa le lien, ce fut une Stella renouvelée qui se releva. Elle se sentait plus forte, plus puissante mais surtout moins sensible. Son cœur s'était assombri mais par la même occasion, sa douleur s'était presque envolée.

- Maintenant, tue-les et bois leur sang, termina ainsi Ba'al.

Stella posa les yeux sur Ninon et Harold qui recommencèrent à crier et à pleurer, connaissant la suite. Elle ne voyait plus les enfants qu'elle avaient vus à leur baptême, vus grandir, jouer avec ses propres enfants. Elle voyait… du bétail…

Stella s'exécuta sans broncher et offrit à Ba'al sa nourriture. Enivrée par son union avec le démon, Stella devint ivre de puissance et se mit à danser autour de l'autel où gisaient les corps désormais inertes des enfants. Pendant quelques heures, Ba'al et Stella s'unirent par la pensée. Lorsque l'aube apparut, Ba'al arrêta la célébration de la Moisson.

- Stella, je dois quitter avant la venue du soleil.

172

- Oh non…. restez… dit-elle, délivrée, soulagée,

- Tu peux m'invoquer de nouveau et je reviendrai… ajouta le démon.

- Et que devrai-je faire ? rétorqua Stella.

- Chaque fois que cet alignement d'étoiles se reproduira, invoque-moi et apporte-moi des offrandes, je te récompenserai !

Stella et Ba'al firent un pacte, celui de se revoir à chaque alignement, soit, aux sept ans, pour renouveler leur union. Stella apporterait des offrandes à Ba'al qui la rendrait puissante et jeune pour toujours. Tel fut leur pacte. Lorsque Ba'al disparut, Stella continua de danser autour des cadavres des enfants lorsqu'elle entendit une voix lui dire.

- Alors tu as vendu ton âme ! Nous arrivons trop tard….

Tombée des nues, Stella chercha qui lui avait dit cela lorsqu'elle vit s'approcher, Hildegarde et Isabeau.

- Quelle déception affreuse Estelle me causes-tu! ajouta la mère, hors d'elle.

Insultée que sa cousine l'ait trahie et légèrement honteuse qu'on l'ait vu invoquer et s'unir à un démon, Stella tenta de trouver des raisons l'excusant.

- Je devais rendre justice à ma famille !

- En sacrifiant des innocents ? En invoquant un démon ? En pervertissant ton cœur à tout jamais ? NON ! Tu aurais dû te rendre à Londres et faire juger Henri par la chambre des Lords ! À la place, tu t'es abaissée à son niveau à commettant l'innommable, l'impardonnable ! ajouta Hildegarde, furieuse.

Stella ne pouvait plus endurer le sermon et explosa de colère.

- IL A ASSASSINÉ MES ENFANTS ET MON MARI ! Que voulais-tu que je fasse ? Que j'attende le jugement corrompu et trop clément de la cour mère ? C'est cela !

Et ce fut là que Stella ressentit de nouveau la douleur. S'il est vrai que Ba'al réussissait à atténuer la douleur, il ne pouvait l'effacer, seulement la masquer. Hildegarde fut touchée par la douleur de sa fille, en plus qu'elle aussi souffrait affreusement des agissements d'Henri.

- Je comprends ta douleur ma fille, mais rien n'excusera ce que tu as commis, rien… dit la mère, déçue.

Stella crut devenir folle.

- Tout ça c'est de ta faute Isabeau, je t'avais dit de ne pas te mêler de ça ! dit Stella, furieuse contre sa cousine de l'avoir vendue à sa mère.

Isabeau se mit à pleurer et dit.

- Non ! C'est faux ! Elle s'est rendu compte seule de mon malaise cousine ! Je ne vous ai point rapportée !

Ne la croyant pas, Stella voulut s'approcher d'elle lorsqu'Hildegarde projeta sa fille à plusieurs mètres par sa pensée.

- Ne t'approche pas d'elle, ni de moi ! Elle te dit la vérité, je l'ai forcée à avouer. Je suis ta mère et je ne puis te faire de mal Estelle, mais je ne tolérerai point que tu restes en cette terre, va t'en d'ici, éloigne-toi de l'Angleterre et n'y reviens jamais ! dit Hildegarde.

La sentence était dure et grave. Alors qu'Isabeau et Hildegarde se retournaient pour partir de cette triste scène, Stella devint réellement folle. Elle se releva, prit la dague qu'elle avait utilisée pour sacrifier les enfants d'Henri et la lança en direction de sa mère qui lui faisait dos, à une vitesse effarante. Cependant, Hildegarde était une sorcière plus puissante que sa fille à l'époque. Elle leva la main ce qui arrêta la dague qui tomba au sol. Hildegarde et Isabeau se retournèrent vers Stella. La mère leva la main et serra la gorge de sa fille malgré une distance de quinze mètres.

- Comment oses-tu  petite arrogante ? Sache que tant que je serai vivante, je serai plus puissante que toi ! Tu n'es plus ma fille, je ne te reconnais point ! Quitte cette terre au plus vite, avant que je ne revienne sur ma décision de te laisser la vie. Viens Isabeau ! dit Hildegarde laissant aller sa fille.

La mère se retourna et ne regarda plus jamais son enfant. Stella était morte à ses yeux. Stella tomba à genoux et toussota. Elle leva les yeux pour voir une dernière fois sa mère qui s'éloignait, Isabeau était encore là. Stella vit dans ses yeux une déception impossible et cela la toucha malgré elle.

- Je n'ai pas eu le choix cousine…. je ne l'avais pas…. dit-elle, tristement.

Isabeau hésita une seconde avant de quitter rejoindre sa tante. Stella les regarda marcher jusqu'à ce qu'elles disparaissent à l'horizon. Elle ne les revit plus jamais. Lorsque le soleil se leva, Stella creusa deux petites tombes pour Ninon et Harold. Elle songea un court instant au manque d'empathie d'Henri et se rendit vite compte qu'elle en avait hérité. Malgré l'horreur de ses actions, elle ne regrettait nullement ce qu'elle avait fait et il lui semblait, qu'elle aurait dû. Quoi qu'il en soit, elle se mit en route vers Southampton. Sa mère avait été très claire, elle ne pouvait rester en Angleterre. Lorsqu'elle serait là-bas, elle prendrait un bateau vers la Normandie. Certes, elle ne pourrait accomplir sa vengeance envers Anselme, mais elle attendrait qu'il revienne sur le continent, il le ferait assurément. Étrangement, elle aurait un sort similaire à celui d'Henri, une existence d'errance et de solitude… n'étant plus capable de ressentir un sentiment vaguement semblable à l'amour.

174

# Tiers livre

## Le chemin de croix II

- Après mon départ d'Angleterre, je suis rentrée en Normandie. J'ai continué de vivre dans l'ouest de la France pendant quelques siècles, changeant d'endroit avec les soupçons et les accusations des villageois. Au tournant du 17ᵉ siècle, on m'a arrêtée. J'étais devenue trop connue et c'est cela qui m'a poussée à venir me réfugier en Amérique. Cette terre sauvage, éloignée de tout, peu peuplée, était un abri parfait. Je n'avais jamais remis les pieds en Europe, avant aujourd'hui....

Stella venait de terminer de parler après deux bonnes heures de monologue et un silence lourd tomba dans le petit bureau de Dubronc. Elle était visiblement émue, mais n'ajoutait rien, elle restait là, sans mot dire, le visage presque figé, mais ses yeux en disaient long sur ses véritables sentiments. Maurice Dubronc la fixait, fasciné par cet être si étrange sorti tout droit du Moyen Âge. Elle lui inspirait une terreur intense, mais sa curiosité de chercheur le piquait pour le rendre un peu plus téméraire. Jamais il n'avait rencontré un tel personnage, il se devait de creuser encore afin de la cerner. Il réfléchit un instant pour trouver quelques questions à lui poser sur cette histoire incroyable, il n'eut pas à chercher trop longtemps.

- Si je ne m'abuse, Guillaume II d'Angleterre ne s'est jamais marié...et il est mort dans un accident de chasse.... dit-il, doucement.

Il eut peur un instant de la froisser ou l'offusquer en posant cette question, par contre, sa rigueur scientifique l'obligeait à la confronter à l'historiographie moderne. Le visage de Stella changea brusquement et afficha un air de contrariété. Elle se leva pour marcher de long en large de la pièce.

- Vous ne me croyez pas.... quelle surprise... dit-elle, légèrement insultée.

Dubronc se sentit mal à l'aise, mais poursuivit.

- Je vous dis ce que je sais....ajouta-t-il.

À ce moment, Stella eut un petit rire sec et s'arrêta pour le regarder droit dans les yeux. Toute sa colère était disparue, elle lui sourit même.

- Ce que vous savez, en êtes-vous bien sûr ? Ou serait-ce plutôt ce qu'on vous aurait appris que vous me débitez là ? Selon vous, était-ce mieux pour les contemporains d'Henri de faire passer leur roi pour un sordide meurtrier sans scrupule et de lui faire assumer tous ces morts…. ou simplement de m'effacer moi et mes enfants de l'histoire ? Qui croirez-vous ? Des lettrés qui racontent ce que les livres disent ? Ou moi, qui vous dis avoir été là ? dit-elle, aucunement étonnée qu'on l'ait effacée de l'histoire.

L'argument de Stella était très valable et elle réussit à insinuer un doute dans les certitudes de Dubronc. L'homme, en effet, n'avait aucune raison de ne pas la croire, non seulement l'on se moquait de lui à cause de ses théories les plus farfelues, celle-là n'en serait qu'une autre aussi bizarre. Dubronc continua son interrogatoire.

- Et Stella Larousse ? Pourquoi vous êtes-vous nommée d'après le surnom de votre époux ?

La femme inspira profondément avant de laisser tomber ses mains sur ses hanches.

- C'était le nom qui m'allait le mieux…. j'étais la femme du roux… dit-elle, tout bonnement.

Cette réponse amena Dubronc a posé une question sensible.

- C'est une grande preuve de sentimentalisme, n'est-ce pas contra-dictoire lorsqu'on voit la cruauté dont vous pouvez faire preuve ?

Ce fut là qu'il se rendit compte qu'il avait dépassé les bornes ! Stella se retint de ne pas exploser de rage mais sa colère transparaissait de tout son corps.

- Comment osez-vous me juger ainsi ? J'aimais mon mari et mes enfants de tout mon cœur ! Je serais morte pour eux ! J'aurais enduré les pires supplices ! Mais je n'ai pas pu ! Je n'ai eu aucune chance de les aider, de les sauver ! Tout l'amour que j'avais s'est envolé avec eux…. il ne me reste plus que de vagues souvenirs, réminiscences floues qu'un jour… il y a près de mille ans, je le pouvais.

Dubronc avait peur maintenant, mais la discussion était devenue si intéressante, qu'il en oublia ses craintes et continua.

- Pourquoi faire subir un sort aussi horrible que celui de vos enfants à de pauvres innocents qui croisent votre route alors ? Si vous avez ce vague souvenir… vous devriez bien savoir que vous faites vivre l'enfer à ces enfants et ces familles depuis des siècles ?

Étrangement, Stella n'avait aucune mauvaise intention envers Dubronc, ou même Élise. Elle ne cherchait pas à faire le mal pour faire le mal, elle avait un pacte qu'elle respectait, c'était tout !

- Avez-vous une quelconque pitié pour le veau que vous mangez ? Ou l'agneau dont vous vous délectez ? C'est ce que vous êtes à mes yeux les humains, du bétail, dit-elle sèchement avant de se détourner pour quitter.

Alors qu'elle ouvrait la porte, Dubronc dit doucement.

- Ne songez-vous jamais à vos enfants ?

En sortant, elle lança cette phrase terrible.

- Ils sont morts mes enfants….

Elle referma la porte, laissant Dubronc seul, dans son bureau, hébété ! Troublé par cette rencontre et ce qu'il venait d'entendre, l'homme se leva et alla se verser un verre de cognac en tremblant. Il se dépêcha d'en boire quelques gorgées, avant de se dire à lui-même et à voix haute.

- C'est incroyable !

Il était presque extatique de cette rencontre imprévue, il avait appris plus dans ces deux heures que pendant près de trente ans de recherche ! Ce fut en se rasseyant, qu'il se souvint qu'il avait indiqué à Stella où se trouvait Élise ! Il s'empressa de décrocher le téléphone et d'appeler Geneviève Mercure. Ils étaient en grand danger. Sa dernière action dans cette histoire se devait d'être à tout le moins, légèrement utile pour Élise et Ariane…

Dès son retour de France, Élise s'était mise en route en catastrophe pour retrouver sa mère et son mari. La veille, Geneviève Mercure l'avait appelée à son hôtel de Lyon pour lui dire de quitter à la hâte car Stella était en route pour les retrouver. Stella pouvait sentir Ariane, le lien qui l'unissait à la petite était fort, mais aussi contournable. Élise était capable de gagner quelques jours d'avance sur la sorcière, ce qui lui fit germer une idée. Si elle restait en mouvement constant, peut-être serait-elle capable d'empêcher Stella de mettre la main sur sa fille à temps pour la moisson ? Enfin bref, elle suivrait le conseil de Geneviève Mercure pour commencer. C'était le conseil le plus sage qu'elle avait eu jusque là. Elle tenterait d'attraper Pukha, qui devait être chez Stella. Où aurait-elle caché un feu-follet dans ses bagages ? Il était sûrement resté à Québec. Lorsqu'Élise et Ariane revinrent à la maison, Élise décida de retrouver Pierre et Blanche. Elle se douta assez vite d'où ils pouvaient se trouver. Probablement, Pierre avait emmené Blanche se réfugier dans leur chalet de Charlevoix. Après un coup de téléphone, elle confirma son hypothèse. Élise raconta rapidement tout ce qui venait de leur arriver et implora Pierre de revenir en vitesse à la maison. Il ne fallut que quelques heures pour que Pierre et Blanche reviennent. Il faisait déjà nuit lorsqu'ils arrivèrent. En entrant dans la maison, ce fut une Élise en pleurs qui se jeta dans leur bras.

- Alors ? demanda Pierre, appréhendant la réponse de sa femme.

Élise se détacha de son mari et se dirigea vers le salon pour s'asseoir sur un fauteuil. Sa mère et son époux la suivirent.

- Ils… ils ne pouvaient rien pour nous… balbutia Élise, penaude.

Pierre et Blanche s'échangèrent un regard désolé, ne sachant que faire. L'homme se sentit si impuissant qu'il explosa de colère.

- Mais ça se peut pas ? Il y a sûrement quelque chose à faire ? Qu'on peut faire !

Le cœur de Blanche battait si vite qu'elle eut peur de perdre connaissance. C'était un cauchemar, directement tiré de son enfance. Alors que le découragement général s'abattait sur la famille, Élise leur parla de Pukha.

- Il y a peut-être une dernière chose qu'on peut tenter, dit Élise animée d'un faible espoir.

L'expression faciale de Pierre et Blanche invitait à de plus amples explications.

- Stella a un feu-follet à ses services. La sorcière que j'ai rencontrée en France m'a dit que s'il existe une faille à ce rituel, seulement lui saurait laquelle… qu'on pourrait essayer de l'attraper pour l'interroger.

Cette nouvelle suscita un regain d'espoir chez Pierre et Blanche.

- Comment on peut l'attraper ? demanda Blanche.

Élise ne le savait pas, elle haussa les épaules en guise de réponse. Pierre, motivé cette fois-ci, déballa son plan.

- Ce feu-follet est un être physique oui ? demanda-t-il.

Élise et Blanche acquiescèrent. Pierre poursuivit.

- Si Stella est France, moi je dis qu'on va chez elle et on essaie de l'attraper à mains nues ! C'est pas plus compliqué que ça ! C'est comme aller à la chasse ! dit-il, un sourire enfantin dessiné sur le visage.

À ce plan, à tout le moins bancal, Élise et Blanche s'objectèrent. Elles avaient de sérieux doutes qu'elles ne mirent pas longtemps à exposer. Pukha était un feu-follet, donc un être magique, ils ne savaient pas de quoi il était capable. En plus, peut-être Stella possédait-elle d'autres serviteurs de la sorte, peut-être plus dangereux.

- Vous m'avez dit que ce feu-follet était comme un petit lutin malfaisant. À deux Élise, on est capable de le faire. Pis, on a d'autres options ? ajouta-t-il.

Devant ce triste constat, les deux femmes se rallièrent à l'idée de Pierre. Elle comportait son lot de risques, mais l'homme avait bien raison, ils n'avaient pas une minute à perdre et deux adultes contre le feu-follet pourraient probablement lui mettre la main dessus ! Les

178

trois décidèrent de la suite des évènements. Blanche irait rejoindre Ariane qui dormait dans sa chambre pour la surveiller et le couple se rendraient chez Stella pour capturer le petit lutin maléfique. Ils le ramèneraient ensuite chez eux, le ligoteraient et le tortureraient jusqu'à ce qu'il leur dise ce qu'ils voulaient entendre. C'était leur plan… leur unique plan.

Le cliquetis de l'horloge grand-père harassait Geneviève au plus haut point. Assise sur un gros fauteuil feutré dans l'arrière-boutique, elle attendait la venue inéluctable de Stella. Dubronc lui avait tout raconté de leur petite rencontre, et si Stella suivait les traces d'Ariane, elle viendrait assurément dans leur petite boutique. Elle avait aussitôt informé Tristan de la visite prochaine de Stella et lui avait intimé l'ordre de ne pas traiter avec elle, de la laisser faire. Elle s'en occuperait. Elle avait aussi ajouté de ne rien dire à Jacquot pour ne pas l'inquiéter. Le petit serait une cible facile pour Stella et Geneviève se doutait que la nervosité d'un enfant serait une arme puissante à exploiter de la part d'une sorcière mal intentionnée. Ils avaient donc convenu de ne rien lui dire et de le surveiller. Tristan travaillait au comptoir de la boutique, tout en jetant un œil sur son fils qui jouait. Ce fut lorsque la sonnette de la porte retentit que Tristan posa le regard pour la première fois sur Stella. En la voyant, grâce à ses pouvoirs de magicien, il sut qu'ils courraient un grand danger. Il voulut avancer vers son fils et contourner le comptoir, mais Stella ouvrit la main et le figea sur place en disant.
- Reste !
Pétrifié, il ne pouvait plus bouger, les pouvoirs de Stella étant beaucoup plus puissants que les siens. Lorsque Jacquot la vit, le petit recula d'un pas seulement tellement il fut impressionné par l'énergie qui se dégageait de cette femme. Étant un  témoin impuissant de cette scène, Tristan, paralysé, mais ayant toujours l'usage de la parole, dit.
- Jacquot, va rejoindre grand-mère dans l'arrière-boutique !
Stella était à quelques mètres du petit seulement. Elle lui montra la main et rétorqua.
- Non Jacquot, viens me voir !
La frustration envahit l'homme qui tenta de bouger mais ressentit une grande douleur irradiant dans tous ses muscles. Se rendant bien compte qu'il ne pouvait bouger, il répéta son ordre à son fils.
- Va dans l'arrière-boutique je t'ai dit !
Il essaya de nouveau de bouger, mais gémit de douleur. Stella sourit à cela.

179

- N'essaie pas de bouger, tu te feras seulement mal. Jacquot, viens ici !

L'enfant ne savait que faire, d'un côté, il y avait son père, qu'il aimait et qui semblait en bien mauvaise posture, et de l'autre, une femme qu'il ne connaissait pas qui avait une aura forte et obscure.

- Tu aimes ton papa Jacquot ? demanda Stella.

L'enfant hocha simplement de la tête en signe de réponse.

- Alors viens me voir Jacquot ! ordonna Stella qui cessa de sourire.

Devant cet argument de poids, le petit s'exécuta et s'approcha d'elle qui s'agenouilla pour être à sa hauteur. À cet instant, Tristan cria.

- NON ! GRAND-MÈRE !

Geneviève, qui s'était assoupie, fut tirée de ses songes et comprit tout de suite ce qui se passait. Elle prit son courage à deux mains et sortit de l'arrière-boutique pour affronter Stella. Face à la sorcière, Jacquot dit simplement.

- Ton cœur est si noir…

Stella rit à cela et le prit dans ses bras comme Geneviève arrivait. Très vite, elle vit Tristan paralysé et s'arrêta auprès de lui en apercevant son arrière-petit-fils dans les bras de Stella.

- Quel beau garçon ! dit Stella en parlant de Jacquot.

La situation était explosive et possiblement fatale, Geneviève devait garder son sang froid.

- Laissez aller le petit, il n'a rien à voir dans cette histoire, dit-elle.

Stella eut un petit rire inquiétant avant de répondre.

- Mais au contraire ma chère, il a tout à faire justement. Non, tout de suite, je le laisserai aller, je veux simplement des réponses à mes questions.

Sachant bien qu'il était inutile de résister ou d'essayer de la provoquer, Geneviève répondit.

- Posez-les vos questions !

- Où sont passées Élise et Ariane ? demanda Stella.

Geneviève dit la vérité.

- Elles sont rentrées au Canada hier.

- Décidément, c'est comme le jeu du chat et de la souris cette histoire ! lança Stella.

La tension était palpable et la scène étrange. Stella poursuivit son questionnement.

- Et que lui avez-vous dit ?

Geneviève dit encore une fois la vérité.

- Je lui ai dit que je ne pouvais l'aider.

Cette réponse fit sourire Stella qui renchérit.

- Et pourquoi lui avez-vous menti ?

180

À cet instant, Tristan comprit qu'il avait vu juste. Ils auraient pu l'aider, mais Geneviève n'avait pas voulu.

- Parce que je savais, juste en voyant la petite, qu'il était suicidaire et fort périlleux de m'interposer entre vous et elle, dit la femme, désolée et se sentant sale, d'avoir abandonné cette enfant innocente.

Stella déposa Jacquot à cet instant, ayant eu les réponses à ses questions.

- Quelle sagesse ! Vous avez bien fait ! rétorqua Stella.

L'enfant courut se réfugier derrière son arrière-grand-mère qui fut immédiatement soulagée.

- Je sais qui vous êtes et de quoi vous êtes capables, c'est tout, ajouta-t-elle.

- Et comment cela ? demanda Stella, piquée par la curiosité.

- C'est simple. Je suis une descendante directe d'Isabeau…cela vous dit quelque chose ? demanda Geneviève, toujours aussi froide et calme.

Stella parut amusée par cette nouvelle.

- Alors nous faisons partie de la même famille, wow ! Isabeau aurait eu d'autres enfants ? Et sorciers qui plus est ? demanda-t-elle.

C'était le cas, Isabeau donna naissance à un dernier enfant après le bannissement de Stella et qui fut celui-ci, sorcier ! Geneviève se contenta de hocher de la tête.

- Et bien quelle bonne nouvelle ! Bon, sur cela, je crains de devoir vous quitter, j'ai de petites affaires dont il faut que je m'occupe. Bien le bonsoir ! dit Stella avant de se retourner et de quitter aussi simplement que comme elle était venue. Elle savait que ce que Geneviève lui avait raconté était la vérité, elle pouvait lire dans l'esprit des gens.

Aussitôt partie, le sort de Stella perdit son effet sur Tristan qui fut libéré. Il s'empressa de prendre son fils dans ses bras et de le serrer. Il regarda sa grand-mère, furieux et lui dit.

- Je n'arrive pas à croire que tu aies condamné cette famille ! C'est horrible ce que tu as fait !

Geneviève, auparavant si calme, perdit patience et agita les bras dans les airs en criant.

- Mais que penses-tu pauvre fou ? Que ça m'a fait plaisir Tristan ? Que je suis dénuée de tous bons sentiments ? Non ! C'était eux ou nous Tristan ! Eux ou nous…. Elle nous aurait tués si j'avais désenchanté la petite. Sa colère de ne pas pouvoir pratiquer sa Moisson se serait abattue sur nous.

Elle haletait tant la peur qu'elle avait refoulée l'emplissait à ce moment.

- Non, je n'ai pas eu le choix Tristan… je ne l'avais pas… dit-elle, tristement, comme son ancêtre… quelques siècles plus tôt.

Ce soir-là, Pierre et Élise décidèrent de se rendre dans la maison de Stella Larousse afin de capturer Pukha, le petit feu-follet. Ils n'avaient aucune idée à quoi s'attendre, c'était plutôt une tentative désespérée d'obtenir une quelconque information qui leur permettrait d'interrompre, ou, à tout le moins, ralentir la Moisson. C'est ainsi qu'ils se vêtirent de vêtements sombres pour ne pas attirer l'attention et mirent des gants pour laisser le moins de traces possible. Pierre avait amené une barre de métal, qui, selon lui, suffirait à assommer le petit lutin. Élise, quant à elle, amenait un sac de toile pour transporter Pukha. Ils se mirent donc en route vers 8h30 le soir, quelques minutes avant le coucher du soleil estival. Ils se hâtaient car ils n'avaient aucune envie d'attendre le retour de Stella. Le cœur battant, ils traversèrent la rue à la course, tels des enfants qui jouaient aux espions. Ils s'approchèrent de la maison de Stella et se cachèrent derrière des arbustes fleuris. La grande maison bleue avait un large terrain recouvert de végétations. Il y avait de grands saules pleureurs ainsi qu'une multitude de cèdres et d'arbustes divers. Tout cela, c'est sans parler des plates-bandes de fleurs ! La maison de Stella possédait trois étages, en incluant le sous-sol. Elle était parcourue sur son flanc par un large perron en bois blanc. Élise et Pierre échangèrent un regard de complicité. Ils ne pouvaient se risquer à entrer par la porte avant, trop risqué de se faire voir. Ils iraient voir à l'arrière ou sur les côtés s'il y avait une autre entrée. En effet, à l'arrière de l'habitation, se trouvait une petite porte donnant sur la cuisine. Élise et Pierre s'en approchèrent, et alors qu'elle guettait furtivement que personne ne les voit, il brisa un des petits carreaux de la fenêtre de la porte pour l'ouvrir. En un temps, ils étaient entrés ! Dans la maison sombre, ils furent surpris de constater que la majorité des pièces : cuisine, salon, salle de bain, au rez-de-chaussée étaient tout à fait normales ! Rien de spécial ici, surtout, pas de feu-follet ! Stella avait sûrement dissimulé une pièce où elle pratiquait sa magie noire. Soit au sous-sol, soit à l'étage. Pierre fit signe à Élise de monter au premier, alors que lui irait au sous-sol. Élise voulut protester, mais son mari lui fit signe de ne pas parler. Ils devaient garder leur effet de surprise. Leur nervosité crut d'un cran lorsqu'ils furent séparés. Ensemble, bien qu'énervés, ils se sentaient plus en sécurité, maintenant seuls, la donne changeait. Élise gravit les marches de la demeure, une à une, portant attention à chaque bruit, craquement, que ses pieds faisaient sur l'escalier de bois. Elle tentait de les minimiser, mais le bois franc craque, avec soin ou pas ! Lorsqu'elle arriva au premier, elle découvrit une chambre à coucher des plus normales, ainsi qu'une salle de bain tout aussi normale, mais il y avait une troisième pièce au bout du couloir. Elle s'en approcha doucement et tenta de tourner la poignée, mais, rien ! Elle était verrouillée ! Elle essaya bien de forcer la porte, mais elle n'avait pas assez de force pour cela ! Elle décida donc de retourner en bas afin de trouver un objet pour forcer la serrure.

Pierre, quant à lui, ouvrit sans problème la porte du sous-sol et commença sa descente sur l'escalier poussiéreux. Une forte chaleur s'exhalait de la cave obscure et une odeur pesante s'engouffrait de force dans ses narines. Il faillit avoir la nausée tellement l'odeur était désagréable ! On aurait dit un mélange de graisse pourrie et de souffre ! Toutefois, il ne voulait pas abandonner, il continua. Prévoyant, il avait emmené une lampe de poche qu'il alluma afin de s'éclairer. La seule lueur de la lampe ne suffisait pas à lui donner un champ de vision large, par contre, il voyait un peu ! Arrivé à la dernière marche, il sentit quelque chose lui chatouillé la tête ! Craintif, croyant être attaqué par un monstre X, il agita les mains pour se dégager et reconnut un cordon de lampe. Il le tira et vit le sous-sol s'éclairer. Une vision fort étrange s'offrit à lui. Il y avait une panoplie d'objets bizarres empilés les uns sur les autres. Des meubles de bois recouverts de draps gris, mais aussi des boîtes de carton et des statues de pierre dégradées par le temps. Ce qui attira le plus son attention, furent bien entendu les lutrins, les trois bibliothèques gorgées de livres ainsi que les gros chaudrons de fer noir. La cave était totalement pleine d'objets et laissait peu de place pour se déplacer. Sur le sol de terre brune, l'homme vit des petites traces de pas griffues. Il songea alors, que le feu-follet devait vivre là ! Tout à coup, il entendit de petits pas de course et un petit rire glauque ! Ce fut alors qu'il sut, qu'il n'était pas seul !

Élise remonta au premier avec un tournevis, un cintre et un couteau qu'elle avait dénichés en fouillant un peu dans la maison. Elle se mit à genoux devant la serrure récalcitrante et commença sa besogne. Elle tenta de défaire la poignée avec le tournevis, mais n'y parvint pas. Elle essaya même de la détruire la partie de la serrure adjacente au mécanisme avec le couteau, mais en vain ! Alors, elle essaya le bon vieux truc du cintre ! Elle allongea l'extrémité de métal et l'introduit dans le trou de la serrure. Là, elle tâtonna longtemps jusqu'à ce que soudainement, elle entende un petit clic significatif ! Elle tourna la poignée de la porte et l'ouvrit lentement. Voilà ! Elle pouvait entrer ! Mais étrangement, elle n'en avait plus vraiment envie ! Comme ses mains étaient maintenant moites, elle les essuya frénétiquement sur ses pantalons et prit de profondes respirations pour se calmer. Ressaisie, elle entra à pas feutrés dans la mystérieuse pièce. À l'intérieur, son souffle se coupa un instant tellement sa surprise fut grande ! Cette pièce donnait sur l'avant de la maison et il n'y avait qu'une seule fenêtre d'où l'on voyait parfaitement leur maison de l'autre côté de la rue. Il y avait un lutrin où se trouvait un gros grimoire à la reliure de cuir et aux multiples pages jaunies. Au centre de la pièce, se trouvait un grand chaudron de métal, soutenue par une large chaîne accrochée au plafond, surmontant un petit réceptacle de pierres destiné à recevoir du bois de feu. Il y avait quelques cendres témoignant de son usage. Sur les murs, il y avait une table recouverte de fioles multi-colores, d'herbes et de petits pots divers ainsi qu'une bibliothèque tout aussi charnue que celles du sous-sol. Élise chercha le commutateur pour allumer la lumière ce qu'elle fit après l'avoir trouvé. Impression-née, elle fit quelques pas en direction du lutrin et vit, dans les pages du grimoire, le rituel de la Moisson et ne prit pas longtemps à com-prendre les étapes en voyant les miniatures gravées. C'était sans équivoque, le sort de sa fille était presque scellé. Elle tenta bien de lire pour trouver une information intéressante mais comme elle ne connaissait pas le latin, elle eut bien de la difficulté à comprendre quoi que ce soit. Quelques paroles étaient bien intelligibles, mais le sens global du texte lui échappait. Déçue, elle s'enquit d'aller voir les livres qui se trouvaient dans la bibliothèque. Là, elle débuta une recherche rapide de titres. Les premiers étaient en latin et grec, aucune chance pour elle de comprendre ! Cependant, plus elle avançait, plus les titres devenaient compréhensibles. Stella avait classé ses livres en ordre chronologique d'acquisition. Si les plus anciens dataient de l'Antiquité tardive et du bas Moyen-âge, les plus récents provenaient de la Renaissance et Élise pouvait les comprendre avec quelques efforts. En furetant les titres, elle en trouva un qui attira son attention. Elle le tira de sa rangée et lu son titre.

*Les bestes fabuleuses.*

Elle l'ouvrit à la recherche des feux-follets….

Les rires secs du petit lutin commençaient à rendre Pierre nerveux. Il n'avait pas vraiment idée où il se trouvait, de plus, ses bruits de pas et ses rires l'induisaient en erreur constamment. Il était sur son territoire, et Pierre ne connaissait pas l'amplitude de ses pouvoirs. Il crut mourir en attendant cette voix sortie d'outre-tombe lui dire.

- Petit humain inconscient que Pukha va manger comme souper…

La nervosité de Pierre devint insoutenable, ayant vraiment peur maintenant, il se mit à donner des coups de barre dans les airs afin d'effrayer le petit monstre. Ses tentatives n'eurent pas l'effet escompté ! Pukha se mit à rire de plus belle ! L'homme décida de se calmer et de scruter attentivement chaque recoin pour retrouver le petit lutin. Tout à coup, il aperçut un grand plateau d'argent servant dans les réceptions adossé sur la patte d'une table. Ce fut là qu'il vit Pukha s'approchant de lui par l'arrière. C'était la première fois qu'il le voyait et son apparence monstrueuse terrorisa l'homme ! Ces yeux jaunes ! Ces longs doigts griffés ! Cette petite tête aux oreilles tombantes et au nez fourchu ! Pierre serra sa barre le plus fort qu'il put et se retourna pour donner un grand coup. La violence du coup projeta le feu-follet de l'autre côté de la pièce. Il alla s'effondrer sur une statue de pierre. Content de lui, l'homme s'approcha du lutin, prêt à le frapper de nouveau. Lorsque Pukha, à demi conscient, rouvrit les yeux et agita la tête pour retrouver ses esprits, vit Pierre qui s'approchait l'air menaçant, le petit feu-follet décida de se défendre avec son arme la plus efficace. On ne les appelle pas feu-follet sans raison. Pukha vint les yeux très ronds avant de disparaître dans une flamme blanche et bruyante sous le regard hébété de Pierre! La petite flamme semblait faire du sur place dans un bruit sourd mais aigu, néanmoins, quand elle commença à bouger, Pierre comprit vite dans quel pétrin il se trouvait. Pukha pouvait voler sous cette forme et tentait de l'attaquer. De plus, il était si rapide, que Pierre avait bien de la difficulté à esquiver ses attaques. Pukha se jetait à toute vitesse sur l'homme pour le brûler. Ses premières tentatives furent infructueuses, mais lorsqu'il réussit finalement à frapper Pierre à la poitrine, la profonde douleur que cela provoqua chez l'homme, le fit paniquer. C'était une douleur intense et qui prenait bien du temps à disparaître. Pierre se baissait comme il pouvait pour éviter les coups, mais il y parvenait de moins en moins alors que Pukha accélérait ses attaques. Terrifié, Pierre décida de battre en retraite et de remonter. Cependant, Pukha n'allait pas en rester là ! Il continua ses attaques et suivit Pierre qui eut juste le temps de refermer la porte sur Pukha qui se jetait de nouveau sur lui. Le feu-follet se jetait violemment dans la porte obligeant Pierre à la retenir pour qu'il ne réussisse pas à sortir du sous-sol. Piégé devant la porte, souffrant de ses brûlures, Pierre se résolut à appeler à l'aide.

- ÉLISE ! cria-t-il, en peine.

Cette plainte de désespoir extirpa Élise de ses lectures. Elle referma le livre, le jeta au sol et se précipita en trombe à la rescousse de son mari ! Lorsqu'elle arriva dans la cuisine et vit l'état pitoyable de son mari, brûlé à la poitrine, la tête et aux bras, retenant la porte prise de soubresauts, son premier réflexe fut de l'aider et s'adossa à la porte!

- Il était en bas ! dit Pierre.

- Qu'est-ce qui s'est passé ? demanda Élise, surprise.

- Il s'est transformé en feu et m'a attaqué ! Comment on va faire pour le prendre ?

Élise se souvint de sa lecture et eut une idée.

- Attends, je remonte, j'ai lu quelque chose dans un livre en haut, tu vas être capable de le retenir tout seul encore un peu ? demanda-t-elle

Pierre lui fit signe que oui. Élise laissa aller la porte et courut jusqu'au premier pour retrouver le livre qu'elle lisait quelques minutes auparavant. Elle n'eut pas à chercher longtemps avant de retrouver ce qu'elle lisait. Elle redescendit aussi vite qu'elle était montée, cette fois-ci, avec le livre. Dans la cuisine, elle se plaça plus loin de la porte, en face d'elle. Élise respira profondément avant d'ordonner à son mari.

- Écoute, quand je te le dirai, ouvre la porte !

Dans le vacarme épouvantable que faisait Pukha pour sortir de là, Pierre crut avoir la berlue !

- Mais t'es folle ! Il va essayer de nous tuer ! dit l'homme, incrédule.

Élise comprit bien l'appréhension de son mari mais elle avait trouvé une formule dans le livre qu'elle se devait d'essayer.

- Fais-moi confiance Pierre !

Devant sa volonté de fer, l'homme acquiesça à contrecœur, à la demande de sa femme. Élise relit plusieurs fois la phrase tout en respirant. Elle devait se concentrer et visualiser ce qu'elle allait faire. La formule était claire, elle devait s'imaginer le tout arrivant pour que cela se produise. Après deux minutes, elle dit à Pierre.

- Ouvre la porte !

Elle étira le bras et ouvrit sa main tout en fixant la porte. Pierre hésita mais lorsqu'elle répéta son ordre en criant, l'homme recula. Enfin libre, Pukha arracha la porte en sortant, la projetant sur Pierre et se précipita à cent à l'heure sur Élise, juste en face de lui. Au même moment, Élise cria.

- FOCUS FIGE IPSUM !

La flamme disparut pour laisser apparaître Pukha dans sa forme de lutin. Il tomba à grande vitesse sur Élise qu'il entraîna dans sa chute. Sonnés, les deux se dévisagèrent une seconde. Élise était sur le dos, tenant toujours le livre, alors que Pukha était allongé sur elle, l'air étonné et ne comprenant pas. Furieux, ses yeux devinrent lumineux et il commença de chauffer à nouveau, mais Pierre fut plus rapide cette fois. Il s'était relevé rapidement, avait repris sa barre de métal et assomma d'un coup net le petit lutin.

- Met-le dans le sac Élise, on s'en va à la maison !

Ils avaient réussi ! Ils avaient attrapé Pukha ! Leurs cœurs s'emplirent d'espoir à nouveau. Élise mit Pukha dans le sac de toile et le referma. Ils tentèrent d'effacer toutes les traces de leur visite avant de rentrer chez eux. C'était leur unique chance, ils ne devaient pas la manquer !

Le livre de Stella était bien pratique et donna beaucoup d'informations au couple sur la manière de maîtriser le feu-follet. Stella elle-même les avait utilisées afin d'acquérir ce petit monstre belliqueux au tempérament explosif. Lorsque Pukha se réveilla, il était ligoté sur une chaise d'enfant à l'aide de cordes enduites de sable. Il ne pouvait s'échapper ni se transformer en flamme. Il était pris au piège. Il se rendit vite compte aussi qu'il se trouvait au sous-sol de la demeure des Thibaut. Les quatre étaient là et le dévisageaient. Blanche gardait Ariane auprès d'elle, un peu en retrait, alors que Pierre et Élise se tenaient près de lui, chacun armé d'un grand couteau de cuisine. La suite des évènements paraissait évidente.

- On commence? demanda Élise à son époux.

Pierre hocha simplement de la tête. L'homme était blessé et peinait à se tenir debout à cause de la dizaine de brûlures qu'il avait sur la poitrine, le dos et les extrémités. D'un commun accord, ils avaient convenu que ce serait Élise qui se chargerait d'infliger des blessures au petit lutin, mais avant de commencer, elle fit signe à sa mère et sa fille afin qu'elles remontent pour ne pas assister à un si triste spectacle. Lorsque ce fut fait, Élise s'approcha de Pukha, l'air menaçant et dit ces paroles:

- Maintenant, on a des questions pour toi, dit-elle, les dents serrées, prête à le découper sur place tellement sa haine et son dégoût étaient grands.

Pukha ne put empêcher son petit rire démoniaque.

- Je ne dirai rien! dit-il, arrogant.

Insultée et hors d'elle, Élise n'hésita pas et trancha d'un coup net un orteil du petit lutin qui se mit à hurler de douleur. Il se débattait inutilement sur sa chaise alors qu'un petit sang bleuté et noir s'écoulait de son orteil manquant.

- Il reste huit doigts, et sept orteils encore. Je les couperai tous si tu ne parles pas.

Le visage crispé sous la douleur, Pukha se rendit compte que la femme ne blaguait pas et qu'elle n'avait rien à perdre. En fait, elle n'avait que faire de le mutiler à mort. Même si l'arrogance de Pukha avait diminué, il résista encore. Il devait loyauté à sa maîtresse qui le tuerait sans pitié si elle venait à apprendre qu'il l'avait trahie, même sous la torture. Alors Élise répéta son manège. Au rez-de-chaussée, Ariane et Blanche entendaient très bien les cris de douleur du lutin et bien qu'elles ne lui furent pas sympathiques, elles eurent des frissons d'horreur à chacun de ses cris. Chaque doigt, chaque orteil qu'Élise tranchait, entraînait dans sa perte l'amenuisement de la confiance du petit monstre. Après très exactement six amputations, Pukha finit par céder.

- Très bien.... très bien... je vous parlerai... dit-il en haletant.

Satisfaite, Élise lança un regard empli d'espoir envers son époux qui le lui rendit bien. Elle s'agenouilla devant le feu-follet et demanda.

- Comment peut-on arrêter la Moisson? Peut-on conjurer le sort ou stopper le rituel?

Pukha termina de haleter et son visage changea radicalement pour redevenir aussi arrogant que quelques minutes auparavant. Il saignait abondamment et avait été plus que témoin de la détermination des Thibaut, mais il n'en restait pas moins un être malfaisant qui prenait un grand plaisir à faire souffrir les gens qui avaient le malheur de croiser son chemin. Il plongea son regard fou dans celui d'Élise et dit tout doucement, savourant chacune de ses paroles.

- Vous ne pouvez pas arrêter la Moisson....c'est trop tard maintenant...

La surprise des parents fut telle qu'ils ne réagirent pas à cette annonce. Élise l'avait torturé et se demandait pourquoi avait-il attendu d'avoir perdu tous les orteils d'un pied et deux doigts avant de parler?

- Quoi? Comment? demanda Élise, plus surprise qu'en colère.

Pukha regarda le couple successivement en leur parlant.

- Vous vous croyez brillants d'avoir enlevé un feu-follet et de l'avoir torturé mais ça ne changera rien à l'issue des choses. Ariane est condamnée. Elle est la propriété de ma maîtresse. Il y a si longtemps qu'il est trop tard, votre petite croisade est ridicule! Et regardez dans quel état que je vous ai mis! Moi, petit feu-follet de rien du tout âgé de deux-cent ans! Que pensez-vous que ma puissante maîtresse fera de vous?

Ces paroles atterrantes démolirent chacun des minces espoirs que Pierre et Élise s'étaient forgés. Ils ne dirent plus un mot. Devant ce couple démotivé, Pukha crut bon d'en rajouter.

- La Moisson aura lieu ce soir, l'alignement se produira à minuit 56 et se poursuivra pour une heure et huit minutes exactement, et vous n'y pouvez rien. Vous ne pouvez pas la battre...personne ne peut la battre.... tous vos efforts ont été vains et inutiles!

Élise, qui tenait toujours son couteau, sortit de ses songes et lui répondit méchamment.

- Peut-être que tu as raison, mais ton aventure se termine ici!

Furieuse, elle leva le bras et donna un grand coup empli de colère. La tête de Pukha tomba au sol et s'embrasa aussitôt pour disparaître dans une petite boule de fumée. Le petit corps du lutin se mit alors à fumer, toujours attaché par les cordes et se défit en petits morceaux de cendres, qui s'envolèrent tel du papier brûlé. Le désarroi frappait Pierre de plein fouet alors qu'Élise gardait espoir. L'homme, abattu, se tenait contre une table, le regard bas. Élise s'approcha de lui et dit.

- Chéri, tu as entendu, on doit garder Ariane hors de la portée de Stella pendant une heure et huit minutes. Si on réussit à le faire, on va sauver notre fille pis Stella devra attendre sept ans avant que l'alignement d'étoiles se reproduise de nouveau. Pierre se mit à pleurer tout de même, malgré les encouragements de sa femme. Elle colla son front au sien avant de l'embrasser.

- Je suis fatigué Élise...j'en peux plus... se plaignit l'homme.

Elle rétorqua.

- C'est presque fini mon amour. Ça achève.

Après leur accolade, Élise, motivée par l' énergie du désespoir, dit à Pierre.

- Je vais aller reconduire ma mère chez mon frère, tu peux rester avec Ariane pendant que je pars?

L'homme acquiesça par un hochement de tête. Lorsqu'Élise arriva à l'étage, les yeux inquisiteurs de sa mère se fixèrent dans les siens et Blanche comprit tout de suite que l'heure était grave. Élise caressa la tête de sa fille et dit.

- Va voir papa en bas s'il te plaît ma puce, ok?

La petite s'exécuta sans broncher et descendit au sous-sol. Élise ne perdit pas une minute et avertit sa mère.

- Maman, je vais pas te mentir, je crois pas qu'on va réussir....

À ces paroles, Élise ne put empêcher quelques larmes de stress de s'écouler. Blanche voulut intervenir, mais sa fille l'arrêta.

- Mais, on va essayer jusqu'au bout.... je veux seulement que tu saches, que c'est fort possible.... que tu nous revoies jamais.... dit la femme, devenue très émotive car elle faisait ses adieux à sa mère.

Blanche la prit dans ses bras et lui dit, confiante.

- Dis pas ça Élise! Vous allez réussir! Vous allez la battre! Je le sais....je le sens...

Au fond d'elle-même, Blanche savait qu'elle était loin d'être convaincue. Ses doutes étaient immenses, mais elle devait s'accrocher à cet espoir qu'ils puissent la battre, elle n'avait pas d'autre choix. Cet infime et minuscule espoir était tout ce qui lui restait. Élise se dégagea de sa mère pour ajouter.

- Tu peux pas rester ici maman, c'est trop dangereux. Je veux pas te mettre en danger.

Les deux femmes se dévisagèrent, sachant très bien que Blanche ne pouvait que les ralentir ou se mettre en grand danger. Elle était vulnérable, autant qu'Ariane. La dame accepta sans mot dire et se dirigea vers la porte. Élise lui lança.

- Tu veux pas saluer Ariane?

Blanche sut de quoi il s'agissait, elle se retourna vers sa fille et lui dit.

- Non, je sais que je vais la revoir....

La vieille dame se détourna et sortit pour attendre sa fille à l'extérieur. Elle ne voulait pas revoir sa petite-fille, non pas qu'elle était convaincue de la revoir, mais bien le contraire. Elle refusait de lui faire des adieux. Son cœur se serra alors que lui revenait de vieux et lointains souvenirs. Elle ferma les yeux un instant et put voir.... enfouis dans ses souvenirs, les yeux de son père, la dernière fois qu'elle l'avait vu.... la haine crut encore un peu.

Blanche en sécurité chez son fils, Élise revint chez elle vers neuf heures du soir et gara le mini-van dans le garage adjacent de leur demeure. Elle s'empressa d'entrer et de rejoindre son époux et sa fille qui étaient au salon, fins prêts à quitter. Ils avaient empaqueté quelques vivres et des vêtements, pensant qu'ils allaient fuir pour longtemps. De plus, Pierre avait préparé sa carabine de chasse au cas où...

- Alors on y va? demanda Pierre, le regard triste.

Élise acquiesça en silence. La petite fille voyait bien que l'heure était grave et que ses parents étaient inquiets. Elle s'approcha des deux et leur prit une main à chacun.

- Ça va aller.... dit-elle.

Élise et Pierre ne purent retenir leurs larmes et les trois se firent une longue accolade. Ils s'étreignirent fortement sachant qu'ils allaient devoir combattre une démone et que leur chance de survie était mince. Ce fut là que la petite craqua et se mit à pleurer. Ariane avait été assez stoïque depuis le début de cette sombre aventure, nul ne saurait dire si l'enfant pouvait envisager la réalité ou que le rituel de Stella affectait la petite jusque dans son âme, mais à ce moment précis, elle fondit en larmes. Les deux parents s'agenouillèrent devant elle et lui dirent ces quelques mots.

- Écoute ma puce, il va falloir être fort ok? dit Élise, très émue.

Pierre caressa la joue de l'enfant et ajouta.

- Et peu importe ce qui arrive, oublie pas, qu'on t'aime fort.

Ils s'étreignirent une dernière fois, et se mirent en route vers le garage. Les parents installèrent Ariane à l'arrière et bouclèrent sa ceinture de sécurité. Ils montèrent à leur tour à l'avant du mini-van, Pierre au volant et Élise à ses côtés. L'homme démarra l'engin et fit ouvrir la porte mécanique du garage pour découvrir une vision d'horreur. Stella se tenait debout au milieu de leur entrée, l'air visiblement contrariée.

- On fait quoi? demanda Pierre en panique.

Une seule idée traversa l'esprit d'Élise.

- Passe-lui dessus! cria-t-elle.

L'homme ne fit ni un ni deux, il accéléra en direction de Stella qui esquiva le véhicule de justesse en sautant sur son flanc. Galvanisé par l'adrénaline, Pierre ne ralentit pas. Il continua de conduire aussi rapidement que possible en direction de l'autoroute. Élise se retourna pour regarder où se trouvait Stella, mais elle ne la voyait plus.

- Elle nous suit? demanda Pierre.

Élise mit quelques secondes avant de répondre.

- Je la vois pas. Je pense pas, répondit-elle, hésitante.

Un peu rassuré, Pierre conduisit jusqu'à l'autoroute pour s'engager dans un embranchement. Près de dix minutes s'écoulèrent avant que quelqu'un ne brise le silence. Ce fut Élise.

- Tu crois qu'on l'a semée? demanda-t-elle à son époux.

Mais le visage de l'homme montra une expression étrange. Ses sourcils froncés n'auguraient rien de bon. Pierre fixait la route d'un air effrayant. Élise regarda à son tour pour tomber sur une vision de déjà-vu. Stella se trouvait au beau milieu de l'autoroute les bras croisés derrière son dos! Ses yeux luisaient d'une colère incroyable!

- Qu'est-ce qu'elle fait là? demanda Élise la voix en peine.

Pierre ne répondit rien. Il se contenta d'accélérer, accroissant la tension d'un cran. En l'instant d'une seconde, Élise put lire la détermination dans le regard de Stella. Arrivés à quelques mètres de la sorcière, cette dernière les prit tous par surprise. En décroisant ses bras, elle sortit une longue épée effilée qu'elle brandit avant d'effectuer un impressionnant saut pour se retrouver sur le capot du mini-van, à la stupéfaction générale. Pierre avait pensé l'écraser, pas avoir un obstacle visuel d'importance. La chevelure au vent, Stella se mit à genoux sur le capot et leva son épée au ciel avant de l'enfoncer à travers le pare-brise et par la même occasion, l'épaule de Pierre qui se mit à crier de douleur. Élise et Ariane crièrent d'horreur! Incapable de conduire, l'homme maintint difficilement ses mains sur le volant et le véhicule commença à zigzaguer. Élise tenta de contrôler le van, mais à la vitesse à laquelle il roulait rendait les choses plus ardues. Ne soutenant plus la douleur, Pierre mit brusquement les freins qui se mirent à crisser et fumer, et par le fait même, projeta violemment Stella sur la chaussée, immobilisant le van sur l'accotement.

- ENLÈVE-LA! criait l'homme en désignant l'épée et souffrant le martyr.

Le cœur battant la chamade, la femme tenta d'observer la situation mais l'énervement général la paralysait. Ce fut lorsqu'elle se rendit compte qu'elle devait sortir du véhicule pour retirer l'épée qu'elle vit le corps inerte de Stella, une dizaine de mètres devant eux, gisant sur la chaussée. Elle hésitait, mais devant les plaintes répétées de son époux, céda et sortit, mais prit soin d'emmener la carabine de chasse avec elle. Le cœur battant, Élise ouvrit la portière et se précipita sur le capot pour tenter d'enlever l'épée. Toutefois, la tâche était bien plus difficile que ce à quoi Élise s'attendait et malgré ses efforts, elle ne parvenait pas à l'enlever totalement. Elle tenait la carabine d'une main et jetait des regards furtifs en direction de Stella, afin de s'assurer qu'elle ne bougeait pas. Mais devant son incapacité à retirer l'épée d'une seule main, Élise se rendit à l'évidence qu'elle devait déposer son arme. Elle le fit, à contre-cœur, et s'attarda à tirer de toutes ses forces. Quelle ne fut pas sa surprise de voir que l'épée bougeait à peine! Soudain, après quelques minutes d'efforts soutenus, Élise regarda de nouveau en direction de Stella pour voir qu'elle n'était plus là. Paniquée, Élise abandonna l'épée pour se jeter sur la carabine et descendre du capot. Pendant quelques secondes, qui lui parurent des années, Élise scruta l'air afin de retrouver Stella. Où était-elle passée? Harassée et exténuée, Élise commença à pleurer d'épuisement. Tout à coup, Stella surgit de nulle part pour atterrir sur le toit du mini-van.

La surprise d'Élise fut telle qu'elle poussa un cri d'étonnement. Malgré sa chute du van en pleine course, Stella avait tout au plus quelques égratignures au menton et quelques lambeaux de vêtements déchirés. Elle tenait son balai d'une main et fixait la femme d'un air menaçant. Élise la mit en joue.

- Laisse-nous tranquilles! cria Élise à bout de nerfs!
- Ne fais pas ça Élise! lui dit-elle, en pointant l'arme à feu.

Poussée au plus profond de ses retranchements, Élise appuya sur la gâchette seulement pour réaliser que l'arme n'était pas chargée. Voyant cela, Stella descendit rapidement sur le capot et donna un grand coup de pied au visage d'Élise qui vola quelques mètres dans les airs, avant de retomber dans les quenouilles en contre-bas de l'accotement de l'autoroute. Stella se retourna pour voir Pierre, toujours prisonnier de sa voiture, et renfonça l'épée du peu qu'elle était sortie, provoquant de nouveaux cris de la part de l'homme. Dès qu'Élise se releva, elle assista à la triste scène de Stella qui ouvrait la portière-arrière pour détacher sa fille qui se débattait. Élise courut pour les rejoindre et s'interposer mais Stella n'eut qu'à étirer la main pour la replonger dans ses quenouilles!

Stella mit finalement la main sur la petite qu'elle convoitait tant. Élise se releva de nouveau et persévéra. Toute la famille criait maintenant. Ariane appelait ses parents à l'aide et ces derniers criaient son nom. Tenant l'enfant sous son bras, Stella enfourcha son balai et s'éleva lentement. Élise eut tout juste le temps de toucher les doigts de sa fille avant qu'elle ne soit trop haute.

- DONNE-MOI MA FILLE! cria Élise, pleurant à chaudes larmes désormais.

Stella la regardait d'un air indifférent, la trouvant plus stupide que touchante. Elle dit simplement.

- Pauvre folle! Tu n'as pas encore compris?

Stella la fixa d'un air mauvais sans âme, inhumain.

- Tu ne peux pas me battre! ajouta-t-elle finalement.

Après ces paroles, Stella propulsa son balai dans le ciel noir, seulement éclairé de la lune. Ariane et Élise crièrent toutes les deux en chœur, sans que rien n'y fasse. On entendit encore l'écho des cris d'Ariane, bien après qu'elles fussent hors de portée de vue. Cependant, Élise n'allait pas abandonner, pas là, pas comme ça. Elle essuya ses larmes et se dirigea vers le pare-brise. Elle grimpa sur le capot, mit toutes ses forces afin d'extirper l'épée de l'épaule de son époux. Après quelques efforts soutenus, elle y parvint finalement. Tout de suite après cela, elle ramassa la carabine et remonta dans le véhicule pour voir la triste figure de Pierre.

- On a échoué... dit l'homme, le regard hagard.

Élise fouilla en arrière pour trouver des munitions et chargea l'arme avant de lui dire.

- Il est juste dix heures, on a encore du temps, dit Élise, se convainquant.

- Elle est partie avec Ariane. Que veux-tu qu'on fasse? On sait même pas où... ajouta-t-il.

Élise le regarda d'un air tout aussi déterminé que celui de Stella et lui dit.

- Elle a besoin d'un lieu consacré pour mener son rituel à bien. Je sais où elle va.... On va pas abandonner notre fille aux mains de cette femme-là, Pierre! On peut pas! Il faut qu'on essaie. Pis si je meurs ce soir, au moins j'aurai tout essayé! dit-elle, cette fois-ci, la voix nouée par l'émotion.

L'homme fut touché par la plaidoirie de son épouse et ne put s'opposer plus. Comme il n'était plus en état de conduire, Élise prit sa place et les deux se mirent en direction du nord. Ils avaient tout juste deux heures pour se rendre dans la petite ville de Métabetchouan au Lac Saint-Jean...anciennement connue sous le nom de Saint-Jérôme. En route, Élise aperçut son visage dans le rétroviseur, elle avait quelques ecchymoses, coupures et saignait de la lèvre inférieure. Pierre était sérieusement brûlé, saignait abondamment de l'épaule et montrait un visage cerné et livide. Voilà où ils en étaient rendus....


Élise conduisit à une vitesse effarante pour atteindre la petite localité à temps. Elle alla si vite qu'ils arrivèrent trente minutes avant minuit. Ce fut une bonne chose car ni elle, ni Pierre, ne savaient où se trouvait la colline Cœur-Crevé. Ils arrêtèrent dans une station-service pour demander leur chemin à la caissière qui, malgré leurs têtes démolies, leur indiqua la route. Ils finirent par arriver au pied de la colline juste avant minuit. Les deux descendirent du véhicule, et voulurent se diriger vers le petit sentier qui menait au sommet de la colline, qui était illuminée pour l'occasion. Comme Pierre peinait à marcher, Élise le soutint tout en tenant la carabine de l'autre main. Ce fut alors que Stella démontra une fois de plus qu'elle avait plus d'un tour dans son sac. Alors qu'ils allaient entreprendre de gravir la colline par l'étroit sentier recouvert d'herbes depuis longtemps, les deux entendirent un puissant et grave grondement. Les deux se retournèrent pour apercevoir un animal tout droit sorti du Moyen Âge! Une vision digne d'un cauchemar. Tout près d'eux se trouvait un loup, mais pas ceux de nos forêts, rien à voir! Le monstrel devait faire un mètre au garrot et deux de long. Sa fourrure noire et hirsute était parsemée de poil gris argentés. Son corps massif et sa mâchoire puissante, témoignait de son gabarit musclé. Sa large tête arborait deux yeux élancés luisant d'un jaune ambré. Lorsqu'il grogna à nouveau, ce fut pour dévoiler de longs crocs acérés dégoulinant d'une bave rabique. Il était là pour les arrêter et tout portait à croire qu'il y parviendrait. Le couple hésita une

194

seconde avant que Pierre ne tranche. Il prit la carabine de sa main gauche et se dégagea d'Élise.

- Vas-y toi.... je vais le retenir aussi longtemps que je pourrai, dit-il, décidé à mourir là.

Élise lui lança un regard terrorisé, ce à quoi il répondit par un simple.

- Je tiens à peine debout Élise, je suis même pas sûr de me rendre en haut.

La femme ne savait que faire, le monstre approchait et minuit sonnait!

- Vas-y! insista-t-il.

La femme savait qu'il allait mourir, elle ne se faisait guère d'illusions, mais elle se refusait encore à l'accepter. Comment sa vie avait-elle pu prendre cette tournure? Pourquoi le sort s'acharnait-il sur eux ainsi?

- Va sauver notre fille! dit-il de nouveau.

Élise plongea son regard dans le sien et les deux échangèrent plus que mille mots ne pourraient jamais!

- Je t'aime! dit-elle tout bonnement.

- Je t'aime plus! répondit-il.

Ils s'embrassèrent furtivement avant qu'Élise ne quitte à la hâte sans le regarder à nouveau. Elle s'empressa et courut le plus vite qu'elle put. Elle n'entendit qu'un coup de feu.... et ensuite, plus rien.


Alors que l'alignement arrivait, Stella entama son incantation à Ba'al. Ariane était consacrée et bénie, sur l'autel. Bien que son visage ait été mouillé par ses larmes, elle n'avait plus réellement conscience de ce qui se produisait autour d'elle. L'enfant était comme dans un état de transe comateux. Ses yeux étaient ouverts, mais aucune expression ne se voyait sur son petit visage. Stella avait revêtue sa tenue celtique pour l'occasion et eut même le temps d'écrire ses incantations. Tout pouvait commencer. Cependant, Stella n'attendait aucunement Élise. Quelle ne fut pas sa surprise d'entendre.

- Laisse ma fille partir salope!

Stella cessa son chant pour voir une Élise, déterminée, la tenant en joue.

- L'as-tu chargée cette fois? se contenta de répondre Stella, arrogante.

Élise n'eut pas besoin de répondre pour que Stella sache, par contre, cela ne changeait rien.

- Je dois l'admettre Élise, tu as une volonté de fer. Mais tous vos efforts auront été vains, tout cela ne changera rien à l'issue des choses. Ariane était condamnée au moment où j'ai emménagé en face de chez toi.

Ne pouvant plus reculer, Élise tira sur Stella qui reçut la balle en pleine poitrine. Stella ne tomba pas au sol, mais recula sous l'impact violent de la balle pénétrant sa chair. L'intense sensation de brûlure fut immédiatement suivie d'un saignement abondant. La sorcière mit sa main sur sa plaie et gémit de douleur.

- Je... je ne te croyais pas capable d'autant de violence.... dit Stella, péniblement.

Usant de sa magie, Stella fit sortir la balle de sa plaie et la fit disparaître tout doucement. Lorsqu'Élise vit la balle dans la main de Stella et le sang qui refluait vers la blessure, Élise ne sut quoi penser. Il n'y avait rien qu'elle puisse tenter d'autre. Rien! Comme son grand-père près d'un siècle plus tôt, Stella fit sortir des racines souterraines qui s'enroulèrent aux poignets et aux chevilles de la femme pour l'immobiliser. Élise essaya de se dégager, mais rien n'y faisait. Stella continua son rituel, impassible. Abattue, sachant qu'elle avait perdu, Élise se mit à pleurer bruyamment.

- Pourquoi? demanda-t-elle.

Stella inspira profondément, de nouveau interrompue, pour regarder Élise. Le visage de Stella ne montrait plus d'hostilité, elle semblait presque inoffensive, Élise ne pouvait s'imaginer les raisons morbides qui la poussaient à agir de la sorte.

- Tu veux savoir pourquoi? La raison est simple Élise. Je vous méprise, tous autant que vous êtes. Ça n'a rien de personnel si ça peut te consoler. Et quand on goûte à la puissance, on ne revient pas en arrière. J'ai fait des choix, pris des décisions pour arriver où je suis aujourd'hui. Je suis la plus puissante sorcière sur Terre, qui ait jamais vécu. T'imagines? Seuls certains démons sont plus puissants que moi... et peut-être Dieu.... s'il existe, dit simplement Stella.

Et là, sous la lune presque pleine, Stella invoqua Ba'al pour mener à terme son rituel de la Moisson, devant une femme totalement impuissante...


En ce printemps tardif, Justine Cormier commençait sa carrière d'infirmière-auxiliaire dans le foyer Beaux-Jours de Charlesbourg. La jolie jeune  brunette de vingt ans était bien nerveuse, car c'était le premier jour de son nouvel emploi depuis la fin de ses stages et elle souhaitait vivement faire bonne impression. Ce premier jour, elle débutait sur l'horaire de soir, dans l'aile des résidents en perte d'autonomie avancée. Sa supérieure immédiate, Louison Deschamps, une grosse bonne femme de quarante-huit ans, l'avait prise sous son aile et la parrainait. Vers huit heures du soir, Justine devait faire la tournée des chambres afin de vérifier que les résidents avaient bien pris leur médication, avaient soupé, s'étaient lavés et que tout était en ordre. Elle gardait avec elle, un gros cartable, où étaient écrits tous les antécédents et informations utiles à savoir sur les résidents. En arrivant devant la porte de la chambre de Blanche Morin, Justine prit soin de relire les informations relatives à la dame. Il était écrit:

*Femme octogénaire.*

*Veuve.*

*Cancer des os, évolution lente: sans traitement.*

*Idées délirantes.*

*Sous médication psychiatrique.*

Justine entra dans la chambre en cognant et vit Blanche, assise dans une chaise-berçante, qui regardait par la fenêtre.

- Bonsoir madame Morin, je m'appelle Justine Cormier, je suis nouvelle ici, dit-elle, en affichant le plus beau des sourires.

Justine souhaitait faire bonne impression sur ses supérieurs, mais aussi les résidents. Elle désirait consacrer sa vie à ces gens! Elle voulait entretenir de bonnes relations avec eux! Blanche ne dit rien et continuait de se bercer. Intriguée, Justine voulut s'approcher lorsqu'elle vit que la dame semblait marmonner quelque chose. C'était la première fois que Justine voyait quelqu'un dans cet état. Elle tenta de nouveau de se présenter mais Blanche ne réagit pas. Après quatre bonnes minutes de monologue, Justine décida de sortir Blanche de ses songes. Elle s'approcha d'elle et lui toucha le bras.

- Madame Morin? Je m'app....

Elle n'eut pas le temps d'aller plus loin. Blanche se retourna et lui lança un regard oblique avant de dire.

- Elle s'en vient!  dit Blanche, d'un air terrorisé.

L'air inquiétant de la dame effraya la jeune femme, mais Justine se contrôla. Elle s'enquit d'en savoir plus.

- Qui ça?

Blanche se leva et ferma les rideaux de sa fenêtre.

- Stella Larousse voyons! dit-elle, convaincue.

- Il faut se cacher et chercher les médaillons pour se protéger! Elle est là! Je le sais! ajouta-t-elle.

Justine commença réellement à s'inquiéter lorsque la dame alla fermer la porte de sa chambre et prit ses mains dans les siennes en disant.

- Ça va bien aller Ariane! T'inquiète pas! Elle nous trouvera pas ici si on se cache pis qu'on a nos médaillons!

La dame chercha un médaillon dans le cou de Justine, mais n'en trouva aucun. Inquiète, elle lui dit.

- T'as enlevé ton médaillon? Il est où?

La jeune femme commença à se sentir mal.

- Madame Morin, je m'appelle Justine Cormier, je suis une nouvelle infirmière.

Blanche mit son doigt sur sa bouche.

- CHUT! Elle va nous entendre!

Ne comprenant rien, Justine demanda.

- Qui ça?

À ces paroles, Blanche s'agita.

- Mais Stella! La sorcière!

Croyant qu'elle délirait, Justine lui dit.

- Madame Morin, vous savez bien que les sorcières existent pas!

Blanche s'éloigna alors  et lui lança un regard méfiant. Ces dernières paroles n'étaient pas tombées dans l'oreille d'une sourde.

- Qui t'envoie? Tu es pas ma petite-fille! C'est elle qui parle à travers toi!

Alors que Blanche s'énervait, Justine tenta de s'approcher d'elle pour la calmer, ce qui empira le tout.

- TOUCHE-MOI PAS! C'est Stella qui t'envoie je le sais! Elle est là! Elle s'en vient!

Blanche se précipita sur sa porte pour sortir de sa chambre. Justine tenta de la calmer mais rien ne fonctionna. Finalement, Blanche la gifla mollement et sortit de sa chambre en criant. Devant tout ce vacarme, Louison, qui n'était pas très loin, appela en renfort quelques infirmiers afin de maîtriser Blanche qui délirait. Justine vit les deux hommes prendre la dame par les bras pour la ramener dans sa chambre. Là, Blanche se mit à se débattre vigoureusement  et à crier de plus belle! Les deux hommes l'immobilisèrent sur son lit à l'aide de sangles de sécurité. Comme elle continuait de crier et de s'agiter, Louison n'eut d'autre choix que d'injecter un calmant à la dame qui finit par se calmer. Justine n'avait pas bougé, elle était restée là, penaude, et avait assisté à toute cette scène étrange, comme en état de choc. Sanglée à son lit, Blanche continuait de répéter.

- Elle est là.... elle s'en vient....

Visiblement ébranlée par l'évènement, Louison emmena la jeune nouvelle prendre un café, dans une pause improvisée. Dans la cafétéria des employés, Louison tenta de réconforter Justine.

- C'est ta première fois avec des patients délirants? demanda Louison, tendant un petit gobelet de café-machine à la jeune, assise, l'air déboulonné.

Justine le prit et se contenta de hocher de la tête en guise de réponse.

- T'en avait pas eu dans des stages?

- Non... dit simplement Justine.

L'infirmière d'expérience eut un gros rire gras et tapota l'épaule de la novice.

- T'inquiète pas, tu vas t'habituer.

La jeune sourit péniblement et prit une petit gorgée de café.

- C'est commun ces comportements-là? demanda-t-elle.

Louison s'assit devant elle pour lui raconter.

- Oui et non. Des patients qui délirent, oui, mais le cas de Blanche Morin est bien spécial.

Justine afficha une expression qui invitait à de plus amples informations.

- La plupart du temps, la Morin est bien correcte. Mais des fois, les choses sont pas aussi roses.... Il y a un an, son fils l'a placée ici parce qu'elle devenait envahissante avec ses enfants et qu'elle commençait à délirer, tout ça à cause des meurtres de la colline Cœur-Crevé au lac Saint-Jean, raconta Louison, stimulée, adorant les rumeurs et les bonnes histoires.

- Comment ça? demanda Justine, toujours dans l'ombre.

Cette fois-ci, Louison, friande de ragots, se mit à parler sur le ton de la confidence.

- Tu te souviens pas? L'an passé, le couple de Québec pis leur fille qui ont disparu au Lac Saint-Jean? dit Louison, la voix pleine d'excitation.

Un vague souvenir d'un double meurtre sordide suivi d'un suicide revint à l'esprit de la jeune femme.

- Oh oui.... le mari qui aurait tué sa femme et sa fille, mais on a jamais retrouvé les corps? demanda Justine, se rappelant.

- Exactement! Juste des traces de lutte pis du sang ! répondit Louison.

- Ben, la femme en question, c'était la fille de Blanche Morin. Pis elle a toujours maintenu, pis raconté à tout le monde que c'était une sorcière qui les avaient tués. C'est pour ça que son fils l'a placée ici, il était plus capable de l'endurer, elle arrêtait pas de donner des médaillons à ses enfants pis elle leur faisait peur, ajouta-t-elle.

Si Louison était toute fébrile, Justine fut plutôt attendrie.

- Mais pauvre femme, elle en est devenue presque folle. C'est affreux!

Louison acquiesça, et se calma, voyant que la jeune était plus touchée, que friande d'histoires.

- En tout cas, inquiète-toi pas trop, c'est juste plate que tu commences avec une histoire comme celle-là, mais ça va aller, termina Louison avant de se lever pour retourner au travail, légèrement mal à l'aise.

Justine prit ses quinze minutes de pause au complet avant de retourner au boulot.

Un peu plus tard, ce soir-là, Justine, qui était toujours de garde, retourna voir si Blanche dormait. Elle entrouvrit la porte de sa chambre seulement pour glisser sa tête dans la minuscule pièce blanche. La dame, toujours sanglée à son lit, continuait de répéter.

- Stella.... elle est là... elle s'en vient....

Justine ne put s'empêcher de se sentir mal pour la vieille dame. Comme elle regrettait que cette femme arrive en fin de vie perdant le sens de la réalité. Le cœur lourd, elle se convainquit de la nécessité de son emploi et de la cruauté de la vie parfois. Elle referma la porte et continua son travail, pleine de compassion. Là, dans son lit, Blanche continuait de répéter son leitmotiv, en boucle. Elle savait, personne de son entourage ne la croyait, mais elle savait que Stella était vraie....

- Elle est là.... elle s'en vient.... Stella Larousse.... Stella Larousse....

## Fin

Lorsque Michel termina la dernière page du manuscrit, un intense goût amer emplissait sa bouche. Il se sentait particulièrement mal à l'aise et avait la nausée. Il lui semblait avoir entendu parler de cette histoire de double-meurtre suivi d'un suicide au Lac Saint-Jean, l'été auparavant. Ce qui l'avait frappé le plus, avait été l'incapacité des forces policières à retrouver les corps des victimes. Quel mauvais goût d'utiliser ces personnes pour écrire une histoire.... Qui plus est, il n'avait toujours pas souvenir que quelqu'un lui ait remis ce manuscrit. Comment était-il parvenu jusque dans sa mallette? Très vite, cette question l'obséda. Il chercha dans ses dossiers, dans son agenda, dans ses contacts s'il connaissait une Stella Larousse ou un Maurice Dubronc, ou même un Maurice X.... mais rien, personne ne correspondait. Michel rappela sa secrétaire et l'interrogea de nouveau, mais sans succès. Voyant bien qu'il était légèrement fébrile, Jocelyne lui demanda ce qui lui provoquait une telle réaction et l'homme lui raconta tout. La femme se montra rassurante et lui expliqua que l'auteur de ce mystérieux manuscrit, s'il souhait être publié, finirait sans doute par se faire connaître. La raison et la logique de la femme eurent l'effet escompté. Michel se calma et put continuer à travailler. Cependant, un doute restait à son esprit, mais dès qu'il revenait, il le chassait avec les explications de Jocelyne...

Vers dix-sept heures, en retard dans son travail, entre autre à cause de sa lecture de *Stella Larousse*, Michel, débordé de travail, reçut l'appel de

Jocelyne lui indiquant que Christine et les enfants étaient arrivés. Déjà? pensa-t-il. Lorsqu'il regarda sa montre, il vit bien qu'il avait pris du retard et que sa femme arrivait à l'heure prévue. Il demanda à Jocelyne de les faire entrer. Christine entra donc, Nataniel dans les bras et suivie de Valérie. La femme, visiblement fatiguée, déposa son fils qui s'empressa d'aller jouer avec sa sœur et les quelques jouets que son père gardait pour eux dans son bureau. En tant que patron, il se le permettait!

- T'es prêt? demanda simplement Christine, le toupet en l'air.

L'homme la salua et dit

- Heu... oui, je ramasse mes affaires et on y va.

La femme vit bien que son mari avait un air étrange. Intriguée, elle lui demanda.

- Ça va pas?

L'homme se rendit bien compte qu'il avait été ébranlé par la lecture de ce manuscrit, son mystère et son lien avec les meurtres de la colline Cœur-Crevé. Il avait même jeté un coup d'œil sur internet, sur l'heure du dîner, pour vérifier si le manuscrit citait des évènements réels, et c'était le cas.

- Heu... oui, c'est juste, que.... dit-il, en sortant le manuscrit de sa mallette lorsque sa femme l'interrompit et dit.

- Oh, tu l'as lu. Et puis? Qu'est-ce que tu en as pensé?

L'homme s'arrêta net et dévisagea sa femme. Elle avait déjà vu le document!

- Tu l'as lu toi? demanda-t-il, incrédule.

La femme, ignorant ce dont il s'agissait, répondit simplement.

- Non, c'est notre nouvelle voisine qui me l'a donné hier et elle voulait savoir ce que tu en pensais, si c'était bon, peut-être même si tu pouvais le publier.

À cette réponse, Michel eut un long frisson lancinant qui lui traversa le dos! Sa nouvelle voisine! Des milliers de choses lui traversèrent l'esprit et l'homme commença à paniquer. Par contre, il feignit l'indifférence.

- Et bien, je sais pas si je vais le publier. C'est.... comment je dirais.... intéressant, mais je pense que je voudrais en parler avec elle avant.

Christine ne soupçonna rien, elle haussa les épaules et dit.

- Oui, tu pourrais la conseiller sur ce qu'elle pourrait améliorer. Bon, il faut qu'on y aille, t'es prêt?

L'homme acquiesça et lui dit d'aller devant, qu'il les suivrait. La femme appela ses enfants et les trois sortirent du bureau, laissant Michel à ses songes. L'homme éteignit son ordinateur et les lumières dans un mouvement au ralenti. Il lui semblait que le tout prenait une tournure inquiétante. Il alla rejoindre sa famille dans le hall, salua Jocelyne et quitta pour aller souper avec sa belle-mère.

Le repas se termina vers huit heures, et la famille Labrie dut partir. Les enfants avaient école le lendemain, et Michel ne se sentait pas très bien. Il avait été silencieux toute la soirée et semblait préoccupé. Christine tenta bien de lui tirer les vers du nez, mais l'homme se contenta de lui dire qu'il était fatigué et couvait peut-être une grippe. À leur arrivée dans l'immeuble, la petite famille s'engouffra dans l'ascenseur qui les mènerait au quatrième étage. Les enfants continuaient de papoter et Christine de parler à Michel, mais l'homme continuait de se taire. Lorsque la porte de l'ascenseur s'ouvrit, les quatre en sortirent et se dirigèrent vers leur entrée quand soudainement, Stella Larousse sortit de son appartement. Elle les salua et verrouilla sa porte.
- Oh, c'est madame Larousse, Michel, tu sais, l'auteur du mystérieux manuscrit, dit Christine.
Le cœur de Michel s'arrêta presque lorsqu'il la vit. Il n'avait pas porté attention ce matin-là, mais la description du personnage du manuscrit correspondait. Les cheveux noirs et ondulés, les yeux ambrés.... l'apparence de gitane. Comme Christine les présentait, Michel et Stella se serrèrent la main. Craintif, mais curieux, l'homme s'enquit d'en savoir plus sur ce fameux manuscrit.
- C'est vous qui l'avez écrit? demanda-t-il.
Stella hocha de la tête, visiblement fière de son œuvre, mais affichant tout de même un air d'attente. La femme semblait anxieuse de connaître son avis.
- Alors, vous en avez pensé quoi? demanda-t-elle.
Michel était obsédé depuis la matinée et avait plusieurs questions qui lui traversaient l'esprit, mais comme certaines pouvaient paraître louches, Michel regarda sa femme et dit.
- Tu pourrais nous laisser seuls s'il te plaît?
La femme pensa que les commentaires qu'il avait n'étaient pas très élogieux, elle salua alors Stella nerveusement et emmena les enfants avec elle, les laissant seuls dans le corridor.
- Vous vous appelez Stella Larousse? demanda Michel, dès que Christine et les enfants furent entrés.
La femme hocha de la tête en guise de réponse. L'homme lui lança un regard oblique avant de dire.
- Vous trouvez pas ça un peu étrange de donner votre nom à un

personnage maléfique qui tue des enfants?

La femme comprit bien le questionnement.

- Ça? C'est un peu, comme du marketing, pour créer du mystère. Vous savez, le doute...dit-elle, simplement.

Michel n'en crut pas ses oreilles. Presque insulté, il rétorqua.

- Mais les gens vont avoir peur de vous! C'est pas un bon coup de marketing!

Stella fit fi du commentaire et demanda.

- Ça vous a plu?

Harassé, l'homme répondit.

- Oui, mais c'est pas ça la question. L'histoire du nom...vraiment...

Presque apeuré, Michel ne savait plus que dire, lorsqu'il vit que Stella ne semblait plus nerveuse maintenant, elle le fixait en souriant. Tout à coup, elle mit sa main sur sa bouche et se mit à rire.

- Non... vous pensez tout de même pas que.... que je suis... oh... ha ha....

Étrangement, Michel ne trouva pas la situation comique et continuait de la regarder d'un air surpris et incrédule. Lorsque Stella vit cela, elle cessa de rire et lui dit, le sourire accroché aux lèvres.

- Mais voyons, monsieur Labrie. Les sorcières, ça existe pas, dit-elle.

À ce moment, elle plongea son regard amusé dans le sien effrayé et ajouta.

- Tout le monde sait ça!

Le regard se poursuivit dans ce contexte ambigu. Stella se dirigea vers l'ascenseur, le fixant toujours. Des milliers de choses traversaient l'esprit de l'homme alors qu'elle le regardait ainsi, lui, visiblement apeuré, et elle, toujours aussi amusée. Lorsque l'ascenseur arriva, et elle y monta et le salua de la main, le laissant là, au milieu du couloir, avec ses doutes.... et si les méchantes sorcières sorties des contes pour enfants existaient vraiment?


# FIN

# Table des matières